魔剣少女の星探し 十七《セプテンデキム》

三枝零一

［イラスト］ごろく

序ノ一　十七

刃渡り六フィルト《一八〇センチ》の真紅の魔剣が一振り、銘を「十七《セプテンデキム》」という。

あとは家紋入りの外套《がいとう》が一着に、銀貨が三枚と小指の先ほどの岩塩が一欠片《かけら》。それがリット・グラントの財産の全てだった。

「これで全部かの？」

豊かなあご鬚《ひげ》を蓄えた衛兵の老人が訝《いぶか》しげに眉をひそめる。大陸中央平原をまっすぐ南北に走る石畳の街道の傍《かたわ》ら、木製の検分台に横たわる魔剣を前に老人は、ふぅむ、と何度も首を傾《かし》げる。

自分の胸ほどの背丈しかない、しかも魔剣使いの女の子がこんな軽装でロクノール環状山脈の雪深い高峰を越えてきたことが信じられないのだろう。

黒尽くめの軍服に魔術式の長銃という出《い》で立《た》ちの老人はリットの背後、夜明け前の朝靄《あさもや》に煙る街道をぐるりと見回して眉間に皺《しわ》を寄せ、

「お嬢さん。お前さんの言葉を疑うわけじゃあないが、本当に一人で？」

「はい。それに、山を越えるまではもっとちゃんとした装備があったんです」

リットは外套を肩から外して腕にかけ、何度も叩《たた》いて埃《ほこり》を落とす。

長い旅の間にごわごわになってしまった三つ編みの長い赤毛をどうにか撫《な》でつけ、

「けど、麓まで下りたところで野盗に出くわしてしまって」

「そいつらに身ぐるみ剝がされた、と？」

「いえ、百人ほど叩き伏せたのですが、大きな音を立てすぎたみたいで雪崩が……」

なんだかまずいことを言ったような気がして、口の中で小さく、ごめんなさい、と呟《つぶや》く。

衛兵の老人は、ありゃあお前さんの仕業か、と首を左右に振り、

「お手柄、と言いたいところなんじゃが、そいつは黙っておいた方が身のためだの。南方王国《オースト》との交易ルートが塞がって途方も無い損害が出たとかで、通商連合のお偉方がお冠じゃ」

そう言って、老人は懐《ふところ》から何やら立派な細工が施された木板と羽根ペンを取り出す。たぶん簡単な魔術が施されているのだろう。老人は宙に浮かぶ板とペンを手も触れずに操って何かを書き付け、

「もうすぐ開門の時間じゃ。街に入ったら右手に審査所があるから、係の文官にこの許可証を渡しなされ。それから……」

教会がどうの東通りの宿がどうのと説明する老人の言葉を上の空で聞き流し、なんとなしに振り返る。後ろには今日まで一年以上かけて歩いてきた長い旅路。生い茂る森をかき分けるようにして一直線にのびる石畳の街道の彼方《かなた》で、雪と氷に閉ざされたロクノール山脈の険しい頂を渡り竜の群れが点々と連なって飛んでいく。

深呼吸を一つ。まっすぐ前に向き直る。

正面、街道の突き当たりにある広場の向こうでは、純白の壁がここまでたどり着いた旅人の行く手を遮るように天高くそびえている。

左右どちらを見渡しても果てしなく続くその壁は実際は人間の手ではどうやっても作れないほど完全な真円形で、聖門教の聖地とその周辺の街を丸ごと取り囲んでいるのだと母に教わったことがある。二千年以上続いた魔剣戦争の間、時代時代の教皇が四大国の王のために門を開くことはあっても、壁は一度も壊されることなく聖地を守り続けた。遙《はる》かな昔に天より降り立った「彼方の神」が残した奇跡の一つ。どうやって作られたのか、そもそもそれが石なのか土なのか金属なのかさえも分からない神の御手なる創造物。

魔剣と同じだ、とふと思う。

細かな魔術紋様が彫り込まれた木製の検分台の上、何重もの魔力結界に包まれた長大な真紅の刀身に視線を落とす。

「おお、そうじゃな。お前さんはこいつが無きゃ始まらん」衛兵は懐から魔術装置らしき小さなメダルを取り出して検分台の隅に押し当て「とにかく街の中では揉《も》め事《ごと》は起こさんようにな。教導騎士団に目を付けられると、後が面倒なことになる」

魔力結界が細い光の糸にほどけ、大陸公用文字で「登録完了」という言葉を形作る。

ありがとうございますと会釈《えしゃく》するリットの傍らで、長大な抜き身の魔剣はひとりでに宙に浮き上がり、緩やかに一回転して石畳の上に垂直に静止する。

刃の先端は足下の地面から指一つ分上の位置。対して、真紅の魔力石が象眼された黒い柄はリットが精一杯背伸びして手をのばしても届かないほど高い。リット自身はもちろん大人の身長よりも遙かに大きなこの魔剣は普通の剣と同じように鞘《さや》に収めたり腰に佩《は》いたり出来るはずも無く、こうやって傍《そば》に浮かべて抜き身のまま持ち歩くのだと母に教わった。

数多《あまた》ある魔剣の中でも、手を触れずとも動くのは力場を操る真紅の魔剣に共通の特徴。旅の途中で立ち寄った小さな村ではずいぶん驚かれたものだが、衛兵の老人には見慣れた光景なのか顔色一つ変えない。

ゆっくりと一歩後ろに下がり、自分の身長より遙かに大きな魔剣を改めて見上げる。夜明け前の淡い陽光に輝く十七《セブンテンデキム》は今日も変わらず見惚《みと》れるほど美しい。幅広の両刃の刀身を構成する神代の紅銀には曇り一つ無く、中央に刻まれた魔術紋様の見事さは名工の手なる芸術品と見紛《みまが》うほど。刀身全体を幾つかに分割する形で走る金細工の魔力路は幾何学図形のような精密さと生物的な優美さを併せ持ち、内部を循環する魔力によってほのかな虹色に脈打っている。

何より素晴らしいのはその刃。鞘代わりの薄い魔力結界に覆われた刃にはもちろんほんのわずかな歪《ゆが》みも傷もなく、揺らめく水面のような刃紋を見つめていると自分が剣の中に吸い込まれていくような錯覚を覚える。

これほど美しい魔剣はこの世に二つと無いに違いないと、リットは勝手に信じている。

思わず、ほう、とため息。

と、衛兵も感心したように、ふぅむ、と小さく息を吐き、

「見事なもんじゃな」

「はい。母に貰《もら》った物ですから」

「お前さんの腕が、じゃ」

私？　と顔を向ける。

老年の衛兵はいつの間にかリットの隣に並んで立ち、十七《セプテンデキム》の真紅の刀身を見上げて目を細め、

「普通は持ち主が体を動かせば魔剣もほんの少しは動いちまうもんなんじゃがな。こいつはさっきからお前さんが何をしようが微動だにせん。魔剣を完全に自分の一部にしとる証拠じゃ」

「生まれた時から、毎日こればかりやっていましたから」

「お前さん、歳《とし》は幾つになる？」

「先月、十五に」

その若さでよくもまあ、と衛兵は感心半分、呆《あき》れ半分という顔で呟き、

「もったいない話じゃな。お前さんもあと十年早く生まれておれば、さぞかし名のある英雄になったじゃろうに」魔剣の柄のさらにずっと上、夜明け前の瑠璃色の空に目を凝らし「儂《わし》も若い時分は『炎帝クリフ』だの『百手のアルルメイヤ』だのの英雄譚《たん》に胸を躍らせたもんじゃが

の。……そいつは全部、過去の話じゃ。魔剣戦争は終わって天下は太平。どんなに優れた魔剣使いじゃろうと、これからの世に居場所なんぞ残っておりゃせん」

検分台に残ったままの銀貨と岩塩を元通りの革袋に収めてリットに手渡し、

「こんな所まで何をしに来たのかは知らんが、用が済んだら早く国に帰りなされ。その魔剣を南方王国《オースト》の王家に献上すれば、孫の代までは遊んで暮らせるはずじゃからの」

「そうは参りません。母との約束ですから」

約束？　と衛兵の声。

リットは目を閉じ、十七《セブンテンデキム》の刀身に右手のひらをかざして、

「天下一の魔剣使いとなり、あまねく世界にその名を轟《とどろ》かせよ、と」

頭上高く、そびえる壁の向こうから鳴り響く鐘の音。目を開けて見上げるリットの前で、純白の壁がその姿を変えていく。継ぎ目のない一枚板の壁が砂のように崩れて組み代わり、街道の突き当たり、石畳の広場の向こうに両開きの巨大な門が出現する。

真紅の魔剣がするりと宙を渡り、リットの背中から少し離れた位置に斜めに収まる。

うなずくリットの前で、天を衝《つ》くような巨大な門が轟音《ごうおん》と共に左右に開いていく。

「あまり無茶はせんようにの」老年の衛兵は豊かなあご鬚を撫で「困ったらいつでも戻ってきなされ。力になれるかはわからんが、話くらいは聞いてやれるからの」

ありがとうございますと深く頭を下げ、顔を上げて歩き出す。ゆっくりと開かれていく門の

向こう、石畳の街道の先に連なるようにして、大理石の壮麗な参道が次第にその姿を現す。

夜明け前の瑠璃色の世界に光が差したような錯覚。

息を呑《の》み、少しだけ歩調を早めて、門を潜る。

地鳴りのような人々の喧噪《けんそう》が、たちまち周囲のあらゆる場所から押し寄せる。朝を迎えたばかりの参道の賑《にぎ》やかさに思わず立ち止まる。輝く大理石の参道には巡礼者らしき多くの人々が行き交い、一直線なその道は厳かな空気を漂わせる幾つかのモニュメントの間を抜けて遙か彼方、聖地の中心にそびえる白亜の大聖堂へと通じている。

緩やかな上り勾配を描く参道の両脇には宿や酒場、仕立屋に魔術道具屋とありとあらゆる種類の店が軒を連ね、呼び込みの子ども達が旅人の気を引こうと声を張り上げている。色鮮やかな屋根のさらに向こうには石造りの建物を敷き詰めた街並みが見渡す限りにどこまでも広がり、小さな点のような無数の人波が慌ただしく動き回っている。

「ほらどいたどいた！　お嬢さん、ちょっとどいとくれ！」

「ご、ごめんなさい！」

慌てて飛び退《と》くリットの脇をすり抜けて、大きな馬型のゴーレムが参道を駆け抜けていく。

魔術で組み上げられたらしい金属の馬の両脇には重そうな荷物が幾つもぶら下がり、背に乗ったいかにも商人という出で立ちの女が足だけで器用に馬を操りながら手にした帳簿に忙しく何かを書き付けている。続いて目の前を横切る四角い乗り物はもしかして、旅の途中で噂《うわさ》に聞いた魔導車という物ではないだろうか。車輪が四つに座席が二つ。いかにも裕福そうな男女を乗せた金属の塊が、白い蒸気を吐き出しながら街路の向こうへと消えていく。

無数の話し声と、花や果物の香り。酒場から立ち上る焼きたてのパンや肉の良《い》い匂い。

そんなお祭り騒ぎのような街の中にあって、やはり一際《ひときわ》目を引くのは魔剣使いだ。

大小様々、色とりどりの魔剣を腰に佩き、あるいはリットと同じように背に浮かべて、幾人もの魔剣使いが街路のそこかしこを当たり前のように通り過ぎていく。誰も彼もがリットよりずっと年上の大人で、誰も彼もが歴戦の勇士という風情《ふぜい》を漂わせている。

ここが聖門教の聖地、セントラル。今や世界でただ一つ、魔剣使いが自由に生きられる街。

……母様、見ていて下さい……

目を閉じ、胸に手を当てて、一度だけ深く息を吐く。

背中の十七《セブンテンデキム》にそっと手を触れ、よし、と強くうなずき、

……リットは必ず、母様の願いを叶《かな》えてみせます……

行く手には、朝日に煌《きら》めく壮麗な白亜の道。

輝かしい未来に向かって、リット・グラントは記念すべき第一歩を踏み出し——

そうして、今。

最初の一歩からわずか半刻《はんとき》で、その未来は早くも潰《つい》えようとしていた。

＊

「なぜです――！」

力の限りリットは叫ぶ。往来を行き交う人々が何事かと立ち止まって振り返るが構ってはいられない。酒場の窓の陰で子ども達がひそひそとこっちを指さしている気もするがそれも無視。事はリットの人生その物に関わるのだ。

「なぜも何もあるか！」

目の前に立つ禿頭《とくとう》の男が真っ赤な顔で叫び返す。リットに父親がいればおそらくこのくらいの歳だろうという恰幅《かっぷく》の良い男。青を基調とした見るからに仕立ての良い服は西方皇国《エウロパ》貴族の伝統的な装束だと母に習ったことがある。腰に佩いた鞘入りの直刀の柄には青く輝く魔力石。

そんな魔剣使いの男は自分の娘ほどの女の子を憤然と見下ろし、苛立《いらだ》たしげに何度も剣の鞘を叩いて、

「こんな街中で決闘などと正気か貴様は！　教導騎士団に見つかれば牢《ろう》に放り込まれる程度では済まん！　街より永久に追放されるぞ！」

「なにも命のやり取りをと言っているのではありません！　同じ魔剣使い同士、剣を戦わせ、互いの技を競い合おうと……！」

「どこの田舎貴族だ貴様は！」男はリットが羽織った家紋入りの外套を心底うんざりした顔で見下ろし「まだ貴様のような手合いが残っていようとはな。大方、廃嫡が決まった家の跡取りがこのセントラルの噂を聞きつけ一旗揚げんと上ってきたのだろうが……」

深いため息。

禿頭の男は大理石の参道の真ん中にどっかりと腰を下ろし、リットを見上げる格好で、

「良《よ》いか？　娘。魔剣使いが互いに腕を競い、戦場に覇を唱える——そのような時代はもはや過去の物だ。戦争は終わり、我らの役目も終わった。確かにこの街では我らに市中で帯剣する自由が与えられているが、それは争わず、罪を犯さず、みだりに血を流さぬという誓約あってのこと。……この街にいる限りは四大国の廃剣令も届かず、皇帝陛下に我が剣を召し上げられることもない。それだけでも我らは有《あ》り難《がた》いと思わねばならんのだ」

見ろ、という男の言葉にリットは周囲に視線を向ける。参道にはいつの間にか自分達を取り囲むように形作られた何重もの人垣。誰も彼もがこっちに奇異の目を向け、幾人かが教導騎士団に通報すべきかどうかを真剣な顔で話し合っている。

人垣の中には魔剣使いの姿も幾つか見られるが、彼らはリットと目が合うと苦笑混じりに肩をすくめて立ち去ってしまう。

「そ……それでは、どうあっても立ち合ってはいただけないと？」

「先ほどからそう言っておる」

「ではせめて三太刀、いえ一太刀！　それもダメなら軽く鍔迫《つばぜ》り合《あ》いするだけでも構いませんから！」

「見世物小屋の押し売りか！」

またしても深いため息。

禿頭の男はリットの肩に手を置き、どこか哀れむような顔で、

「娘、貴様の気持ちは分からなくもないが、世界は変わったのだ。もはや魔剣一本で功成り名を遂げ、家を再興するような時代ではない。それがわかったなら、大人しく故郷に帰れ」

良《よ》いな、と軽く肩を叩き、男が立ち上がる。我に返った時にはくたびれた背中はすでに参道の遠く。周囲を取り囲んでいた人垣も自然と消え、街は今の騒ぎを忘れたように喧噪を取り戻す。

後に残るのは魔剣使いの小娘が一人だけ。

「……そ……」

リットは参道の真ん中にぺたんと座り込み。

冷たい大理石に両手をついて、呻《うめ》いた。

「……そんなぁ……」

＊

空を巡る太陽が雲に隠れ、石畳の路地に影が落ちた。

参道の喧噪から離れた裏通り、民家に交ざって小さな宿が点々と並ぶ寂れた道を、リットは一人とぼとぼと歩いた。

『決闘？　よせよせ、今時流行《はや》らんぞ？　それより貴公、酒は飲めるか。良ければ出会いの証《あかし》に俺の定宿で一献』

『懐《なつ》かしいですね。私も夫と結ばれる前はよく互いに技を競ったものですが、残念ながらもうそのような時代ではありません。では失礼』

あれから何人の魔剣使いに声を掛けたか分からない。反応はそれぞれ違っても、彼らの答はみな同じだった。決闘などもっての外。往来でみだりに魔剣を抜けばたちまち教導騎士団が飛んでくる。もはや腕比べなどという時代ではない。魔剣戦争は終わったのだ、と……

もちろん、そんなことで諦めるリットではない。魔剣使いとの決闘が望めないとしても、名を上げる手段は他にもある。母も「人の役に立て」と言っていた。つまりは仕事だ。

幸い、というのもおかしな話だが、セントラルの街の治安はそれほど良くないと聞いている。多くの人が集まる街には多くの揉め事が起こる。そういった問題の対応を請け負うための窓口としてこの街には「魔剣団《ギルド》」と呼ばれる聖門教会公認の組織が幾つも存在していて、多くの魔剣使いがそこに所属しているのだという。

例えば教導騎士団だけでは手に負えない罪人の捕縛、例えば街の外に広がる農村地域に現れる魔獣の駆除。聖門教会や通商連合の大商人、果ては名も無い街の住民から発せられるあらゆる依頼はセントラルに大小合わせて百以上存在するギルドに伝えられ、魔剣使いはギルドを介して仕事を受注する。

要するに、どこかのギルドに加われば、自分の身を立てる方法が見つかるに違いないということ。

よし、と気合いを入れ直したリットは主立ったギルドの本部の扉を手当たり次第に叩き、

『通商連合の紹介状はお持ちで？　では教会か、四大国の大使館にどなたかお知り合いは。……何も無い。申し訳ございませんが、どうぞお引き取りを』

確か東方大公国《エイシア》の言葉に「とりつく島もない」というのがあったと思う。ギルドホールでリットを迎えた受付の女性の対応はまさにそれだった。何を聞いても紹介状を持ってこいの一点張り。とにかく、今のリットではギルドに所属することも仕事を受けることも出来ないらしい。

魔剣のことはいったん忘れてそこらの店で下働きをするという手も一度は考えてみたが、どうあがいても不可能だった。なにしろ、リットはいわゆる「生活魔術」という物が全く使えない。魔剣使いは魔剣の主となったその日から、剣とのつながりを維持するために生まれ持った

魔力の全てを取られて魔術を身につけることが出来なくなる。そこらの子供でも使える簡単な発火や物体浮遊の魔術ですらリットには使えないし、普通の人が親や学校の先生に習う複雑な魔術など問題外。

火起こしも出来ない、ランプの明かりも点《つ》けられない、壊れた魔術装置の修理どころか水くみ一つ満足にこなせない。こんな下働きを雇ってくれる店がどこにあるというのか。

……母様、リットはどうすれば良いのでしょう……

行き場がない。お腹《なか》も減った。昨日の夜に最後の干し肉を食べてから水の一滴も口にしていない。これなら吹雪の中を彷徨《さまよ》い続けたロクノール山脈のあの険しい山道の方がまだましだった。前に歩けば希望がある、未来がある、きっと良いことがある。そういう元気を与えてくれる物が、今のリットには見つけられない。

いっそ城門まで引き返してしまおうか。あの衛兵の老人に頼んで、一晩の宿を借りて。そうして朝になったら街道をまっすぐに引き返す。森を抜け、山を越えて、母と二人で過ごした南《オ》方王《ースト》国山中のあの小さな家まで――

慌てて首を左右に振り、頭に浮かんだ考えを追い出す。

帰ってどうなるというのか。あの家には、もう何もないのに。

……ここは……

何度目かの角を曲がったところで足を止める。頭上には小さな木板の看板。酒場だか宿屋だからしき建物の軒先で揺れる看板には巣の中で眠りこける黒い鳥が描かれ、可愛《かわい》らしい筆致の大陸公用文字で書かれた店の名前が魔力によってぼんやりと光っている。

「『鴉《からす》の寝床亭』……」

そういえば門で出会った衛兵の老人がそんな名前を口にしていた。困ったら東通りの宿に行け、お前さんの有り金でもまともな物を食わせてくれるはずだ、と。

食べ物のことを考えた途端、お腹が情けない音を立てる。

店の入り口はリットには十分な大きさだが、十七《セブンテンデキム》を通すには少し狭い。真紅の魔剣を斜めに傾け、ごめんください、と扉をくぐり、

「どいてどいて！　どいてくださいにゃ――っ！」

目の前には、白と黒のコントラストも鮮やかなエプロンドレスの少女が一人。

割れた皿やらグラスやらテーブルの脚やら、とにかくありとあらゆるガラクタを魔術で顔の前に浮かべた少女は、とっさに飛び退くリットの脇を器用にすり抜けて店の外に消え……たかと思ったらすぐさま手ぶらで店にとって返すと背中に背負った箒《ほうき》を引《ひ》っ摑《つか》み、ものすごい勢いで床を掃き清め始める。

「あ、あの……！」

「お客様ですにゃんね！　申し訳ありません！　しばらくお待ち下さいにゃっ！」

振り返りもせずに叫ぶ少女の背中を呆然《ぼうぜん》と見送り、店内を見回して思わず、うわ、と声を上

げてしまう。本当は上等な酒場だったのだろう。手頃な広さのホールの端には壊れた木のテーブルや椅子や大きな酒樽《さかだる》がうずたかく積み上がり、石造りの床には至るところに割れた皿の破片やら水差しやら食べかけの料理やらが散乱している。店の片付けをしているのは先ほどの少女一人。奥のカウンターの向こうでは店長らしき初老の男が、何かを悟りきったような顔でワイングラスを丁寧に磨いている。

注意深く目を凝らせば、テーブルや椅子は全て刃物で切断されたらしいことがわかる。同様の傷は壁や床や天井の至る所にも見られる。間違いなく魔剣によって付けられた物。傷跡は二種類。ほとんどは力に任せた荒い太刀筋だが、床にたった一つだけ、たぶん細身の剣で付けられた恐ろしく鋭利な刺突痕が見て取れる。

「お待たせしましたにゃん！」

少女の声に我に返る。床はいつの間にか綺麗《きれい》に片付き、ホールの真ん中にはかろうじて使えそうなテーブル一つと椅子一脚だけが置かれている。促されるままテーブルに歩み寄り、背中から外した十七《セブンテンデキム》を傍に垂直に浮かべてようやく椅子に腰を落ち着ける。

「改めまして、鴉の寝床亭にようこそですにゃん！」

ぺこりと元気よくお辞儀する、白黒のエプロンドレスの少女。

頭を飾るレースのカチューシャの上で、もふもふと毛が生えた猫みたいな黒い三角耳がこちらもぺたんとお辞儀する。

よく見れば少女のスカートの後ろにはわざわざ小さな丸い穴が開けてあって、こちらもふさふさの毛に覆われた猫みたいな黒い尻尾がくるりと突き出している。確か亜人とか獣人とか言ったか。西のエウロパ皇国の山奥にこういう人種がいると母が教えてくれたことがあるが、実物を見るのは初めてだ。

「えっと、あの」

「拙ですか？　拙はミオンと申しますにゃん」

そういえばしゃべり方まで聞き慣れない。種族に特有の方言みたいなものだろうか。

「いえ、そうじゃなくて……」

一度咳払《せきばら》いして深呼吸する。たぶんこの子は母が持っていた本の中でしか見たことがない「メイド」というやつだ。そんな人と話をすることはおろか実物を見るのさえ初めてだから、少し緊張してしまう。

「や、宿をお願いします。食事と、それから湯浴みも」

「かしこまりました！」ミオンという名の猫耳少女は両耳と尻尾をぴんと立て「お泊まりは銀貨五枚。お食事は追加で銀貨三枚、明日の朝食はさらに一枚、湯浴みは銀貨二枚ですにゃん！」

「え」

気が遠くなる。

高い。いや、参道沿いで見かけた高級宿に比べれば驚くほど良心的な値段なのだが、それでも旅の道中で立ち寄った山村の十倍か二十倍。リットの有り金を残らずはたいても部屋を一晩借りることさえ出来ない。

「どうかされましたかにゃん？」

「い、いえ。申し訳ないのですが、持ち合わせに乏しくて……」

しどろもどろに答えながら必死に懐を漁《あさ》る。革袋の中には最後の銀貨が三枚。まさか魔剣を質に入れるわけにはいかないし、この家紋入りの外套を売るなどもってのほか。他に金に換えられそうな物と言えば……

「この岩塩を幾らかで買い取っていただくことは出来ないでしょうか」小指の先ほどの白い欠片をおそるおそるテーブルに置き「元はオースト王家の刻印が入っていた高級品です。とはいえこの大きさですから、銀貨十枚、いえ五枚でも」

「その大きさじゃ、せいぜい銅貨一枚ですにゃん」

思わずぽかんと口を開ける。

ミオンは何とも申し訳なさそうな顔で耳をぱたぱたさせ、

「そりゃ一年前までは塩でも砂糖でも同じ重さの金貨と交換出来るくらい貴重でしたにゃんけど、魔剣戦争が終わってからは何でもどんどん値崩れして。特に塩は通商連合の皆さまがロクノール山脈の岩塩鉱山から幾らでも掘り出してくるもんですから、近頃じゃ子供がおやつの揚げ芋にまで気軽に振りかける有様《ありさま》ですにゃん」

「子供のおやつに……塩……」

今度こそ言葉を失う。リットが旅の間に見てきた村とは常識が違いすぎる。セントラルは豊かな街だと噂に聞いてはいたが、まさかこれほどとは。

「ええっと、お客様、それでどうなさいますかにゃん？」

「そ……そうですか。仕方ない。それでは」

落ち込んでいても始まらないと我に返る。手持ちの路銀は銀貨三枚。とにかくこれで出来ることをしなければならない。部屋を借りることは諦めた。ならば。

「それでは、し」

食事、と喉まで出かかった言葉を寸前で呑み込む。

五日前に街道から外れた森の奥の湖で水浴びしたのを最後に、ろくに身支度らしい身支度をしていないことを思い出す。

いついかなる時でも品性を忘れてはいけないと母は言っていた。きっと今がその時だ。体に溜《た》まりに溜まった埃を洗い落とし、ついでに服も洗濯してもらう。髪も石鹼《せっけん》と香油で洗って、今日こそはきちんと結い直す。是が非でもそうしなければならない。空腹を満たすのも体を休めるのも全てその後だ。

「いいえ、やはり湯……」

湯浴み、と言いかけた瞬間にお腹が盛大な音を立てた。

思わず天井を仰ぐリットに、ミオンは元気よくうなずいた。

「お食事ですにゃんね？　しばらくお待ち下さいにゃん！」

＊

結論から言うと、出てきた料理はどれもこれも驚くほどおいしかった。

何の誇張も無しに、リットはこんなにおいしい物を生まれて初めて食べた。

オースト麦を丁寧に挽《ひ》いて焼いた白いパンに、酸《す》っぱい果汁で香りが付けられた冷たい水。野菜と一緒に壺《つぼ》の中で湯気を立てる甘辛い鳥肉に、香草を詰めて皮がぱりぱりになるまで何度も油をかけた川魚。特に魚が絶品で驚いた。ミオンが街のすぐ外の川で今朝獲《と》ってきたばかりだという魚は生でも食べられるほど新鮮で、それを店長の匠《たくみ》の技で丁寧に下ごしらえしたのだという。

リットは食べた。夢中になって、皿まで頬張りそうな勢いで食べた。

このメニューをパンと水だけにして代わりに湯浴みを頼めないかと気付いたのは料理をあらかた食べ尽くしてしまった後で、その頃にはリットも「もうどうでもいいかな」という気持ちになっていた。

「……なるほどー、それは大変でしたにゃんねー」テーブルの向かいにもう一つ椅子を運んでちょこんと飛び乗ったミオンが何度もうなずき「拙がお手伝いできれば良いですにゃんけど、リット様をどこかの魔剣団《ギルド》にご紹介するとなると」

「いえ、そこまでしてもらうわけには……」リットは最後に残ったパンの欠片をゆっくりと味わって飲み込み「だけど、どうして紹介状が要るのですか？　街の揉め事を解決するにしても魔獣を退治するにしても、腕さえ立てばそれで良いのでは」

「戦争が終わったばっかりの頃にいろいろあったせいですにゃん」ミオンは困ったように顔をしかめ「廃剣令に反対して国を捨てた魔剣使いの皆さまがたくさんこのセントラルに来られて。ギルドも最初は今みたいに聖門教会お墨付きの組織じゃなくて魔剣使いが何人か集まって勝手に作ったグループみたいな物だったですにゃんけど、中には依頼のついでに家とか道とかまで斬っちゃう人がいて、その修理のお金を誰が出すのかで大問題になりまして」

そういった支出のためにギルドは聖門教会に供託金を預ける決まりになっていて、多額の借金を抱えているギルドも多くある——というミオンの説明になるほどと心の中で唇を噛《か》む。道理で通商連合の紹介だの大使館の知り合いだの、「経済力のある誰か」の後ろ盾が必要なわけだ。

魔剣は、剣の形はしていても通常の剣とは全く異なる超常の兵器だ。触れれば鉄でも石でも紙のように斬り裂く上に、別な魔剣による攻撃でなければ傷一つ付けることが出来ない。さらに、多くの魔剣は一振りに一つずつ「人知を超越した特殊な力」を備えている。

未熟な者がそんな武器を使って戦えば余波で周りに被害が出る。

戦場での一騎打ちならある程度はやむを得ないだろうが、街中での捕り物となればついでで壊れた建物を誰かが弁償しなければならない。

「母が聞いたら呆れます。私など、修行の最中に誤って庭の木の花びらを一枚切っただけで夕食抜きになったのに」

もっとも、その時は母も付き合って一緒に夕食抜きにして、後で夜中に二人でおやつを食べたのだけど。

「リット様のお母様は厳しい方なんですにゃんね」ミオンは苦笑しつつ、サービスですにゃ、と空のグラスに水を注ぎ「そういえば、リット様はどうしてセントラルに？　どなたかお知り合いでも？」

う、と言葉に詰まる。

今朝、衛兵の老人にも同じ事を聞かれた。あの時は胸を張って答えたが、街の状況や自分の立場を理解してしまった今となっては何とも口に出しづらい。

「それは……その、天下一の魔剣使いとなり、世界に名を轟かせよと……」

うにゃん？　と何とも不思議そうな声。

ミオンはテーブルに両手で頬杖《ほおづえ》をつき、なんだか申し訳なさそうに首を傾げた。

「リット様……魔剣戦争が終わったのはもう一年以上も前ですにゃんよ？」

＊

長い、とてつもなく長い戦争があった。

二千年以上続いたその戦争は「魔剣戦争」と呼ばれた。

どうやって始まったのか、何が最初のきっかけだったのか、もう誰も覚えていない。とにかく、世界に一つだけ存在する大陸を四等分する四つの大国——北方連邦国《ルチア》、東方大公国《エイシア》、南方王国《オースト》、西方皇国《エウロパ》は記録に残る限りの歴史のほとんどをその戦争に費やした。

名前の由来はもちろん戦場の主役であった魔剣だ。遙かな昔に「彼方の神」によってもたらされた超常の兵器。魔剣に選ばれその柄を握る資格を得た魔剣使いは王と国の名を背負い、魔剣使いの数とその研ぎ澄まされた技の冴《さ》えが戦いの趨勢《すうせい》を定めた。

四つの国が大陸の覇権を賭けて争った、というわけではないのがこの戦争の不思議な所なのだと母はよくリットに語って聞かせてくれた。ある時は国の威信を賭けて、またある時は国境付近で見つかった小さな鉱山の採掘権を巡って。それぞれの時代でそれぞれに何かしらの理由を見つけて、東西南北四つの大国は争い続けた。

二つの国が同盟を結べば、別な二つの国も同様に手を組んで大陸を二つに分かつ大戦争を始めた。四つの国で話し合って和睦すべきだと主張する王族が現れれば、その者は必ず凶刃《きょうじん》に倒れてより大きな戦乱の嵐が吹き荒れた。

どの一つの国も勝利せず、どの一つの国も敗北しない。いつ終わるのか、どうやれば終わるのか誰にも分からない。そんな途方もなく長い戦争。

それが、ある日突然、何の前触れも無く終わった。

今から一年以上も前のことだ。

「この街も戦争が終わってすぐの頃はあっちを見てもこっちを見ても魔剣使いばっかりでしたにゃんけど、最近はちょっとずつ少なくなってきましたにゃん。皆さま、諦めて故郷に帰って王様に魔剣を返してるみたいで」

四つの国の王は終戦に際し、互いに敵意が無いことを示すためにある条約を結んだ。すなわち、それぞれの国が保有する魔剣使いの数と質に制限を設け、それを越える魔剣は所有者から召し上げて他国の目の届く場所で管理すると。相互監視のための複雑な魔術装置を組み込んだ管理庫が各国の王宮に建造され、王の側近や将軍などわずかな者を残して多くの魔剣使いが魔剣を奪われ、家名を絶たれた。

大半の者は報償と引き替えに剣を手放す道を選んだが、どうしても剣を捨てられない者や罪を犯した者は王の手の及ばぬ大陸中央の緩衝地帯、ロクノール環状山脈に取り囲まれたこの聖地セントラルを目指した。

「リット様も南方王国《オースト》のお貴族様なんですにゃんよね？」ミオンはリットの外套を鮮やかに彩《いろど》るグラント家の家紋を横目に「失礼かもしれないですにゃんけど、お国に帰られてはどうですかにゃん。今日のことをお話しすれば、リット様のお母様もきっと許して下さるんではないですかにゃん？」

それは、と小さな呟き。

リットは何度も言《い》い淀《よど》み、自分の両手を見つめ、とうとう意を決して口を開きかけ、

扉の外、通りの方で、悲鳴が上がった。

＊

考えるより早く、体が動いた。

気が付いた時には椅子を蹴ったリットの体は食堂を駆け抜けてすでに出口の前にあり、両開きの木の扉に体当たりするようにして通りに躍り出ようとしていた。

わずかに遅れて扉をくぐった十七《セブンテンデキム》の刀身が吸い付くように背中で静止する。石畳の通りを脇目も振らず左へ。正面の四つ角の先、一際大きな大通り。青ざめた顔で立ち尽くす何百人もの人垣のその向こうに、車輪を壊されて動けなくなった馬車と、魔術式の銃を構えて必死の形相で隊列を組む何十人かの兵士の一団と――

ぞろりとした黒い装束にフードで顔を隠した人影が一つ。

手にした黒いナイフの柄に、同じく漆黒の魔力石が煌めく。

……魔剣使い……！

緊張よりも先に高揚感が心を満たす。街中で仕事を請け負うにはギルドの仲介が必要とは言っても、たまたま出くわした事件を成り行きで解決するのに許しを得る必要などあるはずがない。

貴人の物らしき馬車と護衛の兵士に、見るからに怪しい魔剣使いの賊が一人。

名を上げる好機が、こんな近くに自分から飛び込んできた。

魔術銃の発砲音が重なり合って四つ響き、弾を叩き落とす甲高い音がほとんど同時にやはり四つ続く。黒い刃が陽光に鈍く閃《ひらめ》いたかと見えた次の瞬間、ナイフの柄で首筋を打たれた二人の兵士が地面に倒れ伏す。黒装束の人影はすでに続く三人目の兵士の懐。目を見開いた兵士が腰の鞘に収まった護身用の剣を引き抜き、それより早く走った黒い刃が鉄の剣を真っ二つに断ち切る。

魔剣を相手に、魔力を持たないただの剣など木ぎれも同然。

柄だけになった剣を握りしめた兵士が石畳の街路に倒れ伏し、その体を飛び越えた黒装束の人影は流れるように四人目の兵士に躍り掛かり、

――高く、澄んだ金属音。

人影が兵士の首にナイフの柄を叩き込む寸前、行く手に滑り込んだ十七《セブンテンデキム》の長大な真紅の刀身がそのナイフを弾《はじ》き返《かえ》す。

大質量が生み出す衝撃に抗しきれず、人影が大きく後方に吹き飛ぶ。風圧にはためくフードの隙間に、不思議な光沢の銀色の髪と透き通るような白い頬がのぞく。女、それも自分と同い年くらいの少女。そう確信するリットの視線に気付いたのか、人影が罵倒の言葉と共に懐から小さな装置を取り出して自分の足下に叩きつける。

「ま、待って！」

閃光《せんこう》と共に立ちこめる白煙。とっさに腕で顔をかばうリットの前で、人影が馬車に背を向けて駆け出す。後を追おうとした時にはすでに人垣を飛び越えた背中は細い路地の奥。薄暗がりに紛れた姿が視界の彼方に消えるのを待っていたかのように、白い煙がゆっくりと晴れていく。

……いったい、何が……

大きく一つ息を吐き、ようやく落ち着いて状況を確認する。馬車が賊に襲われ、その賊は逃げ去った。車輪を失って斜めに傾いだままの馬車はきらびやかな装飾や防御の魔術紋様が施された見るからに上等な物で、東方大公国《エイシア》の龍の紋章が大きく彫り込まれている。

周囲を固める何十人かの兵士もエイシア風の緑の軍服を纏《まと》っていて、おそらく大使館の関係者か、あるいは本国からの使節なのだろうということがわかる。

半壊した扉の中で、文官らしき男が険しい顔で外の様子をうかがっている。

「大丈夫ですか？　怪我《けが》をされた方はすぐに手当を……」

声を掛け、歩み寄ろうとした瞬間、背後で弓鳴りのような甲高い風切り音。

振り返りざま掲げた十七《セブンテンデキム》の真紅の刀身が、喉元寸前、小指の先ほどの距離まで迫った刃の切っ先をかろうじて受け止める。

「防ぐか。見事なり――！」

雷鳴のような声が石畳の通りに響き渡る。緩やかに湾曲した蒼銀の大太刀を一直線に突き込んだ姿勢のまま、男が喝采の声を上げる。長い黒髪を頭の上辺りで一本にまとめた、涼やかな見目の、おそらくリットより十歳ほど年上の男。エイシア風の緑の軍服の胸には幾つもの勲章が輝き、男が周囲の兵士達より遙かに高い地位にあることを示している。

十七《セブンテンデキム》を操ってどうにか刃を弾き返し、一歩退いて気付く。

馬車を襲った賊はすでに逃げ去った。

負傷した兵士達の傍には、薄汚れた身なりの魔剣使いの少女が、つまり自分が一人。

駆けつけたばかりの男は、いったいこの状況をどう理解するのか。

「待ってくださ……！」

言い終わるより早く十七《セブンテンデキム》を眼前に斜めに斬り上げ、頭上から振り下ろされる蒼銀の大太刀を弾く。弧を描いて翻《ひるがえ》った蒼い刃がすぐさま宙に反転、十七《セブンテンデキム》の刀身の表面をすり抜け、リットの胸元目がけて一直線に突き込まれる。迷いの無い、致命の一撃。とっさに身を捻《ひね》って刃の軌道から逃れつつ、蒼銀の刃の側面に真紅の刀身を叩きつけるようにして剣先をわずかに逸《そ》らす。

「これも防ぐか！　ならば良し！」

返す刀で水平に振り抜いた十七《セブンテンデキム》を大きく後方に飛び退いてかわし、男が刃をくるりと翻して左腰の鞘に収める。

柄に輝くのは大きな蒼い魔力石。

右手を魔剣の柄、左手を鞘に添え、男は滑らかな所作で一礼し、

「エイシア大公国セントラル駐在筆頭武官グラノス・ザンゲツ、並びに魔剣『不動残月《ネオメニア》』」

厳かにそう宣言し、魔剣の柄元に光る煌びやかな鍔《つば》を親指で押し上げ、

「さあ！　賊であろうと幼い身であろうと、一角《ひとかど》の魔剣使いであるなら名乗られよ！」

男の言わんとするところを、リットはすぐさま理解する。

出会い頭に三合。互いに剣を打ち合わせ双方共に生き残った後に、初めて相手を名乗るに値する敵手と認めて礼を交わす――幼い頃から母に何度も聞かされた、魔剣使い同士の決闘の作法。

「り……リット・グラント！　魔剣『十七《セブンテンデキム》』！」

「承知！」

男――グラノスが魔剣『不動残月《ネオメニア》』をすらりと鞘から引き抜く。その呼吸に合わせるように、

リットも十七《セプテンデキム》を体の右側に水平に構える。

ともかくこの場から逃れようなどという考えが頭の中から消し飛ぶ。

一年前、南方王国《オースト》山中の小さな家を旅立った日のことを思い出す。母との約束を果たすためはるばる山を越えてこの街までやって来た。

天下一の魔剣使いとなり、あまねく世界にその名を轟かせる。

成り行きであろうと誤解であろうと関係ない。

身の潔白を示すのは勝利した後で十分だ。

……参ります……！

思考の中に、十七《セプテンデキム》の長大な真紅の刀身を掴む。

唸《うな》りを上げて旋回する刃を、グラノスの側面に全力で叩きつける。

瞬間、視界の先でグラノスの長身が揺らいだような錯覚。地を蹴った男の体が滑るように十七《セプテンデキム》の下に潜り込む。巨大な刀身を不動残月《ネオメニア》の蒼銀の刃で押し上げるようにしてわずかに軌道を逸らし、必殺の斬撃をかいくぐった男の体が無防備なリットの一足一刀の間合いに瞬時に踏み込む。

来た、という刹那の思考。

空中で旋回を続ける十七《セプテンデキム》を男の後方に置いたまま、全力で石畳の地面を蹴りつけて男の正面、神速で振り下ろされる蒼銀の刃の真下へと飛び込む。

……良いですか？ リット……

長い修行の間に母に幾度も聞かされた言葉を思い出す。数多ある魔剣の中でも、力場を操る真紅の魔剣の扱いは一際難しい。手を触れずとも自在に動く魔剣を手にすることは逆に魔剣使いに「自分の体」の存在を忘れさせ、致命的な隙を生む要因となる。

「体」の存在を意識すれば魔剣の制御が崩れ、魔剣に意識を奪われれば「体」の反応は疎《おろそ》かになる。多くの魔剣使いがその領域を越えることが出来ないのだと母は言っていた。その者たちは魔剣を使うのでは無く、魔剣に使われ、その力に振り回されるだけで生涯を終えるのだと。

「ほう！」

グラノスの喝采の声と共に、二つの音が同時に響く。一つは男が腰の鞘を後ろ手に背後に振り抜き、背中から斬りつけた十七《セプテンデキム》の真紅の刃の側面を弾いた音。もう一つはその動きによって生じたわずかな隙に乗じたリットが不動残月《ネオメニア》の刀身の側面を手の甲で打ち付けた音。蒼銀の刃の軌道が指一本分左に逸れ、体捌《さば》きによって攻撃をかいくぐるだけの余地が生まれる。同時に跳ね返った十七《セプテンデキム》の長大な刀身が男の後方で旋回。袈裟斬《けさぎ》りに再び男の背中を切りつける真紅の刃と呼吸を合わせ、リットは男の懐に踏み込みざま裂帛《れっぱく》の気迫と共に右の肘を突き出す。

魔剣とその使い手による双方向からの挟撃。

これこそが、真紅の魔剣のあるべき姿に他ならない。

思考と行動が完全に理合しなければ、己の体と魔剣を独立に操ることは叶わない。手足が考えるより早く自然に動くように、考えるより早く心の中で魔剣を振るう。「魔剣を操る自分」をイメージするのではなく、「魔剣を操るための別な腕を持つ自分」を心の中に想起する。魔剣は己の一部であり、同時に己の一部ならず。剣を持つ自分と持たない自分、その双方を同時に意識の中にコントロールする術をリットは身につけなければならなかった。

一番最初に行う修行はお絵描きだ。右手の人差し指で三角を描きながら同時に魔剣の剣先で地面に円を描く。それが出来るようになれば次はもっと複雑な図形。三角が星になり、リンゴの模写になり、優美な風景画になるに及んでようやく修行は次の段階に進む。

次に行われる修行はじゃんけんだ。右手と魔剣、あるいは左手と魔剣でそれぞれ違う手を出し、勝ち負けを競う。魔剣は上段の構えが石、中段がハサミ、下段が紙と適当に定める。自分で勝ち負けを決めてはいけない。考えてはいけない。けれども何も考えずに手を決めてもいけない。手を操る自分と魔剣を操る自分――両者をそれぞれ「同時に別々に」想起し、双方の勝敗が完全に均等になって初めて基礎的な型の稽古を許される。

リットが母に言われてこの修行を始めたのは四歳の誕生日。

そこから、魔剣がかろうじて自分の一部となった感覚を得るのに六年と二ヶ月かかった。

男の胸を狙う肘の一撃と背後から斬りつける真紅の魔剣の一撃、二つの攻撃を前後から完全に同時に叩きつける。その双方に対応しようと男が身を捻り、肘の先端から体を逸らすと同時に振り返りざま手にした蒼銀の魔剣を背後の真紅の刃目がけて水平に薙《な》ぎ払《はら》う。

だがその動きの全ては最初から承知の上。

甲高い金属音と共に弾かれた十七《セブンテンデキム》の長大な刀身は旋回しながら男の側面に回り込み、同時に肘打ちの真似《まね》をやめたリットの体は男の傍をすり抜けて同じく側面、真紅の魔剣の向かう先に飛び込む。

跳躍と同時に虚空《こくう》に水平に蹴り出した足の裏を十七《セブンテンデキム》の真紅の刃が受け止める。あらゆる魔剣は主の意思に応じて斬るも斬らぬも思いのまま。鋭利な刃はリットのブーツに傷一つ付けることなく、その足を男の顔目がけてすさまじい速度で押し出す。

ぬぅ、と驚愕《きょうがく》と苦痛の混ざった男の声。全力で叩きつけた右の蹴り足がグラノスの左手に弾かれる。だがその流れもまた読みの内。体勢を崩して落下を始めるリットの体を十七《セブンテンデキム》が掬《すく》い上《あ》げ、自らの刀身諸共に上空高くへと跳ね上げる。

宙に一転した長大な刀身が、リットを置き去りに眼下の男目がけて落下。

陽光に煌めく真紅の刃が、大気の唸りと共に男の頭上に神速の斬撃を振り下ろす。

グラノスは石畳の地面を強く踏みしめ、両手に構えた不動残月《ネオメニア》を雄叫《おたけ》びと共に振り上げる。

鳴り響く甲高い金属音。真紅と蒼銀、二つの刃が激しく激突し、双方の刀身に刻まれた魔術紋様を虹色の光が走り抜け――

続けざまに響く衝撃音。

自由落下に任せて叩きつけたリットの蹴り足が全体重をもって十七《セプテンデキム》の刀身を上から押しこみ、真紅の刃を男の防御へとめり込ませる。

グラノスがぎり、と奥歯を鳴らし、右膝を地面につく寸前で踏みとどまる。だが耐えきれない。二つの刃がぶつかり合う衝撃に加えて軽いとはいえ人間一人分の重み。ありとあらゆる力が男の腕に同時に加わり――

鈍い音。

剣を握った男の右腕が、あらぬ方向に折れ曲がる。

取った、という刹那の思考。が、次の瞬間、氷を押し当てられたような悪寒《おかん》が背筋を走る。

とっさに飛び退くリットの視界の先、男が蒼銀の魔剣を無事な左手一本でゆらりと水平に掲げる。

手元に引き戻した十七《セプテンデキム》を盾のように目の前に垂直にかざし、身構える。

「……お見事」

底冷えするような男の声。

魔剣使いグラノスは力を失った右腕を体の脇に無造作に垂らしたまま、左手一本で握った大太刀を肩に担《かつ》ぐように構え、

「されば一手、御指南願う。……いまだ拙い身なれど、ザンゲツ家伝来の剣の極み、お見せ致す」

無意識に喉を鳴らす。

目がまだ死んでいない。

いや、片腕が折られたことなど気にすら留めていない。

魔剣使いの能力は己が身につけた剣の技と、魔剣が一振りに一つずつ備える超常の力、その掛け算によって決まるのだと母に習った。勝敗は使い手の技のみによっては決まらず、魔剣の格のみによっても決まらず。戦いはまだようやく半分。ここからは、互いの魔剣の権能を披露する時間だ。

大きく深く息を一つ。

リットは十七《セブンテンデキム》の柄にそろりと手をのばし――

「待って待って！　待ってくださいにゃ！」

不意に、通りの向こうから甲高い声。ぬ？　とグラノスが怪訝《けげん》そうな声を上げる。人垣を必死の形相でかき分けて、エプロンドレスの少女がリットとグラノスの間に飛び込んで来る。

頭の上の黒い三角耳が、慌てふためくようにぱたぱたと動く。

少女は二人の魔剣使いをあわあわと見比べ、グラノスに駆け寄るなり魔剣を持つ男の左腕にしがみつき、

「お、おやめくだされ！　ミオン殿、何を！」

「落ち着いてくださいにゃグラノス卿《きよう》！　誤解なんですにゃ――！」

赤と黒のお膳に置かれた鮮やかな色彩の皿から、ほわりと湯気が立ち上った。

どうぞお召し上がりを、というグラノスの言葉に、リットは思わず喉を鳴らした。

今日はいったいどういう日なんだろう。昼に鴉の寝床亭であんなに美味《おい》しいご飯にありつい

たというのに、夜にはそれよりさらに豪華なこの宴席だ。青と白を基調とした四角い皿には色

とりどりの一口大の料理が何種類も並び、隅には春らしい薄桃色の花が一輪飾られている。肉

に魚に野菜に果実。あらゆる食材が見るからに繊細な技法で調理され、皿の模様まで計算に入

れて一枚の絵画のように美しく盛り付けられている。

これは軽い前菜のような物で、この後も次々に料理が運ばれてくるらしい。

ありえない話だ。やはり何かの間違いではないだろうか。

「あの……良いのですか？　食べても。本当に？」

おそるおそる問うリットに、向かいの席のグラノスが「無論ですとも」とうなずく。男もリ

ットも椅子ではなく、綿を詰めたクッションを床に直接置いてその上に足を曲げて座っている。

草を編んだ不思議な感触の床は独特な良い匂い。柱も天井も何もかもが木造《きづくり》の広い客室はリッ

トが知る普通の石造りの建物とは大きく趣が異なっている。

お膳の上にはフォークやナイフの代わりに細長い木の棒が二本。エイシア大公国の宮廷料理は「箸」というこの棒を使って食べるのだと幼い頃に母に教わった。その時は絶対に冗談だと思ったが、こうなってみると作法を一通り叩き込んでくれた母に感謝しかない。

箸をぎこちなく動かして、一番手前にある小さな四角い肉を口に運ぶ。

たちまち溢《あふ》れる濃厚な滋味。

思わず、ほう、と息を吐くリットにグラノスがようやく破顔し、

「此度《こたび》の無礼、重ね重ねお詫《わ》び申し上げる」深く頭を下げ、すぐに顔を上げて快活に笑い「いやまったく。このグラノス・ザンゲツ、リット殿の業前に感服仕《つかまつ》った！　その若さですでに某《それがし》など及ばぬ高みにおられるとは！」

「え、そんな……」

なんだか恥ずかしくなってうつむく。確かに自分が男の腕を一方的に折るという展開にはなったが、実のところ二人の実力は勝負の結果ほどには離れていない。あのまま戦い続け、互いに魔剣の権能を解放していれば、最後に立っているのが自分だったとは言い切れない。

おそらくそれはグラノスも承知のはず。

その上で自分より十は若いリットの腕を讃《たた》え、こうして宴席まで設けてくれるのだから、こっちの方が恐縮してしまう。

「それであの、グラノス卿、お怪我の具合は……」

おそるおそる問うリットに、男は怪我？　と首を傾げ、すぐにまた笑い、

「この腕の事ですか！　なに、心配はご無用！　当方には治癒専門の魔術師が幾人もおりますれば、このような骨折などほれこの通り！」

包帯に包まれた腕を上下に動かし、あいたたと顔をしかめる。

と。

「ザンゲツ殿、酒が過ぎますぞ」男の隣、エイシア風の装束に身を包んだもう一人の男が頭を下げ「リット殿。当方からもお礼申し上げる。よく、あの賊を退けていただいた」

陰気な顔で呟くこの人物はジェレミア・ハクロウ。そもそものきっかけになったあの壊れた馬車に乗っていた、エイシア大公国本国からの特使だ。グラノスとは同い年くらいという話なのだが、痩せすぎな上に髪にも若白髪が交ざっていてどうにも年齢がわかりにくい。そんな男は今ひとつ感情のこもらない視線をリットの背後に横たわる十七《セブンテンデキム》に向け、

「どうぞ今宵《こよい》はゆるりとお過ごしあれ。不足があれば、女官にお申しつけいただければ何なりとご用意いたす故」

セントラルの街の東地区、エイシア方面に通じる門と中央の大聖堂を結ぶ参道の途上にこのエイシア大公国大使館はある。大通りでの立ち合いの後、誤解が解けたグラノスに是非にと乞われてリットはここまでやってきた。さっそく宴《うたげ》の準備をと慌ただしく走り回る女官達。一度はこっそり逃げだそうかとも考えたリットだったが、お食事の前に湯浴みをと言われてその考

えを改めた。

エイシア風の浴室は全てが良い香りのする木造で、広くて、清潔で、お湯もたっぷりで、とにかく何もかもが素晴らしかった。石鹼も香油も使い放題で、薬草を煮出した特別な液だの肌が滑らかになる魔術装置だのと見たことの無い手入れの道具まで揃《そろ》っていた。身支度のための女官が五人も集まってあれやこれやとしてくれるのは正直かなり恥ずかしかったが、おかげで今までやったことも無いような複雑で綺麗な形に髪を結ってもらうことも出来た。

着ていた服も洗濯してもらい、代わりに典礼用だという立派な衣装を貸してもらった。

ふわふわとした色鮮やかな布を何枚も重ねた衣装はほのかに花の香りがして、お姫様にでもなったみたいな気分。

「それでジェレミア卿」何皿目かの料理を平らげ、ようやく人心地ついたところで痩身《そうしん》の男に向き直り「お聞きしたいのですが、あの賊はいったい？」

「正体は不明……なれど、目的は明白にて」男は部屋の隅に控える衛士の一人に目配せし「当方がエイシア本国より護送して参った物。間違いなく、これを狙ってのことかと」

軍服姿の男女数名が大きな魔術装置を抱えて部屋に入ってくる。

装置の大部分を構成する直方体型のガラスの器に横たわるのは、抜き身の状態で幾重もの光る魔力文字の結界に包まれた両刃の剣。

「魔剣、ですか？」

「左様」ジェレミアはうなずき「お気を付けあれ。主を失ったはぐれの魔剣。封印は施しておりますが、迂闊《うかつ》に触れればどのような災いが降りかかるか」

無意識にのばそうとしていた手を慌てて引っ込める。魔剣は一代に一人、誰にも不明な理由で主を選ぶ。主以外の者の手にある魔剣は全ての力を失って紙一枚斬ることすら出来なくなるのだが、加えて、ほとんどの魔剣は許しも無く柄を握ろうとする輩《やから》に危害を及ぼす。

魔剣を盗もうとして不可思議な力に心臓を潰された盗賊のお伽噺《とぎばなし》は、リットも寝物語に母に聞かされて知っている。

では、魔剣使いはどうやってその危険な魔剣を最初に手に取るのか。

簡単な話。

例えばリットがそうであったように、剣を一目見た瞬間にこれは自分の一部だとわかるのだ。

「あの……『はぐれ』ということは、持ち主の方は」

「地下遺跡にて、この魔剣を抱いたまま事切れておりました」これにはグラノスが答え

「北方連邦国《ルチア》が我が国の内情を探るために送り込んだ間者の一人です。長らく文官として大公家に仕えておりましたが、その時は魔剣使いではなかった。……戦争が終わる間際《まぎわ》に正体が露見して行方を暗ましたのですが、おそらくは山中を彷徨ううちに遺跡に迷い込み、そこで魔剣を抜いたところで力尽きたのではないかと」

太古の昔に彼方の神によって六万六千六百六十六本が創造されたという魔剣は、最初は全て

が大陸中に点在する地下の遺跡に安置されていたのだと聖門教の神話にはある。二千年にわたる戦争の間には多くの魔剣が掘り出されたが、それでもまだかなりの数が地下に埋もれたまま眠っているはずだと言われている。

そういった魔剣は例外なく太古の魔術装置に突き立つ形で眠っていて、主が柄を握らなければ何をやっても抜くことが出来ない。

男はたまたま地下遺跡に迷い込み、たまたま自分が抜くべき魔剣と出会い、そこで死んだ。

本当に、そんな偶然があるだろうか。

「つまり、賊はその魔剣を狙ったということですか？」色々と納得がいかない気持ちでリットは首を傾げ「主もいない魔剣を奪ってどうしようと？　……いえ、そもそもジェレミア卿はどうしてこの魔剣をセントラルに？　はぐれの魔剣なら、王宮の保管庫に収蔵しておくべきなのでは」

ふむ、とジェレミアが空になった小さな杯をお膳に置く。

男は両手を床につき、リットに向かって頭を下げ、

「実は、それについてリット殿にお頼みしたいことが一つ」

＊

高らかな鐘の音が、部屋に一つきりの窓から響いた。

石造りの殺風景な控え室。リットは傍らに浮かぶ十七《セブンテンデキム》の刀身にそっと手を当てた。

教導騎士団の訓練や対抗試合の際にも使われるのだという部屋は木のテーブルに椅子が一つきりで、壁の棚には魔術式の銃や練習用の木剣、あるいは鉄の剣がきちんと並べられている。たとえ魔剣使いでなくとも、剣の扱いは兵士にとって欠かすことの出来ない嗜《たしな》みの一つ。その点は、このセントラルでも変わらないらしい。

ふと、床に誰かが置き忘れたらしい剣の存在に気付く。

歩み寄って両手で丁寧に取り上げ、そっと棚に収める。

昨日のグラノスとの戦いに続いて二日連続での決闘とはなるが、エイシア大使館で歓待を受けたおかげか気力体力共に充実している。これなら実力を出し切ることが出来るだろう。旅の間に薄汚れてしまった服も綺麗に洗濯してもらって本来の色合いを取り戻した。いつも通りに三つ編みに結った長い髪。グラント家の家紋入りの外套も白を基調にした鮮やかな色彩に輝いている。

胸には、薄桃色の花が一輪。

　この花を散らされれば、そこで勝負ありだ。

『つまり、魔剣が見つかった状況が問題なのです』

　グラノスとジェレミアから受けた説明を思い出す。魔剣が安置されていた遺跡は東方大公国《エイシア》と南方王国《オースト》の間のちょうど国境線上、両国が戦後に定めた緩衝地帯の中にあった。魔剣の主となった男は間者として追われる身であり、命を失った時点では東方大公国《エイシア》の民では無かった。さらには男の雇い主であったはずの北方連邦国《ルチア》が「そのような人物は知らない」と関与を否定したことで男はどこの誰とも知れぬ何者かとなり、主を失った魔剣の所有権が東国《エイシア》と南国《オースト》の両方に発生することとなってしまった。

『あの、それはそんなに問題なのですか？　魔剣を得たところで王家の保管庫に収めるだけなのですから、どちらの国が得ても違いはないのでは』

『それが、そう容易《たやす》い話では無いのですよ』

　リットの疑問に答えたグラノスによると、東国《エイシア》も南国《オースト》も、おそらく他の二国も内情は民衆が思っているほど単純では無いのだという。魔剣戦争が終わって四大国が和平を結び、全ての国が廃剣令に同意もしたが、王族や軍の中にはいまだに「いつ再び戦争が始まるか分からないのだから軍備を怠るべきではない」という声が根強い。平和のためという建前で魔剣使いの数を制限することに同意せざるを得なかったことを苦々しく思う者は多く、そういう者たちは国が容易く魔剣の所有権を手放すことを断じて認めないらしい。

『それで決闘裁判、ですか』

『はい。大公殿下もオースト国王も、確かに所有権を主張したという形が必要なのです』

神前決闘裁判とは四大国間の争いを聖門教会が仲裁するための古い制度だ。魔剣戦争のせいで長く形骸化していたが、終戦と共に今代の教皇が再開を宣言した。双方の主張に理があり、話し合いでは結論が出ない場合、互いの国が全権代理人として一人ずつ魔剣使いを送り出し、その決闘の結果によってどちらの主張が通るかを定める。

そもそもジェレミアが魔剣をこのセントラルまで運んできたのはこの決闘裁判のため。

本来ならエイシア側の魔剣使いは筆頭駐在武官であるグラノスが務めるはずだったが、彼はよりによって裁判の前日に新参者の少女に腕をたたき折られてしまった。

『それで、そのオースト側の魔剣使いというのは？』

『実の所、それほどの者では』そう言ってグラノスは笑い『オースト王国近衛《このえ》騎士団第十三師団補佐役ローエン・テイラー。リット殿と同じ真紅の魔剣の使い手です。……なに、剛力が自慢の男ですが、技の方は一流半が良いところ。手負いの某はともかく、リット殿の業前なれば赤子の手を捻るようなものでしょう』

窓の外から再び鐘の音。間もなく太陽が空の一番高い場所を横切る時刻。あと一度鐘が鳴れば決闘裁判は始まる。

立ち上がり、扉の前に歩み寄る。

純粋な魔力結界によって構成された扉は半透明に揺らいでいて、外の様子を透かし見ることが出来る。

遠くには天に向かって尖塔《せんとう》を突き出す白亜の大聖堂。その前に横たわる広場は目を凝らさなければ反対側の端が見通せないほど広大な円形で、真っ白な大理石に覆われた地面には聖門教の巨大な聖印が赤く光る複雑な魔術紋様の組み合わせによって描かれている。広場の外周を取り巻くのは数十段の階段状の観覧席。四季折々の祝祭の日には信者でごった返すのだろう観覧席は静寂に包まれ、空っぽの観覧席の一番上段には北東、南東、南西、北西のそれぞれの位置に一人ずつ、見届け人の役目を果たす聖門教の司祭が佇《たたず》んでいる。

リットがいるのは観覧席を四等分するように東西南北に建てられた四つの高い塔の一つ、東側の塔の中。

向かって右手側、北の塔の前には今回の決闘裁判の賞品である魔剣が、昨日と同じ装置に収蔵された状態で安置されている。

そこから少し離れた場所で片膝をついて頭を垂れるのはジェレミアともう一人、オースト《オースト》王国の大使である儀典服姿の女性。後ろにはグラノスの他に南方王国側の護衛らしい数名の兵士が付き従い、こちらも同じ姿勢で顔を伏せている。

彼らの前には、白一色の法衣《ほうえ》に身を包んだ一人の老人。

聖門教会第一二七代教皇、リヌス十八世が厳かに祈りの聖句を読みあげる。

教皇は二つの国の代表それぞれの頭上に手をかざし、これが神聖な儀式であること、結果が彼方の神の裁定であることを告げる。互いに遺恨を残さぬようにという教皇の言葉にジェレミアと南方王国《オースト》の大使がそれぞれ誓いの言葉を返し、儀式が終わる。

全ての人が観覧席に退き、代わって進み出た数十人の司祭服姿の魔術師が広場の外周全体に結界を張り巡らせる。魔剣使い同士の立ち合いによる破壊の余波を防ぐための物。全ての準備が整った広場に、最後の鐘が高らかに鳴り響く。

一度だけ目を閉じて深呼吸。

よし、と心の中でうなずく。

天下一の魔剣使いとなる——一度は無理かもしれないと思ったその夢が、少しずつ目の前に近づいて来ているのを感じる。昨日はエイシア大使館の筆頭武官であるグラノス卿と立ち合い、今日はそのエイシア大公国の名代として戦う。そうやって一つ一つ勝利を重ねていった先にはきっと、未来が、母との約束を果たす日が待っている。

対戦相手の男が現れるのは南、南方王国《オースト》の方角の塔から。

リットは十七《セプテンデキム》を右手の傍に油断なく構え、扉から広場に向かってゆっくりと一歩踏み出し、

——透き通るような風の音。

瞬《まばた》きした視界の中心を一直線に貫いて、針のような刃の切っ先が閃いた。

息を呑む暇さえありはしなかった。

とっさに身をのけぞらせるリットの鼻先、髪の毛一筋ほどのわずかな距離をかすめて、神速をもって走り抜けた突きの一撃は虚空に淡い光の尾を引いた。

細く、鋭い、触れれば折れそうなほどたおやかな細剣。刀身全体が半透明な淡青色で、金属ではなく水晶かガラスのような何かで出来ている。刃渡りはおよそ三フィルト《九十センチ》、リットの魔剣の半分ほど。複雑な装飾が施された優美な柄にやはり淡青色の魔力石が光る。

「あら？」

鈴を鳴らすような愛らしい声。剣の主は華麗なステップで踊るように身を翻し、瞬時に引き戻した柄を胸の前に構えて首を傾げる。男では無い。リットと同い年くらいの少女。ゆるいウエーブを描く豊かな金色の巻き毛がふわふわと肩のあたりまで流れている。

身にまとうのはおよそ決闘の場に似つかわしくないレースとフリルをふんだんにあしらった淡い黄色のドレス。舞踏会にでも出るのかという華やかな出で立ちの中にあって、手にした細剣だけが剣呑《けんのん》極まりない光を放つ。

……これが、敵……？

話に聞いていたのとあまりにも違う。一瞬の自失。のけぞった姿勢からそのまま横に倒れ込むようにして細剣の間合いから体を逃し、同時に傍らに浮かぶ十七《セプテンデキム》の刃を少女目がけて叩きつける。

くすりと、少女の口元にかすかな笑み。ガラス質の細剣が踊るように閃く。高速旋回する十七《セブンテンデキム》の質量と衝撃に抗《あらが》わず、逆らわず。少女は続けざまに放たれる真紅の斬撃に針のような剣先をたった二度だけ触れ合わせ、その動きによって生じたほんのわずかな隙をワルツを刻むようにするりとすり抜けてリット自身の行く手に回り込む。

「まあ、お上手ですのね」

ふわりと、日だまりで眠りこける小鳥のような少女の笑み。だが油断など出来るはずが無い。この激しい立ち回りの中にあって、少女はその純白の靴下に汚れどころか砂埃《すなぼこり》一つ許してはいない。旋回を続ける十七《セブンテンデキム》を少女の背中目がけて水平に薙ぎ払い、同時に立ち上がりざま地を蹴ったリットは一挙動に少女の正面から懐に飛び込み——

背筋に、ぞっとするような違和感。

少女はリットの突撃からわずかに身を逸らしつつくるりと背後を振り返り、眼前に迫る十七《セブンテンデキム》の長大な刀身にガラス質の細剣を振り下ろす、というより上からそっと押し当てる。

真紅の魔剣が地に落ちる。突如として加えられたすさまじい質量に抗いきれず、あらゆる推力を失った刀身が針のような剣に押さえつけられるまま落下する。壁か、あるいは巨大な山その物に激突したような錯覚。地に叩きつけられる寸前でかろうじて十七《セブンテンデキム》の制御を取り戻し、刀身を細剣の下から側方に逃がすことに成功する。

まあ、と少女の声。目標を失った淡青色の細い刃は弧を描いて足下の地面に突き立ち、

——寒気がするような、すさまじい破砕音。

細剣が触れた一点を中心に、大理石の地面が十数フィルト《数メートル》にわたって砕けてすり鉢状に陥没する。

後方に大きく退いて身構えるリットが見つめる先で、少女が踊るように身を翻す。これで三合。十七《セブテンデキム》を目の前に掲げるリットの呼吸に合わせて、少女が手にした細剣の切っ先で虚空をなぞる。

優雅に、踊るように、降り注ぐ陽光の中に淡青色な光の尾を引いて。複雑な軌跡を描いた剣が少女の胸の前、剣先を真っ直《ます》ぐ天に向けた構えで止まる。

あれは、と観覧席で見守るグラノスの声。

少女の手なる魔剣の正体に、リットはようやく気付く。

幼い頃に母が語ってくれた寝物語に謳《うた》われた数多の魔剣の一つ、北方の大国ルチア連邦に名高き伝説の一振り。世界に永遠の冬をもたらそうとした巨人の手のひらを七日七晩大地に縫い止め、死した巨人の亡骸《なきがら》が巨大な山となったというお伽噺《とぎばなし》から付けられた、触れれば折れそうなほどたおやかなその細剣の名は——

「魔剣『山嶺《モンストウルム》』」

歌うような声。

少女はふわりと微笑《ほほえ》み、ガラス質の刃にそっと口づけた。

「クララ・クル・クランと申します。どうぞお見知りおきくださいませ」

序ノ二　山嶺

細く透き通るガラス細工のような魔剣が一振り、銘を「山嶺《モンストウルム》」という。

クララが最初にその魔剣を見たのは十三歳の時だ。

普段は氏族の中でも祭祀《さいし》を取り仕切る大長老しか立ち入ることを許されない秘密の洞窟は、北方連邦国《ルーチア》の北西の山中深く、クラン家の所領の外れにあった。継承の儀の日。先祖伝来の色鮮やかな装束に身を包む年上の少年少女の後に従って、クララもまた洞窟の最奥《さいおう》、封印の間と呼ばれる広大な空洞に並んだ。

山嶺《モンストウルム》の先代の主であった大叔父が戦場の華と散ってからちょうど一年。氏族の本家のみならず全ての分家で前回の継承の儀の後で生まれた、つまりは新たに魔剣の主に選ばれる可能性がある全ての者がこの儀式に集っていた。と言っても、緊張した面持ちなのは本家の六人の息子達だけ。後の者は洞窟の高い天井に飾られた幾つもの燭台《しょくだい》や祖霊を祀る神聖な旗を物珍しげに見上げ、あるいは隣の誰かとひそひそと話し合い、かすかな笑い声を上げる者さえもいた。

山嶺《モンストウルム》が選ぶのは常に本家の直系の男子、それも、わずかな例外を除いては長男のみ。開祖以来二十七代の主は全てそうであり、だから今回もそうに違いないと誰もが思っていて、それは末席の分家の末娘であるクララも例外ではなかった。

『クララ、寒くはないかい？』

隣に立つ少年の顔を見上げてにっこりと微笑《ほほえ》んだ。本家の長男であり、たぶん山嶺《モンストゥルム》を継ぐことになるのだろうと誰もが思っていた少年。卓越した剣士であった少年はその大きな手のひらでクララの髪をほわりと撫《な》で、

『平気ですわ、兄様《あにさま》』

『しかしもったいないな。ああもったいない』蠟燭《ろうそく》の薄明かりに照らされた封印の間の高い天井を見上げて嘆息し『お前が山嶺《モンストゥルム》の柄を握れば、天下無双の魔剣使いとなるであろうに』

『あらあら、それでは困ってしまいますわ』

くすくすと笑い、少年の手を取って自分の両手でそっと包む。魔剣の主に選ばれた少年は戦場に赴き、クランの家名を天下に轟《とどろ》かせて帰ってくる。半年か、あるいは一年後。その頃には氏族の大叔母達が手分けして誂《あつら》えてくれているドレスもきっと美しく仕上がっているはずだ。輿入《こしい》れの日の祭りはきっと盛大な物になるだろうと。

そうして、少女はきっと誰よりも素敵な花嫁になるだろうと、両親も、少女自身も、他の誰もがそう信じていた。

『わたくし、兄様の花嫁となる身ですのよ？』

大長老が先祖を讃《たた》える祝詞《のりと》を厳かに歌い、封印の間の中央、魔剣が安置された祭壇の扉を開

く。

誰かの声に呼ばれたような錯覚。

クララは少年と手を繋《つな》いだまま祭壇に向かって一歩踏み出し、そして――

＊

聖地セントラルを取り囲む巨大な真円形の城壁には四つの門がある。東西南北それぞれの門からは石畳の街道がまっすぐ四方にのび、その道はロクノール環状山脈を越えて大陸を四等分する四つの大国に通じる。

その一つ、北方連邦国《ルーチア》に通じる門の前。

クララ・クル・クランはたくさんの着替えと旅の道具を詰め込んだ大きな鞄《かばん》を地面に置き、両腕を頭上に突き出して、うんっ、と勢いよくのびをした。

「着きましたわー！」

元気よく声を上げ、自分の言葉にうなずいてくすくすと笑う。くるりとスカートを翻《ひるがえ》して回れ右し、ここまで自分を運んでくれた鉄道馬車の御者に大きく手を振る。十二頭立てのゴーレム馬が八両の客車を引いて線路を進む鉄道馬車の乗り心地は最高、とまではいかずともなかなかの物だった。おかげで険しい山越えの道も暖かい客室の中で快適に過ごすことが出来たし、何より本当なら大人の足で三ヶ月はかかるロクノールの山越えの道をたったの七日で踏破してしまった。

……ではでは……

左腰の鞘《さや》に収まった魔剣「山嶺《モンストウルム》」の柄に手を置いて少し考え、門前の広場にごった返す入国審査待ちの人波を避けて右へ向かう。石畳の広い道を城壁に沿って少し進むと、お目当ての物がすぐに視界の向こうから迫ってくる。

壁の一面に埋め込まれた、三階建ての建物ほどもある大きな石造りの浮き彫り絵《レリーフ》。

太古の昔に彫られたのだというレリーフには、聖門教の始まり、「彼方の神《かなた》」の神話が描かれている。

遠い遠い昔、二千年続いた魔剣戦争が始まるよりもさらにずっと前のこと。大陸の真ん中に「虚《ヴオイド》」と呼ばれる巨大な穴が開いた。穴は異界に通じていて、そこからあふれ出た魔物が大陸の全土を埋め尽くし、人々を苦しめた。

レリーフの右側に描かれているのはそんな魔物の中でも最も邪悪だったと言われる七柱の魔物の王。

聖門教の神話にある「七つの厄災」だ。

『傲慢《アロガンド》』だとか『憤怒《イラ》』だとか今ひとつ魔物らしくない名前が付けられた七柱は、人の悪徳そのものを象徴しているのだとも言われている。とにかく魔物達によって大陸が地獄と化し、人類が滅びかけたその時、天から「彼方の神」が降臨した。

レリーフの上部分に光の塊として描かれているのが神が乗ってきたと言われる「方舟《はこぶね》」で、同じく左半分に描かれているのが神から授かった魔剣を手に魔物に立ち向かった最初の魔剣使い達だと言われている。彼らの活躍によって魔物達は異界へと押し戻され、聖なる門によって「虚《ヴォイド》」は閉じられた。彼方の神から門を見張る役目を命じられた男は聖門教の最初の教皇となり、地中深くに封じられた門の真上に立てられたのがセントラルの大聖堂である、と——

まあ、要するに「悪いことをすると夜中に『虚《ヴォイド》』から魔物がやって来てお前を食べてしまいますよ」と子供を脅《おど》かすためのお伽噺《とぎばなし》だ。

神話はあくまでも神話。そんな話を信じている者など聖門教の司祭くらいしかいないし、彼らだってどこまで本気かは疑わしいとクララは思う。

それでもこのレリーフは素晴らしいし、神々《こうごう》しく描かれた魔剣使い達や神の姿を見上げていると魔物云々《うんぬん》はともかく彼方の神は本当にいたのかもしれないという気がしてくるから不思議な物だ。少し前までは教会の権威は失墜し、四大国の王からも顧みられることはなかったそうだが、魔剣戦争が終わってからの一年で急速に信者を増やしているらしい。

それで入国審査のあの混雑なのだとすれば好都合。

この街に紛れ込んでいれば、実家の追っ手に見つかることもそうそうあるまい。

「いけない！　忘れるところでしたわ！」スカートを翻してくるりと振り返り、巡礼客目当ての物売りの子ども達に手を振って「どなたか写し絵の魔術が使える方はいらっしゃいませんか？　お願いします、このレリーフとわたくしを！」

「任せてよ！」

真っ先に駆け寄って来た男の子に銅貨を十枚ほど渡し、レリーフの前でポーズを決める。待つこと少し。自分と背後の聖画が色鮮やかに描かれた小さな紙を受け取り、

「素晴らしいですわ！　旅はこうでないと」

「ありがとよ。またいつでもよろしく」男の子は笑い、クララの腰の剣にふと目を留めて「お姉ちゃん、魔剣使いなのか。セントラルまで何しに？　やっぱり仕事探し？　それとも教会の教導騎士にでもなりに来たのかい？」

いえいえ、と笑いを含んだ呟《つぶや》き。

クララは身をかがめて男の子に目線を合わせ、指先で鼻をちょんとつついた。

「わたくし、花嫁修業に参りましたの」

＊

「いらっしゃいませにゃ！　鴉《からす》の寝床亭へようこそですにゃーっ！」

ミオンという名の猫耳獣人の少女は元気よく挨拶し、さっそくクララを店の二階の一番上等

な客室に案内してくれた。

クララは荷物を置いてお礼を言い、ひとまずこれで、と少女に金貨一枚を手渡した。

「一ヶ月ほどお世話になりたいのですけど、足りますでしょうか？」

「ありがとうございますにゃん！　店長も泣いて喜びますにゃん！」

跳ねるように部屋を飛び出していくメイド姿の少女をくすくすと見送り、勢いよくベッドに飛び込む。シーツは清潔、マットはふかふか。セントラルの街での最初の逗留《とうりゅう》先に相応《ふさわ》しいなかなかの部屋だ。特に備え付けの専用の小さな浴室があるのが気に入った。一階にある共用の浴場も悪くはないが、時には一人で静かに湯浴みがしたい日もある。

巣の中で眠りこける黒い鳥の看板が気に入って何となく入ってみた酒場兼宿屋の店だが、どうやら大当たりだったらしい。

「さあ！　まずは計画ですわ！」

ここに来る途中の店で買ったセントラルの地図を広げ、今日これからの予定を考える。街の中央、白亜の大聖堂は外せない。自分が入ってきた以外の東西南の三方向の門も有名な観光名所だし、他にも伝説の魔剣使い「炎帝クリフ」の像とか、同じく伝説の魔剣使いである「百手のアルルメイヤ」との名勝負と名高い「アルバスの滝の決闘」を描いた絵画とか、この街には見所が数え切れないほどある。

何より、そういう場所には自然とたくさんの人が集まる。

つまりは、素敵な殿方との素敵な出会いだ。

目指すは幼い頃から読み続けた様々な絵物語に出てくるお姫様のような人生。素敵な殿方との大恋愛に素敵な家族、何より素敵な結婚式に素敵な花嫁衣装だ。自分に相応しい相手を探すのに、この街ほど適した場所は他には無い。

もちろん路銀も無限というわけではないからいずれは仕事を探さなければならない。おそらく伝手《つて》を見つけて適当な魔剣団《ギルド》に所属する必要があるだろうが、それはまだ先の話。

ふんふんと鼻歌を一つ、靴を脱ぎ捨てた足をベッドの上でぱたぱたさせ、枕元の羽根ペンを摑《つか》んで地図に幾つも大きな丸を描き、

――皿か何かがまとめて割れるけたたましい音。

一階、酒場の方から、少女の物らしい悲鳴が響いた。

＊

小走りに階段を駆け下りる目の前を横切って、大きな皿が一枚、甲高い粉砕音と共に白塗りの石壁に派手なソースの模様を残した。

クララは続けざまに飛んでくる料理の大皿を六枚両手に受け止め、階段の最後の一段を飛び降りて、バーカウンターの裏に座り込んでいる初老の店長の前にまとめて積み上げた。

「こちらでよろしいんですの？」

店長は、ありがとうございます、と小声で呟き、何かを悟りきった顔でワイングラスを磨く。

と、カウンターの前で困り果てた顔で箒《ほうき》を抱えていたミオンが「クララ様！」と駆け寄り、

「危ないですにゃん！　どうぞお部屋へお戻りを！」

「まあまあ、大変でしたわね」猫耳少女の頭をよしよしと撫で「わたくしのことはご心配なく。それより、いったい何の騒ぎですの？」

それは、とミオンが酒場の中央に視線を向ける。

野放図に斬り裂かれて瓦礫《がれき》と化した無数のテーブルや椅子に取り囲まれて、たった一つ残ったまともな席にはふんぞり返った大柄な男が一人。

いかにもオースト貴族らしい黒と赤の軍服に身を包んだ男はついでに顔まで真っ赤で、目の前に積み上がった酒瓶の数から見ても完全に出来上がっているのがわかる。

男の傍《かたわ》らには真紅の魔剣が一振り浮かび、主の動きに合わせて左右にふらふらと揺れている。刃渡り四フィルト《一二〇センチ》ほどの両刃の魔剣は、酔いのせいか怒りのせいか制御が全く定まっていない。それが時折テーブルから皿や瓶やカップを弾《はじ》き飛《と》ばし、あるいは石造りの天井や床を溶けたバターのように斬り裂く。

客のほとんどはとうに店の外に逃れたらしく、取り残された何人かがバーカウンターの近くに積み上げた樽《たる》の陰にうんざりした顔で身を潜め、時折流れ弾のように飛んでくる皿やテーブ

ルの破片を防御の魔力結界で弾いている。他に店内に残っているのは魔剣使いが三人ほど。それぞれが遠巻きに剣を構えたまま、どうやって男に近づいたものかと攻めあぐねている。

そこまでは、まあ良《い》い。

問題は、男に腕を掴まれて強引に隣の席に座らされている、一人の少女の姿だった。

「痛い！　いいから離せ！　離してってば！」

いかにも旅人らしい簡素な服に身を包んだ、おそらくクララよりいくらか年上の少女。意志の強さを表すような切れ長の青い瞳にきりりと引き結ばれた唇。透き通るような白い肌もあいまってどこかの深窓の令嬢か、あるいはお伽噺に出てくる氷の国のお姫様を思わせる。すらりと長い手足、豊かな胸、背中から腰にかけての体のライン——何もかもがうらやましい、もとい怖いくらい完璧に整っている。

だが、何より目立つのはその髪だ。

腰の辺りまでのびる長い髪は、クララがこれまで見たことがあるどんな髪とも異なる不思議な色合いを帯びている。銀髪、と言ってしまえば確かにそうなのだが、ただ色素が薄いだけの灰色の髪というわけではない。なんらかの魔力の作用か、あるいはそういう特殊な化粧なのか、艶《あで》やかなその髪は時折、自らが光を放っているかのようにほのかに輝いて見える。

ものすごく綺麗《きれい》な人だ。

さすが四大国全ての人間が集まるセントラル。こんな女の子は絵物語の中でも見たことが無い。

「あちらの魔剣使いのお客様が急に怒り出したんですにゃん」ミオンは黒い尻尾をぶわっと膨らませ「最初はあのお姉さんの方から近寄って、色々とお話ししてたですにゃんけど、そのうちに男のお客様の方が『馬鹿にするな』とかなんとか言い出して……」

「離せだと？　貴様、もう一度申してみよ――！」

言葉を遮って鳴り響く大音声《だいおんじょう》。

男は片手で少女の腕を掴んだまま、もう片方の手で目の前のテーブルを殴りつけ、

「このような愚弄を見過ごせる物か！　貴様、よりにもよってこの儂《わし》がグラノス・ザンゲツめに敗れると申すか！」

「そんなこと言ってないだろ！」少女は何とか逃れようと掴まれた腕を上下に振り回し「ボクはただ、あんたはそのグラノスってのに一回負けたんだろ？　って聞いただけで――」

「取り消せ！」男は酒杯に残った酒を一息に飲み干し「確かに五年前の戦場では奴《やつ》めに後れを取ったが、儂もまたこの五年の間に修練を積んだのだ！　明日こそは必ず彼の優男めに煮え湯を飲ませてくれようぞ！」

……あらあらまあ……

「あ！　クララ様！」

よし、と両手を頰に当てて気合いを一つ。引き留めるミオンの声に構わず、まっすぐテーブ

ルに歩み寄る。

たちまち男が怒りと酒精に赤く濁った目で振り返り、

「なんだ貴様は！」

「そんなに怒らないでくださいまし」少女を摑む男の手にやんわりと自分の手を添え「いかがでしょう。わたくしがその方の代わりにお酌をして差し上げるというのは」

「ぬ……？」

男が手の力を少し緩め、その隙に少女がするりと腕を引き抜く。逃げるように駆け出した少女が出口の扉の前で振り返って頭を下げ、表の通りへと飛び出していく。

その背中に小さく手を振り、さて、と男に向き直る。

「そういう話であるならば、まあ……」男はクララの顔をまじまじと見つめ、揮発した酒その物のような息を吐き出し「うむ……悪くない。先程の娘ほどではないが、お前もなかなかの物ではないか」

「まあ、ありがとうございます」

クララはにっこり微笑み、肩を抱こうとする男の手からするりと抜け出す。

ゆるやかに三歩後退し、男の間合いの外で足を止め、

「でも、少し困ってしまいますわ？　……わたくし、お付き合いする殿方は自分より強いお方だけと決めておりますの」

呆《ほう》けたように、男が一度だけ瞬《まばた》きする。

淀《よど》んだ視線がクララの顔からドレスへと移り、腰に佩《は》いた山嶺《モンストウルム》の柄と鞘に留まったところでようやく焦点を取り戻し、

「小娘、貴様──！」

瞬間、噴き上がるすさまじい怒気。

巌《いわお》のような両足が椅子を蹴り飛ばして立ち上がり、

「よもや日に二度もこのような小娘に愚弄されようとは！　許せぬ！　断じて許せぬ！」

「え？　わたくし何《か》か」

男の反応に首を傾《かし》げて見せる。クララとしてはただ事実を指摘しただけなのだが、怒らせてしまったならそれもやむなしだ。

「抜け！　我が名は元オースト王国近衛《このえ》騎士団第十三師団長ローエン・テイラー！　並びに魔剣──」

「まあまあ、少し落ち着いてくださいまし」一応は男をなだめてみようと柔らかく微笑み「決闘の作法をお忘れですわよ？」

男の頭の血管が切れる音が聞こえたような錯覚。

傍らに浮かぶ真紅の魔剣が風切り音と共に一閃《いっせん》。両断されたテーブルが派手な音と共に左右に倒れて料理の皿やら酒瓶の山やら何もかもを石造りの床にぶちまける。

　魔剣はさらに水平に旋回、クララの鼻先をかすめるついでに空中に吹き飛んだ陶器のカップを粉々に打ち砕く。回転を続ける剣の柄を男の両手が摑み取り、丸太のような右足が滑るように一歩踏み出す。酔いを感じさせない流麗な挙動。踏み込んだ足を軸に巨軀《きょく》が反時計回りに一回転。飛翔《ひしょう》する魔剣の速度に自らの膂力《りょりょく》を上乗せし、左からの薙《な》ぎ払《はら》いの一撃がクララの首を両断する軌道で今まさに放たれ——

　危ない、と背後でミオンの声。

　……ああ、つまらない……

　クララは小さくため息を吐き、重心をほんの少しだけ前に動かした。

「ごめんあそばせ？」

　戦いは、瞬きのうちに決着した。

　文字通り、手合わせにすらならなかった。

　クララは難しいことは何もしなかった。ただ男に向かって真《ま》っ直《す》ぐ歩き、ただ腰の鞘に収めたままの山嶺《モンストウルム》の柄に手を置いただけ。ただし、その動きは水平に迫る真紅の刃をかいくぐって一息に男の懐《ふところ》に飛び込み、抜き撃ちの一撃で手首を正確に射貫《いぬ》く——そういう一連の攻撃の「起こり」を表すものだった。

　わずかに遅れて目の前の少女の動作に気付いた男が、剣の軌道を強引に変化させようと腕に力を込める。水平の薙ぎ払いから垂直の振り下ろし――自分の手元へ飛び込んでくる敵を迎撃する動きへ。だが、男の腕がようやく動き始めたその瞬間、機先を制する形でまたしてもクラが足の運びを少しだけ変化させる。今度は緩やかに左、正面からの斬り下ろしの一撃を紙一重でかわして男の背後に回り込む、そういう動きの最初の一歩。わずか一刹那、一呼吸の百分の一にも満たない時間の攻防。男が剣の軌道を再び横薙ぎに戻そうと腕に力を込めた瞬間、クララは踏み出すふりをしていた足を止めてゆっくりと一歩後方に退いた。

実際、男はそれなりの使い手ではあったのだろう。これほど酔った状態で、クララが見せた動きの変化に二度までは対応して見せた。だが三度目は無理だった。自らの勢いを止めきれなくなった男は目の前の空っぽの空間、その場所に飛び込んでくるはずだった少女の幻を真紅の魔剣で虚《むな》しく払った。

クララの体は轟音《ごうおん》と共に走り抜けた刃の外側、わずか髪の毛一筋の位置。

無造作に踏み出した足がバランスを失った男の側面、手をのばせば届く位置にするりと潜り込む。

剣術の心得が無い者はもちろん並みの魔剣使いであっても、男が勝手に真紅の魔剣を相手には届かない場所で振り回し、クララは剣が通り過ぎた後の何も無い空間を男の傍《そば》まで歩いただけとしか見えなかったに違いない。そうでないことを知るのはおそらくクララ自身と男の二人のみ。驚愕《きょうがく》に目を見開いた男が視線をゆっくりとクララの方に動かした瞬間、山嶺《モンストゥルム》の淡青色の刃が閃《ひらめ》いた。

「きさ――！」

貴様という形に口を動かしたまま、男の巨軀がクララの背後に豪快に吹き飛ぶ。山嶺《モンストゥルム》の切っ先によって靴の爪先を床石に縫い止められ、自身の体重と振り抜いた剣の勢いに自ら振り回されて、魔剣使いローエンは空中に無様に一回転、石造りの床に背中から叩《たた》きつけられる。

派手な音と共に吹き飛ぶテーブルや椅子や食器の欠片《かけら》。

クララは踊るようなステップで振り返り、引き抜いた細剣をくるりと胸の前に構え、

「……あら？」

目の前には、男が放り投げてしまった真紅の魔剣。

鋭い切っ先を足下、仰向けに倒れた男の首筋に向けて、鋭利な刃が一直線に落下していく。

男の喉から恐怖に引きつった呼吸音が漏れる。慌てて山嶺《モンストゥルム》を一閃、真紅の刃を前方、男の足の方に向かって弾き飛ばし、

「……あああああああ――っ！」

「まあ！　ど、どどど、どうしましょう！」

噴き上がった血しぶきが床を赤黒く濡《ぬ》らす。目標を大きく逸《そ》れた魔剣は男に致命傷を与えるのを免《まぬが》れた代わりに、丸太のような右の足首にざっくりと突き刺さる。本当なら魔剣の刃は斬るも斬らないも主の意のままなのだが、その程度の制御も出来ないほど混乱していたらしい。

大変なことになってしまった。ここまでやるつもりは無かったのに。

慌てて駆け寄って男の服を裂き、傷口を固く縛って血を止める。

「――――っ！　ま、待て娘！　少し加減を！」

「我慢して下さいまし！　足を失ってもよろしいのですか！」

情けない、故郷の氏族の兄弟や従兄弟《いとこ》ならこの程度のことでは呻《うめ》き声一つあげないのに――

などと思わなくもないがそんなことを考えている場合ではない。

「どなたか治癒の魔術が使える方はいらっしゃいませんか！　すぐにお医者様を！」

「ローエン卿《きょう》！　これはいったい何の騒ぎ――」

不意に、店の入り口の方で複数の足音。南方王国《オースト》の赤と黒の軍服を纏《まと》った兵士の一団が店内になだれ込んでくる。

先頭に立つのは一人だけ豪奢《ごうしゃ》な執務服に身を包んだ、いかにも偉そうな黒髪の女性。

視線をまず周囲の惨状、次に血まみれで呻き声を上げる男、最後にクララへと移し、

「……そこの魔剣使いの方。話を聞かせていただいても？」

背後で、ミオンがそろりとバーカウンターの裏に身を隠す気配。

クララはどうすればいいか分からなくなってしまい、とりあえず立ち上がって優雅にお辞儀して見せた。

*

金属の車輪が街路の石畳を踏む乾いた音が、窓の外から響いた。

南方王国《オースト》の象徴である鳳凰《フェニックス》の徽章《きしょう》が彫り込まれたいかにも質実剛健という風情《ふぜい》の馬車の中、向かいの席で深々と頭を下げる女性を前に、クララはあわあわと両手を右往左往させた。

「今回の無礼、王国を代表してお詫《わ》び申し上げる。ローエン卿が余計な揉《も》め事《ごと》を起こさぬようにと部下にはきつく監視を命じていたのだが」

「そ、そんな。どうぞお顔をお上げくださいまし」女性の両手に自分の手を添えてどうにか体を起こしてもらい「わたくしの方こそお恥ずかしいところをお見せしてしまって。……本当に、なんてはしたない。ただ少し酔いを覚まして差し上げようと思っただけですのに……」

女性は、恐縮する、ともう一度会釈《えしゃく》し、ようやく少しだけ表情を緩める。アメリア・ヘイスティング。このセントラルの街における南方王国《オースト》の全権大使であり、つまり王の名代である人物らしい。クララ自身もそうだが、四大国のどこでも名前の他に家名を持つということはその者が貴族であることを意味する。見たところ魔剣使いではないようだから、王の遠い血縁か、あるいは遙《はる》か昔の建国当時からの譜代の家臣ということになる。

ものすごく偉い人だ。たぶん。

そんな偉い人が供も従えずに自分と差し向かいで馬車に乗っているのは、信頼というか、誠意の証《あかし》であるらしい。

「それで、どういうお話ですの？　その神前決闘裁判というのは」

「事の起こりは一月前、我が国と東方大公国《エイシア》の国境線上の遺跡で魔剣が発見されたことだ」アメリアは二人の間に浮かぶ魔術式のテーブルからティーポットを取り上げ、不思議な色合いのお茶を手ずからカップに注いでクララに差し出し「所有権を巡って幾度か話し合ったが折り合いがつかず、神に裁定を委ねることとなった。……そこに名乗りを上げたのが、貴公が叩きのめしたあのローエン・テイラーという男だ」

クララは、はぁ、とカップを受け取り、すっきりした香りのお茶をゆっくりと味わってから、

「そういえば、グラノスというお方のお名前を口にされていましたけれど」

「エイシア大公国筆頭駐在武官。今回の決闘裁判の相手だ」アメリアは膝の上に組んだ両手の指をしきりに組み替えながら「第十三師団の師団長であったローエンは五年前のとある戦いでグラノス卿に手痛い敗北を喫し、テイラー家の面目は丸潰れとなった。国王陛下の温情で師団の補佐役の地位に留まることを許された奴は、以来五年、雪辱の機会をうかがっていたと聞く。……その結果がこの有様《ありさま》では陛下がどれほど嘆かれるか」

「それは……」

すみません、と口の中で小さく呟く。

アメリアは額に指を当てて深く息を吐き、

「奴の身から出た錆《さび》、と言いたいところではあるのだが、私にも立場がある。……はぐれの魔剣などどちらの国の預かりになろうとさしたる問題では無いが、それでは納得せぬ者が我が国には多い。堂々たる決闘の末に敗れるのならともかく、前日に酔って狼藉《ろうぜき》を働いた挙げ句に通りすがりの魔剣使いに叩き伏せられての不戦敗など王国と陛下の名誉に関わる」

そう言って、豪奢な執務服姿の女性は席から身を乗り出し、

「単刀直入に言う。我が国の代表として、明日の決闘裁判を代わりに戦っていただきたい。勝敗にはこだわらない。その魔剣を手に、見届け人の司教共が納得する戦いをしてくれればそれで良い」

何とか頼めないか、と視線の問い。

クララは少し考え、カップのお茶をゆっくりと飲み干し、

「その……お相手の、グラノス卿というお方の写し絵などは御座いまして？」

写し絵？　と首を傾げるアメリア。

ややあって、白い手袋に包まれた手が懐から小さな紙を一枚取り出し、

「……まあ！」

受け取った色鮮やかな絵を両手に広げ、思わず声を上げてしまう。いかにもエイシア貴族らしい緑の軍服に身を包んだ端整な顔立ちの男性。長い黒髪を頭の後ろで一筋にまとめ、さらり

と背中に流している。

　涼やかな笑顔、精悍《せいかん》な頬筋、凜《りん》とした佇《たたず》まい。だがクララが何より気に入ったのはその目だ。鋭く彼方を見据えた、静けさの中に炎を湛《たた》えたような眼差《まなざ》し。故郷の氏族の戦士と同じ、これは戦う者の目だ。

　年の頃はクララより十ほど上だろうか。それなら十分許容範囲内。

　幼い頃に繰り返し読んだ絵物語に出てきた素敵な殿方。端的に言って、ものすごく好みのタイプだ。

「この方はお強いんですの？」

「ああ。セントラルに駐在する四大国の武官の中ではまず随一であろうな」

　なるほど、とクララは深くうなずき、

「それで……この方、ご結婚はされていますのでしょうか。奥様は？」

「さて、どうだったか。少なくともこのセントラルにはお一人で来られているはずだが……」

　答えて、アメリアは怪訝《けげん》そうに眉をひそめ「クララ殿、それは重要なことなのか？」

　もちろんですわ、とクララは座席の上で居住まいを正し、

「実を申しますと、このセントラルには花嫁修業に参りましたの」背筋を真っ直ぐにのばして微笑み「素敵な殿方とお近づきになって、ゆくゆくは娶《めと》っていただきたいと」

　長い、長い沈黙。

アメリアは呆けたように何度も瞬きし、我に返った様子で咳払《せきばら》いをして、

「つまり……クララ殿はそのご実家の、クラン家のために婿を探しておられると？」

「いえ、わたくしの方がお嫁に参ります方向で」唇に指を当てて視線を少し上に向け「ただ、両親や氏族の長老様との約束がありまして、わたくしの夫となる方はわたくしより強い方でなければなりませんの。出来れば魔剣使い、それも一対一の決闘でわたくしを打ち負かせるお方でなければ」

「なるほど、面白い」アメリアは初めて笑みらしき物を浮かべ「流石《さすが》は山嶺《モンストウルム》の主と名高いクラン家。伴侶を選ぶにも武門の覚悟が求められるのだな」

「はい。ですので、今回のお話、わたくしにとっても願ったり叶《かな》ったりですの」

クララはふわりと微笑み、傍らの席に横たえた山嶺《モンストウルム》の柄に指を触れた。

「アメリア様。この決闘、お受けいたしますわ」


……お前には天性があるのだと、大人達は口を揃《そろ》えて言った。

男兄弟達の鍛錬を眺めているうちに見様見真似《みようみまね》で剣を振るようになってからたったの一年で、クララは氏族の全ての戦士を追い抜き、打ち負かしてしまった。

誰に何を教えられずとも、剣をどう扱い、どう動かせば良いのかがクララには最初からわかっていた。練習用の木剣であろうと、たとえそこらに落ちている枝一本であろうとも、クララ

の手にかかればそれは必殺の武器となった。

大人であろうと男であろうと、クララには誰も敵《かな》わない。

だから両親は、娘の将来をとても、とても心配した。

故郷を旅立ってセントラルの街にたどり着くまでの一年の間に十二度、これはと見定めた魔剣使いの男性と立ち合ったが結果はいずれも同じだった。誰も彼もがクララの足下にも及ばない。どれほど優れた使い手であろうと、肌にかすり傷一つ付けることが出来ない。

決闘なんて、魔剣なんてつまらない。こんな物、何も一つも面白くない。

けれど、それでも今度こそはと思うのだ。

今度こそ、自分を打ち負かしてくれるような、素敵な殿方に出会えるのではないかと――

＊

騙《だま》された、というのが最初に浮かんだ言葉だった。

陽光に照らされる大聖堂前の広場。クララは心の中でため息を吐き、十数歩の距離を隔てて身構える赤毛の少女を見つめた。

宙にくるりと円を描いた長大な真紅の魔剣が、少女の前に盾のように静止する。ゆっくりと深呼吸する少女とは対照的に、魔剣の位置にはわずかなぶれも揺らぎも無い。それだけで少女の力量のほどがわかる。すさまじい技の冴《さ》え。あのローエンという男など足下にも及ばない。

そして、それでもなお、少女の剣は届かない。

そもそも自分が戦いたかったのはエイシア大公国の名高い美丈夫だ。残念ながら、自分と同い年くらいの女の子ではない。

ではその問題のグラノス卿はといえば、少女の後方、階段状の観覧席にエイシア大使や幾人かの兵士と共に座っている。右腕を包帯で吊《つる》しているところを見ると、痛めたか、骨を折りでもしたのかも知れない。

あるいは目の前の少女と何かいざこざがあって、少女が代役を務めることになったのかもしれない。

だとしたら少し申し訳ない。

自分が余計なことをせず、南方王国《オースト》の代表としてここに立っていたのがあの酒場の男だったなら、少女にとっては文字通り赤子の手を捻《ひね》るより容易《たやす》い戦いだっただろうに。

「クララ・クル・クランと申します。どうぞお見知りおきくださいませ」

剣先をまっすぐ空に向けて構え、ガラス質の刃にそっと口づける。幼い頃に故郷の従姉妹《いとこ》がやっているのを見て真似《まね》するようになった癖だ。

唇にひやりと氷のような感触。

敵と自分と互いの魔剣が一振りずつ——それ以外の余計な物が一つ残らず世界から消えてい

くのを感じる。

「エイシアのお方、お名前をお伺いしてもよろしくて？」

「え？」

夢から醒《さ》めたように赤毛の少女が瞬きする。背に羽織った色鮮やかな外套《がいとう》には東方大公国《エイシア》というよりは南方王国《オースト》風の貴族の家紋。何やら複雑な来歴がありそうだが、それはこの場には不要な物。

少女の胸には一輪の花。自分の胸にも一輪の花。

どちらかが散れば、それで勝負ありだ。

「リット・グラント！　魔剣『十七《セプテンデキム》』！」

「承りました。――いざ」

踏み込む。

最初のステップは右足から。軽やかに、踊るように。右手に構えた山嶺《モンストウルム》の刃は赤毛の少女の胸元目がけて突きを繰り出す姿勢。大理石の地面を滑るように駆け抜ける。一呼吸の内に十歩の距離を切り取った爪先が少女の間合い、真紅の魔剣の射程距離の先端を髪の毛一筋だけ踏み越える。

同時に視界の先で少女が動く。自身の体は低く地を這《は》うように、長大な真紅の魔剣はその頭上をかすめて水平に薙ぎ払うように。大気が唸《うな》りを上げる。神速をもって放たれた真紅の刃が、真っ直ぐに突き出した山　嶺《モンストウルム》の先端を正確に弾いてそのままクララの胸元の花を散らす――

そういう軌道で走り始める。

……では……

踏み出すふりをしていた右足を途中で止め、体の重心を後ろに引き戻す。右手は突きの姿勢のまま、山　嶺《モンストウルム》のガラス質の切っ先をほんの少しだけ上に逸らす。半瞬遅れて視界に赤い光。目標を失った真紅の魔剣が山　嶺《モンストウルム》の刃の下、髪の毛一筋の位置を走り抜ける。一呼吸のわずか百分の一の時間の攻防。クララは体の重心を再び前に傾け、右手の細剣を十　七《セブンデキム》の刀身目がけて軽く振り下ろし、

……『我が剣は山より重く』……

触れ合う二つの刃が奏《かな》でるのは金属を引きちぎるようなねじれた異音。突如としてすさまじい質量を獲得した淡青色の刃が長大な真紅の魔剣を上から押さえつけ、その軌道を強制的に下へとねじ曲げる。半透明なガラス質の刀身の全体に透かし彫りされた魔術紋様がうっすらと虹色に瞬《またた》く。細い光の糸で編まれた繊細な魔力文字が、柄に象眼された魔力石の上に次々に浮かんでは消える。

これこそ魔剣「山　嶺《モンストウルム》」に秘められた権能。冬の巨人を大地に縫い止めたという神の御業。

触れれば折れそうなこの半透明の細剣は、主の意思に応えて自在にその重さを変化させる。重山その物とも言うべき超重量に押さえつけられて、推力を失った十　七《セプテンデキム》が地に落ちる。

量が生み出す負荷は当然のようにクララ自身の腕にも及び、体全体が下へと引きずられる。すぐさま山嶺《モンストウルム》の重さを本来の物に戻し、踏み込んだ右足を軸に体を回転。右腕にかかってしまった重力を残らず円運動に変換し、踊るように身を翻して後方に一歩跳躍する。

レースをあしらったスカートの裾が、ふわりと風をはらむ。

同時、視界の先にはためくのは白を基調にした色鮮やかな外套。

地を這う姿勢から一転、跳躍した赤毛の少女の姿は落下する真紅の魔剣の上を橋を渡るように駆け抜けてすでにクララの目の前にある。

おそらくこちらが打った一連の手――踏み込みからの突きに見せかけて後退から反撃を誘い、振り抜かれた魔剣を山嶺《モンストウルム》の権能で叩き落とす――その攻防の流れを全て承知であえて誘いに乗ったのだろう。少女は再び旋回を始めた真紅の魔剣で自らの体を弾き、その推力の全てを足に乗せて蹴りの一撃をクララの胸元目がけて正面から叩き込み、

……『我が剣は雲より軽く』……

防御に掲げた右手のひらで少女のブーツの爪先を受け止め、衝撃に逆らうこと無くふわりと後方に跳躍する。凪にそよぐ木葉《このは》のごとくに退いた足が一切の音も反動も無しに大理石の地面に降り立つ。

三歩の距離を隔てた先には、蹴り足を下ろすことも忘れて目を見開く赤毛の少女。

その側面をすり抜けて飛来した長大な真紅の魔剣が、着地の直後で動くことが出来ないクラ

ラの体に横薙ぎに直撃し――

　ふわりと、そよ風が吹き抜ける感触。

　岩をも容易く両断するであろう一撃を受け止めた山嶺《モンストゥルム》の刀身が、それを手にするクララ自身の体が、加えられた衝撃に一切逆らうこと無くそのままの威力に押し流されてゆるやかに側方へと吹き飛ぶ。

　山嶺《モンストゥルム》の権能は重さを増すことばかりでは無い。クララが望めば魔剣は自身の、そして主であるクララの「重さ」を完全に消し去ってしまうことが出来る。たとえて言うなら風に舞う木葉のような物。軽く、柔らかく、しなやかに。無防備な物を斬ることは時に、硬く堅牢《けんろう》な物を斬ることよりも遙かに難しい。

　もちろん、卓越した魔剣使いであれば吹き飛ぶ木葉を剣速のみで追い抜き、あるいは精密な剣の操作で逃れる軌道の先に回り込むのもそう難しいことではない。だが、クララは意思を持たず風になびくばかりの木葉ではない。全ての力を抗《あらが》うことなく受け流すこの「無の質量」にクララ自身の足運びが加わる時、それはあらゆる攻撃を無意味とする絶対の防御として機能する。

　魔剣使いの強さは「魔剣の格」と「魔剣使いの技」、双方の掛け合わせで決まる。格とはすなわち魔剣に秘められた超常の権能。高い威力を持つ権能や一般の魔術では実現困難な希少な権能は格が高く、凡庸な権能は格下、中には「使い手の身体《しんたい》機能の強化」や「魔術に対する耐性」といった全ての魔剣に共通の基本的な加護以外に何ら特別な力を持たない「無能」と呼ばれる魔剣もある。

対して、技とは魔剣を扱う技術。

体捌《さば》き、足運び、刃を意のままに動かす繊細な手捌き、相手の動きを見切る目。これらのいわば剣術の基礎は、魔剣であってもただの剣であっても変わらない。

魔剣が使い手に与える身体機能強化の加護は、剣を握ったこともない素人《しろうと》をたちまちに達人に変えてくれるような都合の良い物ではない。常人より力が強くなる、強靱《きょうじん》になる、動くのが速くなる、魔術に対する耐性を得る——ただそれだけ。凡庸な者は魔剣を手にしてもやはり凡庸。魔剣を剣として正しく扱う技量を身につけるには、長く苦しい修練に耐えるか、天賦の才に頼らなければならない。

勝敗は使い手の技のみによっては決まらず、魔剣の格のみによっても決まらず。いかに強大な権能を有した魔剣であっても使い手の技量が及ばなければ真《しん》にその力を発揮することは出来ない。逆に、どれほど優れた技を会得《えとく》した魔剣使いであろうと手にした魔剣が格下では己の技量を十分に生かし切ることは出来ない。

魔剣「山嶺《モンストウルム》」は北方連邦国《ルチア》に伝説と語り継がれる一振り。格で言えばまず間違いなく超一流。

そして、その柄を握る自分、クララ・クル・クランの技量は——

……小手調べはこの辺り、でよろしいですわよね？……

着地と同時に体が本来の重さを取り戻し、地を蹴った次の瞬間に再びあらゆる重さを失う。足から得た推力を爆発的な速度に置き換えて前へ。大理石の広場を踊るように駆け抜け、一呼吸の内に再び赤毛の少女の間合いに飛び込む。

手首の動きだけで軽く振り下ろした山嶺《モンストゥルム》の刃に超重量を付加し、胸元まで迫った真紅の魔剣を叩き落としつつ再び自身の重さを消し去る。

刃が敵に触れる瞬間にのみ剣を重く、刃が離れた瞬間にまた軽く。重く、軽く。軽く、重く。並みの者が手にすれば重さと軽さの差に振り回されて腕を引きちぎられる。巧みな者が手にしても足をもつれさせるか、あるいは自身に扱える範囲で魔剣の権能を制限してしまう。

だがクララにとっては容易い事。赤毛の少女の周囲を木葉のように舞い踊りながら、今や防戦一方となった真紅の魔剣目がけて巨人をもねじ伏せるすさまじい重量の一撃を叩き込み続ける。

一つ一つが山をも砕くほどの威力を備えた、超高速の連撃。

そこにクララの天性の見切りと体捌きが――髪の毛一筋ほどの狂いもなく敵の動きを捉えるこの目と、髪の毛一筋ほどの間違いもなく常にあるべき場所に体を運び続けるこの足が合わされればどうなるか。

「……痛《つ》っ！」

「リット殿――！」

こうなる。山嶺《モンストゥルム》の細い切っ先に浅く薙がれた少女の腕から鮮血が飛び散り、後方の観覧席でグラノス卿が叫ぶ。

決着まであと二手。防御に掲げられた真紅の魔剣を剣先で叩き落とすのに一手、踏み込みざま少女の胸の花を散らすのにもう一手。

それで詰み。

ああ、今日もやっぱり、つまらなかった。

大人であろうと男であろうと、クララには誰も敵わない。その人が血が滲《にじ》むような思いで積み重ねてきた努力を、修練を、研鑽《けんさん》を、クララの才は花を手折るように容易く摘み取ってしまう。

やっぱり決闘なんて断ればよかった。こんな物、何も一つも面白くない。

陽光に煌《きら》めく半透明な淡青色の刃。山嶺《モンストゥルム》の針のような切っ先が狙い違わず長大な真紅の刀身を打ち据え、

「……すごい」

かすかな、囁《ささや》くような赤毛の少女の呟き。

この戦いで初めて――

少女の手が、真紅の魔剣「十七《セブンテンデキム》」の柄を握った。

光が爆《は》ぜた、と思った。

細剣を振り下ろした姿勢のまま、クララは思わず目を見開いた。

山嶺《モンストゥルム》の超重量に叩き伏せられて、真紅の魔剣が欠ける。長大な刀身の中ほど、側面の一部が甲高い金属音と共に弾け飛び、淡青色の刃に押さえつけられるまま落下していく。

否、欠けたのではない。

刀身から剝ぎ取られた腕ほどの長さの破片が、まるで最初から独立した一つの部品であったかのように、鋭い弧を描いて山嶺《モンストゥルム》の下からするりと抜け出す。

真紅の刀身全体を覆って幾筋もの光の線が走る。魔剣が砕ける、いや、本来あるべき姿へと分割する。長大な刀身の中央、稠密《ちゅうみつ》な魔術紋様が刻まれた闇色の芯の部分だけを残して花開くように。一つ一つの破片はいずれも大人の腕ほどの長さ。それが黒い柄を握る少女を中心に螺旋《らせん》を描いて弾け飛ぶ。

踏み込もうとしていた足を寸前で止め、後方に退くと同時に山嶺《モンストゥルム》の切っ先で目の前の空間を十字に薙ぐ。同時、浮遊する破片のうち二枚が突如として旋回。左右から袈裟《けさ》斬りにクララの肩口を狙い、淡青色の刃に弾かれて続けざまに跳ね返る。

踊るように身を翻し、さらに五歩の距離を退いて身構える。

顔を上げ、見つめた先には赤毛の少女の姿。

右手に構えた黒い柄とそこからつながる刀身の最後の一欠片——いや、それ自体が独立した流麗な闇色の魔剣の表面を、真紅の光で編まれた魔力文字が走り抜ける。

飛び散った幾つもの破片が、ゆるやかな弧を描いて少女の周囲に集う。個々の破片が単なる刀身の一部ではなく、それぞれが独立した一振りの魔剣であることにクララはようやく気付く。柄を持たない、刃だけで構成された腕ほどの長さの真紅の魔剣。それが少女の背後に円を描き、上下左右、十六の方向に剣先を向けて大輪の花のように静止する。

刃が十六、剣が一つ——合わせて十七振り。

……ああ……

「だから——『十七《セプテンデキム》』」

ブーツの爪先が大理石の地面を蹴る音。飛翔する真紅の刃を従えて、赤毛の少女が滑るように地を駆ける。同時に十六の刃のうち四つがクララの背後へ。退路を断ち切り、「無の質量」による受け流しを許さぬように。上下左右から標的を挟み込む位置に回り込んだ真紅の刃が神速の斬撃を四筋同時に繰り出す。

振り返りざま山嶺《モンストウルム》を縦横に払い、寸前まで迫った四振りの刃を超重量で同時に叩き落とす。さらに反転、正面に向き直った時には赤毛の少女はすでに目と鼻の先。突きの姿勢で右手に構えた刃渡り三フィルト《九十センチ》ほどの闇色の魔剣——おそらくそれこそが十七《セプテンデキム》の本体なのであろう両刃の剣がのたうつ蛇のようにクララの胸元目がけて滑り込む。

　瞬時に防御に動かした細剣の動きに呼応するように、闇色の魔剣が軌道を微細に変化させる。とてつもなく速い。慌てて少女の動きに追いつき、刃の切っ先を山嶺《モンストウルム》で弾いた瞬間、少女は剣の柄から無造作に手を放す。

　宙にくるりと円を描く魔剣を置き去りに、赤毛の少女の姿は山嶺《モンストウルム》の側面に回り込む位置。とっさに手首を返してガラス質の刃を横に払い、少女は後ろ手に逆の左手で摑んだ闇色の魔剣でその刃を受け止める。

　浮遊する十六の刃はクララの周囲、あらゆる退路を塞ぐ位置。迂闊《うかつ》には動けない。「重い」と「軽い」は同時には使えない。超重量で少女を押し潰そうとすれば「無の質量」による受け流しが出来なくなる。自分が攻撃の意思を見せた瞬間、全ての刃は同時に襲いかかってくる。

　だが問題はそんなことではない。少女がたった今見せた突きの一撃。自分の見切りをもってしても完全にはかわしきれない精妙極まりない剣捌き。何よりいかに自在に浮遊する魔剣とはいえ、敵の目の前で柄から手を放すその度胸。

　大振りな大剣を扱っている時には気が付かなかった。いや、あれほど巨大な剣を手も触れずにああも見事に操る時点で気付くべきだった。

　この人は、とんでもない使い手だ。

「……幼い頃、母が話してくれました」

　独り言のような少女の声。

何を、と瞬きするクララに少女は――魔剣使いリット・グラントは小さな笑みを浮かべ、

「剣の道は果てしなく、星々が煌めく夜空のような物だと。広い世界を見て、たくさんの人と出会って、そうして多くの星に灼《や》かれ鍛えられて初めて剣は剣になるのだと」

闇色の刀身に稠密に刻まれた魔術紋様を、真紅の光が駆け巡る。

赤毛の少女は腕に力を込めて山嶺《モンストウルム》の刃を弾き、その勢いに任せて後方に大きく退き、

「昨日グラノス卿という星に出会い、今日またあなたという星に出会えました。……感謝します、クララ・クル・クラン。やっぱり、母の言うことに間違いはありませんでした」

少女の両手が黒い柄を握り、水平に、突きの姿勢に構える。

一振りの剣と十六の刃――十七の切っ先が正確にクララを捉え、

「それではあらためまして。……グラント家最後の当主、リット・グラントと魔剣『十七《セプテンデキム》』、謹んでお相手いたします」

笛を鳴らすような甲高い風切り音。十六の刃が同時に解き放たれる。四つは頭上、四つは後方、四つは左、四つは右。それぞれが独立の軌道で弧を描いてクララの退路を塞ぐ位置に回り込み、同時に地を蹴った赤毛の少女の体が目の前に迫る。

最初に来るのは右の四手。突き、袈裟斬り、水平の薙ぎ払い、掬《すく》い上《あ》げるような斬り上げ
――四筋の剣筋に合わせて山嶺《モンストウルム》の切っ先を走らせた瞬間、四つの刃がそれぞれの軌跡を変化させる。

全ての刃が速度に任せた直線的な動きから、迎撃をかいくぐってこちらの懐に潜り込む複雑な動きへ。とっさに山嶺《モンストウルム》と腕の重さを消し去って刀身を加速、四つの刃のことごとくを撃ち落とした瞬間に、今度は左と頭上、八つの刃が同時に迫る。

考えるより早く体が動く。全ての刃を超重量で叩き落とし、正面から突き込まれる少女本体の剣を退いてかわしざま、後方から迫る最後の四つの刃の行く手に背中を向けたまま飛び込む。振り返りもせずに後ろ手に払った山嶺《モンストウルム》の刃で四筋の軌跡にわずかな隙間をこじ開け、強引に体をねじ込んで全ての攻撃をかろうじてやり過ごす。

汗が一筋、頬を伝う。

目標を失った十六の刃は鋭利な弧を描いてすでにクララの頭上、あらゆる方向から眼下の標的目がけて襲いかかる体勢にある。

無意識に息を呑《の》む。手にした一本の剣と飛翔する十六の刃――十七の剣を同時に操るなどそれだけで神域の絶技。だが、真に恐ろしいのはそこではない。この十七振りの魔剣は、一つ一つが達人の手に直《じか》に握られているのとなんら変わりのない精妙な剣捌きをもって、ほんの少しの間違いもなく確実にクララの意識の隙間に滑り込んでくる。

そもそも、ただ一振りの真紅の魔剣でさえ、これほど巧みに扱う者をクララは見たことがない。並みの使い手なら主の方を観察すれば魔剣の動きなど見ずとも知れる。あるいは、魔剣にだけ気をつければ主の攻撃など目をつぶっても打ち落とせる。真紅の魔剣と主が同時に、完全に別々の攻撃を繰り出してくるということがすでに異常なのだ。

それを、全部で十七振り。

いったい何をどうすれば、これほどの技を身につけることが出来るのだろう。

自分のように生まれつきだろうか。あるいは研鑽の賜物《たまもの》だろうか。後者であるなら一体どんな研鑽を積んだのだろうか。こんなことが出来るようになるために、少女は何を捨て、どれほどの時を費やしたのだろうか。

いや、本当はそんなこともどうでもいい。

胸が高鳴る。

頬が緩むのを抑えることが出来ない。

……なんて……

刃が舞う。舞い踊る。花びらのように。胡蝶《こちょう》のように。一振り一振りが必殺の威力を備えた真紅の斬撃が降り注ぐ。弧を描いて翻った刃はそれぞれが自らの意思を持つように、クララの迎撃をかいくぐり、惑わし、絶えず互いに協調してあらゆる位置から懐目がけて潜り込んでくる。

刃を一つ叩き落とせば二つ、二つ叩き落とせば三つ。その間にも魔剣の主である赤毛の少女は片時も足を止めない。自らが操る刃の影に潜み、その刃を足場にし、時には自身を囮《おとり》に刃の攻撃を生かして、クララが山嶺《モンストウルム》の重さを変化させる瞬間、その刹那の隙に次々に致命の一撃を叩き込んでくる。

ほんの一振り、一挙動、髪の毛一筋ほども動きを誤れば、その瞬間に胸の花は散らされる。

息を吐く暇さえありはしない。

それが、嬉《うれ》しくてたまらない。

……なんて、なんて美しい……

お前には天性があるのだと両親は言った。大人であろうと男であろうと、クララ・クル・クランには誰も敵わなかった。努力も工夫も必要ない。ただあるがままに柄に手を添え、ただあるがままに刃を振るえば勝利は自《おの》ずから手の中——今日、この瞬間まで、クララにとって剣とはおよそそのような物だった。

勝って当たり前、自分の方が優れて当たり前の手慰み。道に落ちている銅貨を拾うことを誰が面白いと思うだろう。あらかじめ用意された勝利をただ花を摘むように手折ることをどうすれば楽しむことが出来るだろう。

決闘なんて、魔剣なんてつまらない。こんな物、何も一つも面白くなどない。

けれど、もしそれだけでは勝てない相手が現れたなら？

創意を、工夫を、努力を、死力を尽くさなければ相対することが出来ないほどの敵手に、出会うことが出来たなら？

……この人、面白い……！

自分が笑っていることにクララはようやく気付く。微笑ではない、花が咲くような心からの笑顔。後方に一転、身を翻して地を這う姿勢で着地。そのまま勢いに任せて再び地を蹴り、頭上から飛来する六振りの刃を一呼吸のうちに残らず叩き落とす。

楽しい。知らなかった。これはこんなに楽しい遊びだったのか。刃は絶え間なく襲い来る。山嶺《モンストウルム》は光の尾を引いて自在に舞う。けれども足りない。このままでは遊びが終わってしまう。「重さ」と「軽さ」だけでは、いずれ十七振りの魔剣の物量に押し潰されて踊り続けることが出来なくなってしまう。

それならば。

「いざ、参りますわ――!」

宙に翻った六振りの真紅の刃が甲高い風切り音を纏って正面から襲い来る。重心を低く、駆け出す直前の姿勢に。右手に構えた山嶺《モンストウルム》のガラス質の刃で目の前の空間を水平に薙ぐ。緩やかに弧を描いた半透明の切っ先は狙い違わず目前にまで迫った魔剣の最初の一振り、必殺の威力を備えた刃に左の側面から接触し――

……『されば天地は裏返り』……

瞬時に爆発的な推力を獲得した体が、真紅の魔剣に後ろに弾かれるのでは無く反対側、魔剣に吸い寄せられるように前へと動き出す。山嶺《モンストウルム》と十七《セプテンデキム》の接点を中心に、鋭く弧を描くように。真紅の刃の斬撃を紙一重ですり抜けたクララの体は続けて振り下ろされる五振りの魔剣の向こう、赤毛の少女目がけて跳ねるように疾走する。

重い物に力を加えれば物はゆっくりと動く。軽い物に同じ力を加えれば物はより速く動く。重さのないものに力を加えれば物は永遠に止まることなく動き続ける。山嶺《モンストウルム》を預かる者が最初に学ぶ世の理だ。

では無よりもなお軽い物、この世に存在しない「負の重さ」を持つ物に正面から力を加えればどうなるか？

答は簡単。その物は、加えられた力に対して正反対に、相手に真っ直ぐ向かっていく方向へと動き出す。

山嶺《モンストウルム》が踊る。たおやかなガラス質の刃が襲い来る真紅の刃を次々に弾き、その度に前へ前へと速度を増していく。並みの使い手ならば動きについていけずに足を引きちぎられる。並みの達人であっても速度に耐えきれずにとうに足を止めてしまっている。

その速度に抗うことなく優雅に、鏡に跳ね返る光のように地を駆け抜ける。クララの天性が、いかなる達人も及ばぬ神域の足捌きが、転ぶことはおろか足をわずかにもつれさせることさえも許さない。

これこそ、今日まで誰にも見せたことのない奥の手。

開祖ウォルフ・ウル・クランの秘伝書に「質量の反転」とのみ記された、クラン家伝来の剣術の秘中の秘。

……『我が剣は空よりもなお軽い』……！

瞬きさえ許さぬ刹那のうちに、全ての攻撃をかいくぐった足はすでに赤毛の少女の前。

呆然《ぼうぜん》と目を見開いた少女——リットが、すぐにその顔に花が咲くような笑みを浮かべる。

周囲に残る十の魔剣と少女の手なる一振りの魔剣、都合十一の刃が同時に翻る。神速で振り下ろされる最初の斬撃に山嶺《モンストウルム》を下から斬り上げるように合わせ、衝撃を反転して少女の頭上高くへと飛び上がる。重さを消した足で漂う真紅の刃の上を次々に飛び渡り、瞬時に身を翻してリットの後方、完全な死角目がけて光の矢のように飛びかかる。

同時に翻る十六の真紅の刃。今の一連の攻防ですでに何かを察したのだろう。少女は複数の刃の軌跡を複雑に絡《から》み合わせ、剣の上を渡る道と剣の衝撃を反転して加速する道、その双方を塞ぐ位置にクララを取り囲む。

迷うことなく、一直線に突き込んだ刃に衝撃。

リットの手に残った十七《セプテンデキム》の最後の一振り、真紅の光をまとった闇色の刃が山嶺《モンストウルム》と絡み合い、互いに鍔迫《つばぜ》り合いの形で動きを止める。

「踊りましょう？」

少し気取って小首を傾げて見せ、答を待たずに身を翻す。重く、軽く、無よりも軽く、また重く。雪崩を打って襲い来る十七の刃を叩き落とし、いなし、衝撃を反転して踏み台代わりに使い、嵐に舞う木葉のように刃の雨の中を駆け巡る。クララにとってさえも容易い動きでは無い。足を止めずに動き続けられるのはあと何呼吸か。数えようとして止める。どうでも良い。こんな楽しい時間が終わる時のことなど、考えたところで始まらない。

「もっとですわ――！」

軽さから重さからまた軽さから重さへ。精妙な剣捌きと重量の変化によって真紅の刃を四枚まとめて山嶺《モンストウルム》の切っ先に絡め取り、

「もっと、もっと、もっともっともっともっとわたくしを楽しませてくださいまし！」

「お望みとあれば！」

叫び返したリットが駆け出すと同時に手にした闇色の魔剣を空中高くに放り投げる。主の手を離れた魔剣が唸りと共に旋回し、クララの首筋目がけて神速の斬撃を見舞う。山嶺《モンストウルム》の刃でその切っ先を弾いた時にはすでに少女の色鮮やかな外套は目の前。正面から迫る蹴り足に呼吸を合わせるようにして、頭上から十六の刃が降り注ぐ。

くすりと、どちらからともつかない忍び笑いの声。

二人の視線が陽光の下に絡み合い、翻った真紅と淡青色の刃が交差し――

舞い降りる、二人のいずれの物でもない足音。

とっさに動きを止めるクララとリットの頭上を飛び越えて、黒い装束が風にたなびいた。

＊

予想だにしない事態に、反応が遅れた。

我に返ったクララが目を見開いた時には、正体不明のその人影は二人の魔剣使いを置き去りに広場の北の塔の前、今回の決闘の賞品である「はぐれの魔剣」に駆け寄ろうとしていた。

「ま……！」

「あの人、昨日の――！」

待ってくださいまし、と言いかけたクララの声を遮ってリットが叫ぶ。三つ編みに結わえた長い赤毛が躍る。駆け出すリットをさらに追い越して、空を裂いた四振りの真紅の刃が瞬時に人影に追いつく。

二振りは回り込んで正面から、二振りは背中から。同時に繰り出された四筋の斬撃が黒い人影目がけて襲いかかり――

人影の手に鈍く煌めく黒い刃。

正体不明のその人物が腰の鞘からおそらく魔剣らしきナイフを抜き放った瞬間、真紅の刃の一つ、右の背後から人影に迫っていた一振りが急にその軌道を変化させる。

「うわ……！」

戸惑うようなリットの声。突如として翻った真紅の刃が残る三振りの刃を次々に空中に弾き、さらに軌道を変えて後方、あろうことか主であるはずのリット自身に正面から襲いかかる。

リットが手にした魔剣でその刃を頭上高くに跳ね飛ばし、その間に追撃を逃れた人影はさらに数歩先へと進む。黒いナイフから魔力文字で編まれた細い光の糸が一筋たなびくのをクララは見る。細い糸は浮遊する真紅の刃に絡みつき、その動きを強制的に書き換えているように見える。

とっさに地を蹴り疾走を開始。三歩の跳躍でリットに追いつき、重さを消した足で赤毛の少女の背中と肩を順に蹴って再度の跳躍。主に向かって切っ先を構える真紅の刃の正面に飛び上がり、漂う魔力文字の糸——繊細すぎて並みの者では存在することすらわからないであろう髪の毛よりも細いその光の軌跡に山嶺《モンストウルム》の刃を振り下ろす。

一切の手応え無く走り抜ける刃に、斬ったという確信。制御を取り戻したらしい真紅の刃が陽光の下に緩やかな弧を描く。人影が一度だけ振り返って軽い舌打ちを漏らし、すぐさま正面に向き直って疾走を再開する。

「その者を魔剣に近づけさせるな！」

観覧席の遠くでアメリアの声。右手側の席でもグラノス卿が何かを叫び、控えていた数名の兵士が広場へと駆け下りていくのが見える。だがどちらの席も魔剣を収めた魔術装置からは遠すぎる。そもそも、広場の外には決闘裁判を邪魔されないために両国の兵士や魔剣使いに教導騎士団が控えているはず。彼らはいったい何をしているのか。

「クララ――!」

眼下から響くリットの声。名前を呼ばれたことに驚き、すぐに少女の意図を理解する。一振りにつなぎ合わされた真紅の魔剣はクララの背後、袈裟斬りに斬りつける姿勢。山嶺《モンストウルム》を後ろ手に背中に構え、振り下ろされる長大な刀身に刃を合わせると同時に自身と魔剣の重さを消しさる。

衝撃と共に、耳をつんざく風切り音。

爆発的な推力を獲得した体が空を裂いて視界の遠く、はぐれの魔剣の目前まで迫った人影の頭上へと到達する。

振り返った人影に声を上げる間を与えず、上下反転で落下する姿勢のまま山嶺《モンストウルム》の刃を突き出す。同時に人影の右手の黒いナイフが閃き、淡青色の切っ先を喉元に突き立つ寸前で受け止める。魔剣が力を失うような、何かを吸い取られるような奇妙な感触。とっさに手首の返しで刃を離し、左に振り抜いた切っ先が人影の顔を隠すフードを浅く斬り裂く。

瞬間、花が咲くように広がる長い銀色の髪。

身を翻しざまかろうじて大理石の地面に着地し、クララはようやく目の前に立つ人物の正体に気付く。

不思議な色合いの煌めく銀髪と、同じく銀色の長いまつげ。切れ長な青い瞳に、きりりと引き結ばれた唇。深窓の令嬢かと見紛《みまが》う白磁のような肌に、すらりと長い手足に豊かな胸。

「あなた、酒場の――！」

人影――いや銀色の髪の少女があからさまに狼狽《ろうばい》した表情を見せ、我に返った様子で正面、はぐれの魔剣が収められた魔術装置に駆け寄る。細い指が懐から取り出した小さな四角い箱を放り投げると同時に甲高い音が響き、魔術装置の周囲に聖門教の司祭達が張り巡らせていた結界と魔剣を収めたガラスの器、その両方がまとめて砕け散る。

残るのは、剝《む》き出《だ》しのまま台座に転がる銀色の両刃の魔剣が一振り。

少女の手が、緑色の魔力石が象眼された柄にのびる。

とっさに危ないと叫ぶ。主を持たないはぐれの魔剣、迂闊に触れればどんな災厄が降りかかるか分からない。と、少女が柄にのばしたのと反対の手で黒い魔剣を目の前に掲げる。ナイフのような短い刀身の周囲に膨大な数の魔力文字の糸が集積する。

あんな物、見たことがない。

息を吞むクララの見つめる先、少女はナイフの柄を握る五本の指で魔力の糸を器用に絡め取り、何かを操るように繊細な動作で引き寄せ、

「――理解《とらえ》しろ、全知《オムニシア》」

凜と透き通る、ガラス細工のような声。

少女の手が、主を持たないはずの「はぐれの魔剣」の柄を無造作に握った。

序ノ三　全知

刃渡りわずか三十センチ《ミトセンチ》—フィルト、ナイフのような漆黒の魔剣が一振り、銘を「全知《オムニシア》」という。

エイシア大公国とオースト王国の国境線上に位置する山中深くの地下遺跡。ソフィアは手の中の刃をくるりと弄び、周囲に倒れ伏す三十人ばかりの野盗の男達を見回して肩をすくめた。

「これで終わり？　じゃ、そろそろ話聞かせてもらえる？」

「な、何なんだお前は！」

蠟燭《ろうそく》の明かりに照らされた石造りの広い玄室の奥、手下を全て失った頭目の男が壁際《かべぎわ》にへたり込んでみっともなくがたがたと震える。思わずため息を一つ。全知《オムニシア》を目の前に軽く投げ上げては受け止めを繰り返しながら男に歩み寄り、

「あのさ」

「ひぃ……！」男は悲鳴混じりに後退《あとずさ》ろうとして失敗し「お前……いやあんたの言うとおりここまで連れてきてやっただろ——？　なんでこんな」

「なんでって」ソフィアは玄室の奥に積み上げられた寝床代わりの藁《わら》束や引きちぎられた女物の服の切れ端をじとっと睨《にら》み「君達、ここでボクにいかがわしいことするつもりだっただろ？」

無造作に投げつけた全知《オムニシア》の漆黒の刃が男の足と足の間、あわや大事なところを直撃するかという位置をかすめて石造りの床に深々と突き立つ。

男はまたしても情けない悲鳴を上げ、

「わ、悪かった！　あんたが魔剣使いと知ってりゃこんな……」

「そういうのいいから、さっさと話して。君がここで見たこと全部」

「あ？　……あ、ああ！　話す！　話すとも！」男はようやくソフィアをここまで案内した本来の目的を思い出したようで「ちょうど一月前のことだ。黒尽くめの妙な連中がここに押し寄せてきたんだ。最初はエイシアかオーストの軍かと思ったんだが、連中、俺達には興味が無かったみたいでよ。真《ま》っ直《す》ぐこの玄室に入って、そこの台座に刺さってた魔剣を見つけて、そんで……」

野盗が根城にしていた地下遺跡に踏み入った正体不明の賊はこの場所で、連行してきた一人の男に魔剣を抜かせたのだという。

魔剣が無事に台座を離れたのを確認すると、賊はその場で魔剣の主となった男を斬り殺し、残された魔剣を大きなガラスの魔術装置に収めて男の亡骸《なきがら》と共に持ち去った。

「その黒尽くめのこと、何か覚えてない？　服とか、話し方とか」

「そ、そう言われてもよ……どいつもこいつも似たような格好で顔も隠してて……」男は視線を右往左往させて必死に考える素振りを見せ「いや……そうだ。そいつらが出て行く時に、一番偉そうなやつの顔がちらっとだけ見えたんだ。若白髪っつーのか？　なんか年がよくわかんねえ陰気くさい面でよ。……で、そいつが周りの連中に言ってたんだ。『結社』がどうのとか、『鍵』がどうのとか」

やっぱり、と思わず盛大なため息。

ソフィアはその場にぺたんと座り込み、石造りの床に刺さったままの魔剣「全知《オムニシア》」を抜いて何となく男の顔の傍《そば》でくるくる回し、

「……確かに言ったんだね？　そいつが、ここにあったのが『鍵の魔剣』だって」

「お、おおお、落ち着け！　何の話だよ！　俺はただ『鍵』って聞いただけで……」

「あーもう……どうしよう……」男の言葉を無視して口の中でぐちぐち呟《つぶや》き「やめよっかなぁ……聞かなかったことにして帰っちゃって、何か美味《おい》しい物食べて。……そうだ、次はオーストに行こ……夏のオーストって暑いんだっけ……。あ、海だ、海。良《い》いなぁ、海で泳ぐの……」

もちろんそんなわけにはいかない。

勢いを付けてどうにか立ち上がり、右手の全知《オムニシア》で周囲の壁を無造作に払う。

玄室の扉を潜って歩き出す背後で、斬り裂かれた石壁や柱が崩れ始める音。

「お、おい、待ってくれ――！　助け――！」

「大丈夫、天井までは崩れないよ。ただ、これ以上誰も入れないように塞がせてもらう」立ち

止まって振り返り、土煙と共に積み上がる瓦礫《がれき》の向こうに声を投げ「全部片付いたら戻ってくるから、それまでそこの台座しっかり守っといてよね」

漆黒の魔剣を鞘《さや》に収め、今度こそ走り出す。

急がなきゃ、と小さな呟き。

魔剣が持ち去られてから一月。ここにあったのが本当に「鍵の魔剣」なら、すでに何らかの計画が動き出しているはずだ。

*

「――お待たせしましたにゃん！　白パンと鳥の壺煮《つぼに》、それに当店自慢の川魚の香草揚げですにゃん！」

「あ、ありがと……」

テーブルに並んだ色とりどりの料理から、温かな湯気が立ち上った。

元気よく頭を下げる猫耳獣人のメイド少女にソフィアはどうにかお礼を言った。こういう明るく快活な子は実はちょっと苦手だ。

周囲の視線を気にしながら、目深《まぶか》に被《かぶ》っていたフードを外す。肩の辺りでゆるくまとめた長い銀髪を解いて背中に流し、固くなってしまった首を左右に回す。自分が目立ってしまうのは

知っているから出来るだけ顔を隠すようにしているのだが、食事の時だけはそうも言っていられない。

……さてと……

東方大公国《エイシア》からの旅人を装《よそお》って聖地セントラルの東門を潜ってすでに二日。状況は少しずつ見えてきた。どうも「鍵の魔剣」はあの地下遺跡でたまたま発見されたということになっていて、所有権を巡って東方大公国《エイシア》と南方王国《オースト》の間で明日、神前決闘裁判が行われるらしい。賞品である魔剣は今日、特使と共にこのセントラルに着く。東国大使館《エイシア》まで運び込まれてしまえば手出しが難しくなるから、出来ればその前に奪ってしまいたい。

……自信、無いなぁ……

ついつい弱気な言葉が頭に浮かんでしまい、いけないと自分を叱咤《しった》する。これは自分で決めた後始末、言ってしまえば使命のような物だ。あの魔剣は戦争が終わって平和になった世界にあってはならない物。どうにかして地下遺跡に正しく封印し直さなければ……

「お客様、どうかなさいましたかにゃん？」

「え？」

いきなり横合いから猫耳少女の声。驚いて顔を上げ、不思議そうにぱたぱたと動く黒い三角耳を見つめて、

「あ、ごめん。食べる。もちろん食べるから」

慌ててナイフとフォークを両手に掴《つか》み、一番手前の魚の揚げ物を適当に切って口に投げ込み、

「――うわ美味しっ！」

思わず目を見開く。こんなに完璧な揚げ加減の魚など食べたことがない。しまった。少し冷めてしまった。大急ぎで魚を平らげ、ふかふかの柔らかいパンと艶やかな色合いの鳥肉を続けて口に運ぶ。

猫耳少女は満足そうにうなずき、ふと首を傾《かし》げて、

「お客様、何かお困りですにゃんか？　拙でよろしければご相談に乗りますにゃんけど」

う、とパンを喉に詰まらせそうになる。少女の気持ちは嬉《うれ》しいが、自分の問題は誰にも相談出来る物ではないし、それにあまりこの少女に近くに居られても困る。予定では、もうしばらくすれば「鍵の魔剣」を運ぶ東方大公国《エイシア》の特使の馬車が近くの通りを横切る。食事は早々に切り上げて、準備を始めなければ――

いや、と考えを改める。

襲撃まではまだ少し時間がある。むしろ、ここで情報を集めておくべきかもしれない。

首尾良く魔剣を奪うことが出来ればそれに越したことは無いが、失敗すれば次の手を考える必要がある。東国《エイシア》、いや、それがダメなら南国《オースト》でも他の国でも構わない。この少女には何か、四大国の大使かその関係者に伝手《つて》が無いだろうか。

「君……この店にはどこかの国の大使の方が来たりしない？　大使で無くても偉い人か、うう

ん、別に偉くなくても良いんだけど」

「東国《エイシア》大使館のグラノス卿《きょう》にはご贔屓《ひいき》にしていただいていますにゃん」少女は即座にうなずき「お客様にも召し上がっていただいた川魚の揚げ物がことのほかお気に入りで。……後は、南方王国《オーストト》のアメリア大使様も時々お忍びでいらっしゃいますにゃん」

もしかしてこの店は隠れた名店というやつなのではないだろうかと気付くが、今はそこはどうでもいい。グラノスと言えば、明日の決闘裁判で東国《エイシア》の代表として戦うことになっている魔剣使いのはず。何とも都合の良い偶然があったものだ。

「あとは、そうですにゃんね……」と、少女はふと顔をしかめ「あちらのお客様も、確か南方王国《オーストト》のお方のはずですにゃん」

あちら？　と少女が目配せする方に視線を移し、ソフィアは思わず、うわ、と声を上げる。

店の中央、一際《ひときわ》大きなテーブルにはふんぞり返った大柄な男が一人。

酒瓶の山をうずたかく積み上げた男の背後には、真紅の魔剣が一振り、男の動きに合わせてゆらゆらと揺れている。

「今日、南方王国《オースト》からお越しになったお客様ですにゃん。確かローエン様とおっしゃいまして」

「ローエン？　あの人が？」

その名前ももちろん知っている。ローエン・テイラー。決闘裁判で戦う南方王国《オースト》側の代表。

万が一全ての作戦が失敗した場合、あの男が勝って魔剣が南国《オースト》大使館に渡るという可能性もある。ここで取り入っておくのはとても良い考えに思える。

ナイフとフォークを空になった皿に揃《そろ》えて置き、立ち上がる。

懐《ふところ》に鞘ごと隠した全知《オムニシア》の柄の位置を念のために確かめる。

「ああっ！　お客様、危ないですにゃん！」

猫耳少女の声を背中に、テーブルに歩み寄る。考えと食事に集中し過ぎていて気が付かなかったが、酔っ払いの魔剣使いに恐れをなしたのか店内はいつの間にか空席だらけで、奥のバーカウンターの前では逃げ遅れた数人の客が酒樽《さかだる》を積み上げて防御陣地を築き始めている。

「……ぬ？　娘、何用か」

胡乱《うろん》な目つきで振り返る南方王国《オースト》の軍服姿の男。

ソフィアは少しためらってから隣の席に座り、

「えっと……良かったらお近づきの印に、ボクから一杯どうかな、って」

「ほう……？」

一瞬、怪訝《けげん》そうに首を傾げる男。

だが、すぐにその表情が豪快な笑いに取って代わり、

「いや有り難《あ》《がた》い！　栄えある決闘を前にこれほど美しい娘に祝福を賜ろうとは！　これはいよいよ儂《わし》にも天運が巡ってきたと見える！」

はあ、と曖昧に笑顔を作り、適当に中身の残っている酒瓶を掴んで男のカップに酌をする。

男はうむうむとうなずき、豪快に酒を飲み干す。悪い人物では無さそうだが、どうも、それほどの使い手には見えない。

「思えば五年、苦汁の日々であった」そんなソフィアの考えにまったく気付かない様子で男はなにやら遠い目で石造りの天井を見上げ「陛下のご温情で補佐役の地位に留まることこそ許された物の、同輩には二流の魔剣使いと嘲られ妻は息子を連れて実家に帰り……」

「そ、そうなんだ。なんか大変だったね」

よく分からないなりに、少し男に同情する。

と、男は目の前の酒瓶をひっつかんでカップも使わずそのまま飲み干し、

「だが！　それも明日までよ！　この五年、休むこと無く鍛え抜いた技にて今度こそは雪辱を果たし、グラノスめに奪われた名誉を取り戻すのだ――！」

空の瓶を頭上に掲げ、快活に笑う男。

ソフィアはその顔をしばし見上げ、口元に手を当てて少し考え、

「でも勝てるの？」

うん？　と酒に淀《よど》んだ男の視線。

ソフィアはそれに気付かず、思ったことをそのまま口にしてしまった。

「だってあんた、そのグラノスって人に一回負けたんだろ？」

＊

何から何まで上手《うま》く行かない。

夜の闇に沈むセントラルの東地区の裏通りを、ソフィアは一人、とぼとぼと歩いた。

あの後に起こった事は思い出したくもない。何がそんなに気に入らなかったのか、怒り狂った男に腕を掴まれ、いよいよ全知《オムニシア》を抜くしかないかと覚悟を決めたところで魔剣使いの少女に助けられた。ふわふわの金髪にふわふわのドレスの、およそ荒事など似合いそうにない少女。お礼も言わずに逃げ出してしまったからどんな魔剣を持っていたかは確かめなかったが、あの子は無事だろうか。

路地に駆け込んで隠しておいた黒装束を着込んだ時にはもう東方大公国《エィシア》の特使が通りに差しかかる時間で、慌てて馬車を止めたところに飛び込んできたのがあの真紅の魔剣使いの少女だ。見たことが無いほど巨大な魔剣を自在に操る少女。魔剣戦争の歴史にはそれなりに詳しいつもりだが、あんな魔剣は知らない。少なくとも、この二百年の間にどこかの戦場で使われた記録は無いはずだ。

それにしても、あの赤毛の子は強かった。あれほど巧みに真紅の魔剣を扱う者などソフィアは数えるほどしか知らない。もちろん少女の細腕では到底扱えない巨大な剣、制御を奪ってしまえばどうということは無いはずなのだが、なんというか、あの真紅の魔剣からは「それだけではない」気配のような物を感じた。

迂闊《うかつ》なことは出来ない。そもそもこの全知《オムニシア》は、みだりに衆目に晒《さら》して良い魔剣では無いのだ。誰もが知る高名な魔剣というわけではないが、逆に言えばこの魔剣を知る者は必ず自分の「敵」か「味方」のどちらかだということ。どちらにしても、今のソフィアには全く好ましくない。

……どうしよう……

襲撃は失敗し、鍵の魔剣は東国《エイシア》大使館に運び込まれてしまった。明日の決闘裁判が終われば魔剣は東と南のどちらかの国に移されて王宮の保管庫に収蔵されることになるわけだが、もちろんそれだけで済むはずが無い。これだけの大仕掛《おおじか》けをして魔剣をわざわざセントラルに運び込んだ以上、彼らはこの街で新しい計画を始めるつもりなのだ。

つまりは。

「やっぱり、やるしかないよなぁ……」

深々とため息。今日一日でいったい何回ため息を吐いたかわからない。ため息を吐くと幸せが逃げると姉にはよく心配された。明るく、楽しく、朗らかに。そうすれば幸せというのは自分の方から飛び込んでくるものだと優しく頭を撫《な》でてくれた姉は……

……だめだめ……

とにかく今は明日に備えるしかないと、覚悟を決めて歩き出す。まずは今夜の寝床。あの鴉《からす》の寝床亭という店に戻って部屋を借りることは出来るだろうかとソフィアは突き当たりの角を右に曲がり――

やっと気付く。

この角を曲がるのは何度目だ？

そもそも自分はいったいいつからこの裏路地を歩き続けている？

「――おや、やっとお気づきですか」

不意に頭上から声。路地の左右にそそり立っていた石造りの壁が溶けて崩れ、一面の濃密な闇が視界を満たす。ただの闇では無い。自分の体や手足ははっきりと見えるのに、立っているはずの地面が真っ黒に塗り潰されて石なのか土なのかさえも分からない。

とっさに懐から全知《オムニシア》を取り出し、鞘を払う。

逆手に握った漆黒のナイフを胸の前に構え、ゆっくりとすり足で歩を進め、

……来た……！

一呼吸に身を翻《ひるがえ》して後方に飛び退った次の瞬間、直前までソフィアが立っていた空間が赤熱する。噴き上がった炎の柱が闇を一瞬だけ焦がし、すぐさま消え去ると同時に今度は四つ、前後左右を取り囲む位置に出現する。熱が肌を炙《あぶ》る感覚。意を決して正面の火柱に飛び込んだ瞬間、魔剣の加護によって体の表面に形成された魔力の皮膜が炎をあっけなく弾き、消し去る。

そのことに逆に驚く。

魔剣の権能では無い。これはただの魔術だ。

「誰――？　いったい何の真似《まね》！」

魔術に対する絶対防御は魔剣使いに与えられる共通の加護の一つ。魔剣の主に選ばれた者は生まれついての魔力を全て魔剣に吸い取られて一切の魔術が行使出来なくなる代わりに、常人離れした身体能力と共にこの加護を授かる。そんなことは子供でも知っている。だから、牽制《けんせい》や時間稼ぎ以外の目的で魔剣使いに魔術を向ける馬鹿はいない。

それでも仕掛けてくる相手なら可能性は二つ。

素人《しろうと》か、あるいは熟練の達人だ。

「……相手の正体を誰何《すいか》する前に御自分の心配をなさいませ」

どこともしれない場所から響く声。静かに告げる声はおそらく魔術によって奇妙に乱され、素姓をうかがい知ることは出来ない。自分より年下の少女のような、あるいは老いた男のような、遠くで話しているような耳元で囁《ささや》いているような声。続けて左右、路地の壁があるはずの場所で何かが砕ける音。闇の中に突然出現した握り拳ほどの石の塊が頭上から次々に降り注ぐ。

魔力による直接攻撃ではなく、魔力によって破壊した物体による間接的な攻撃。これなら確かに効果はあるが、いずれにせよ熟練の魔剣使いの防御を打ち崩せるような物では無い。雨あられと叩《たた》きつける無数の礫《つぶて》を全知《オムニシア》の漆黒の刃でことごとく弾き、闇の中を真っ直ぐ前へと駆け出す。

と、声の主が一つため息を吐き、

「お前様の剣、覚えがあります。『十三位階』の第八位ですね？」

背筋に氷の杭《くい》を突き立てられたような感触。

それでも必死に前へと踏み出し、背後から飛来した巨大な石の杭をナイフで後ろ手に弾き、

「とっくに捨てた名だ！　結社は滅んだ。魔剣戦争は終わったんだ！」

「お戯《たわむ》れを。では、このセントラルで何をなさるおつもりですか」

弾《はじ》かれた巨大な石の杭が空中で数十の細い杭に分裂し、背後から雪崩を打って突き立つ。そのことごとくを払い、撃ち落としながら奇妙な違和感を覚える。確かに個々の杭を砕くのは魔剣使いにとっては容易《たやす》いこと。だが、この杭は時に互いの動きを補い、時に全知《オムニシア》の剣先をかいくぐり、なんとかソフィアの防御を打ち崩そうと巧みな動きを見せてくる。

ただの魔術師の芸当では有り得ない。

この攻撃の組み立て――いや「剣捌《さば》き」は紛れもなく魔剣使いの物だ。

「決闘裁判の賞品などと。あの魔剣はいったい何ですか。あれを使ってまた争いの火種をまくおつもりですか。……戦争が終わり平和の世が訪れたのがそんなに許せませんか。再び世界を戦火に包み、多くの血を流し、一切合切を灰燼《かいじん》に帰さねば気が済みませんか」

「違う！」

叫びと共に、杭の最後の一本を撃ち落とす。

立ち止まって振り返り、頭上の闇の向こう、どこかに潜んでいるはずの魔術師を睨み付け、

「これはボクの使命だ！　魔剣戦争が終わって結社が滅びて、それでも『根』は世界中に残った。そいつらは今も世界を滅ぼすために動き続けてる。あの魔剣もその一つだ。……だから、ボクには責任があるんだ！　あの『鍵の魔剣』をあるべき場所に戻す責任が！」

返るのは、戸惑ったような沈黙。

ややあって、声の主は「……まさか、本当に？」と呟き、

「信じられませんが……そうですね。このままでは埒《らち》があかない。今日だけは退きましょう」

周囲の闇が薄らいだような感覚。

急速に形を取り戻していく裏路地の街並みの向こう、杖《つえ》のような何かを手にした小柄な人影が彼方《かなた》の家々を屋根伝いに遠ざかり、

「ですが一度だけです。嘘《うそ》偽りあらば次はお前様のお命頂戴いたします。……お覚悟を」

「ま……！」

待てと叫びつつ駆け出そうとして慌てて足を止める。いったいどこをどう走ったのか、気が付けば目の前には深い壕《ごう》。あとほんの一歩踏み出せばわずかな水がたまっているだけの底まで真っ逆さま。あの闇の中ではまり込めば、魔剣使いといえども無傷で済んだかはわからない。

悲鳴と共に後ろに飛び退り、我に返って顔を上げれば、残るのは静寂を取り戻した夜の街並

みだけ。

ソフィアは奥歯を強く噛《か》みしめ。

足下の石畳を蹴りつけて力の限り叫んだ。

「何なんだよ！　もう――――――――――――っ！」

＊

幾重にも折り重なる剣戟《けんげき》の音が、陽光に照らされたセントラルの街に響いた。

翌日、昼。大聖堂前の広場へと至る石畳の参道は、決闘裁判の様子をなんとか一目拝めないかと集まった人々でごった返していた。

決闘の舞台である広場は外周を取り囲む高い観覧席に囲まれていて中の様子をうかがい知ることは出来ない。入り口にあたる東西南北の四つの塔の前には東国《エイシア》と南国《オースト》の兵士に加えて教導騎士団の魔剣使いまでもが陣を張り、侵入者に目を光らせている。

はっきり言って状況は最悪。

それでも、やるしかない。

あれからどうにか鴉の寝床亭で部屋を借り、一晩休んでも良い知恵は浮かばなかった。仕方ない。最初の襲撃に失敗した時点で覚悟は決めている。もともと他に手があるわけでもないし、頭を使うのもそんなに得意ではない。

決闘裁判の真ん中に正面から乗り込み、鍵の魔剣を奪って、街の外まで逃げ延びる。

その後のことは、上手く行ってからゆっくり考える。

そういえば、道すがら奇妙な噂《うわさ》を聞いた。決闘に臨むはずの東国《エイシア》と南国《オースト》の魔剣使いがいずれも負傷して、双方が代理人を立てることになったのだという。南国《オースト》の魔剣使いといえばあのローエンという男。例えばの話、自分を助けてくれたあのふわふわドレスの少女があのまま男を叩き伏せてしまったということはあるかもしれない。

だが、東国《エイシア》のグラノス卿まで欠場とはどういうことだ。

わけがわからない。

わからなくても、やるべき事は変わらない。

「……見てろよ」

昨夜出会った謎の襲撃者の言葉を思い出す。お前の言葉に嘘偽りがあれば命をもらうと。望むところだ。嫌々でもおっかなびっくりでも自分で決めたこの使命。必ず果たしてあの子供だか年寄りだかもわからない嫌みな魔術師の鼻を明かしてやるのだ。

……いくぞ……。

長い銀髪をフードの中に押し込み、目深にかぶって顔を隠す。参道にごった返す人波をかき分け、走り出す。

行く手には、また一つ、甲高い剣戟の響き。

ソフィアは驚き振り返る人々の頭上を飛び越え、漆黒の魔剣「全知《オムニシア》」をすらりと鞘から引き抜いた。

一章　星は集う

母と二人で、星を見上げたことがある。

たしか、リットが五つか六つの時だ。

日々の修行に疲れて眠りこけ、夜中に目を覚まして母の姿が無いのに気付いた。ベッドから抜け出して寒さに身を震わせ、古びた毛布を羽織って家の外に出た。

南方王国《オースト》山中の深い森に建てられた家は丸太を幾つも重ねただけの簡素な物で、木板の玄関扉には母が手彫りしたグラント家の家紋が刻まれていた。

冬のとても寒い日、深い藍色の空には雲一つ無くて、数え切れないほどの星々が光の洪水のように瞬《またた》いていた。

『まあ、リット。どうしたのですか？』

足音に気付いた様子の母が振り返り、歩み寄ってそっと頭を撫《な》でてくれた。魔術式のランタンに照らされた庭のすぐ向こうは一面の深い森で、梟《ふくろう》が低い声で鳴いていた。

母の手には、小さな、薄汚れた手帳の切れ端が一枚。

それが父とのたった一つの思い出の品であり、母が夜中に一人、その小さな紙片を抱きしめて庭に佇《たたず》んでいることをリットは知っていた。

――父様のことを考えていらしたのですか？――

どうしてそんなことを聞こうと思ったのかわからない。母の前で自分から父のことを口にしたのは後にも先にもあの時一度きりだったと思う。母は少しだけ驚いた様子で瞬《まばた》きし、ふわりと柔らかく微笑《ほほえ》んで、自分の小さな体を抱き上げてくれた。

そうして、二人で夜空を見上げた。

空の一番高い場所には大きな青い月があって、輝く星々の海を静かに渡っていた。

『あなたのお父様に初めて会ったのは、今日と同じくらい、星の綺麗《きれい》な夜でした』

歌うように、遠い場所を夢見るように母は呟《つぶや》いた。母の瞳は透き通る宝石のようで、子供心にとても綺麗だと思った。

吹き抜ける夜風が母の金色の髪をふわりと揺らす。

思わず手をのばして絹糸のようなその髪に触れると、母はリットの赤毛を指先にすくい取って微笑み、

『あなたは目も鼻も口も私に似たけれど、この髪だけはお父様にそっくり。あなたを見れば、きっと喜ばれたでしょうね』

父にはとても大事な役目があって、あなたが生まれることを知らずに遠くに行ってしまったのだと母は幼い頃から教えてくれていた。それでも、リットというこの名前は、いつか娘を授かる日があったならこの名を付けようと父が考えてくれた名前なのだと。

『お父様に会いたいですか？　リット』

おそるおそる、うなずく。

母はリットを腕に抱えたまま頭を撫で、

『なら、強くなりなさい。あなたが魔剣使いとして武勲を立て、その名が天下に轟《とどろ》けば、きっとお父様の耳にも届くでしょう。……そうすれば、いつの日かお父様の方からあなたに会いに来てくださるかもしれませんよ？』

武勲を立てる、ということがよく分からなくて、幼い自分は瞬きした。剣の修行は日々積み重ねていても、戦場に立つ自分の姿などまだ想像出来ない。何をすれば良いのだろう。母が読み聞かせてくれる数多《あまた》の英雄譚《たん》に出てくる魔剣使い、あの人達と同じようにすれば良いのだろうか。

──敵をたくさん倒せば良いのですか？──

母は、いいえ、と静かに微笑み、

『それは結果に過ぎません。……一番大切なのは、あの星空を旅することです』

柔らかな手が、そっとリットの小さな手を取る。

母の指に導かれるまま、幼い指が瞬く星々を順になぞり、

『あの星々と同じ数だけ、いえもっとたくさん、世界には魔剣があり、それを手にする魔剣使いがいます。あなたはこれから先、一生をかけて多くの星と出会うでしょう。……全ての星が

あなたの師であり、あなたの剣を鍛える炉の火となります。勝つことが大切なのではありません。勝てない相手こそ、あなたが全てを賭けて挑むべき相手こそが、あなたをより高みへと導いてくれる最良の友であると知りなさい』

よくわからないです、と瞬きする。

母はくすりと笑い、リットの赤毛に頰を寄せた。

『どうか忘れないで。……星を探すのです。あなたと同じくらい、うんと輝く星を』

＊

路地の薄暗がりを貫いて、流星が舞い落ちた。

澄んだ金属音と共に跳ね返った流星は淡青色なガラス質の細剣の姿を纏《まと》って、差し込む陽光の中へと翻《ひるがえ》った。

駆け寄るリットの見つめる先、十数歩の距離を隔てた先で銀髪の少女が振り返りざま手にした漆黒のナイフを頭上に振り抜く。甲高い金属音。少女の頭上から落下姿勢のまま魔剣「山嶺《モンストゥルム》」を振り下ろしたクララが、あら？　と小さな呟きを残して淡青色の細剣と共に再び空高くに跳ね返る。

銀髪の少女は身を翻し、まっすぐな一本道の路地を脇目も振らずに走り去る。リットはとっさに十七《セブンテンデキム》の刃のうち四枚をクララの周囲に展開。残る十二の刃を銀髪の少女と自分の間に等間隔に配置し、一呼吸に地を蹴る。

路地の左右の石壁がすさまじい速度で視界の両端を流れ去る。駆ける足を真紅の刃で次々に弾いて体を加速し、瞬きの内に踏み込んだ爪先はすでに少女を捉える位置。手にした十七《セブンテンデキム》の最後の一振り、流麗な闇色の魔剣を無防備な背中目がけて突き込んだ瞬間、魔力文字で構成された細い光の糸が視界を躍る。

「うわ……！」

突然手の中で暴れ出した十七《セブンテンデキム》の黒い柄を、両手で強く握ってなんとか押さえ込もうとする。だが遅い。リットの手をするりと抜け出した闇色の魔剣は頭上高くに飛び上がって一転、眼下の主目がけて冷徹な刃を振り下ろす。

同時に銀髪の少女は体を反転。右手に掲げた漆黒のナイフではなく左手、決闘裁判の場から奪い取った銀色の両刃の魔剣を逆手に構え、振り返る体の回転に任せて水平に薙《な》ぎ払《はら》う。とっさに後方から引き寄せた真紅の刃を六枚組み合わせて盾のように展開、頭上と側面から襲い来る二筋の斬撃を同時に受け止める。

制御を取り戻した闇色の魔剣を空中に摑《つか》み取《と》り、着地と同時に地を蹴る。

銀髪の少女は跳ね返る刃の勢いに任せて大きく後方、路地の奥へと飛《と》び退《の》き、振り返りざま再び駆け出す姿勢。

瞬間、少女の頭上の薄闇に淡青色な刃が翻る。

「や――――――っ！」

十七《セプテンデキム》の四枚の刃を足場に華麗に宙を渡ったクララが、裂帛《れっぱく》の気迫と共にガラス質の細剣を振り下ろす。銀髪の少女はこちらに背を向けて駆ける姿勢のまま、漆黒のナイフを腕だけで頭上の後方、迫る山嶺《モンストウルム》の切っ先に合わせる。

まあ、と驚いたようなクララの声。

刃に込められているはずの超重量を失った細剣がナイフの精妙な剣捌《さば》きに絡《から》め取られ、主の手を離れて宙に煌《きら》めく円を描く。

銀髪の少女は漆黒のナイフを素早く腰の鞘《さや》に押し込み、振り返りざま空いた右手で山嶺《モンストウルム》の柄を空中に掴み取る。鞘に収められたナイフの周囲にすさまじい密度の魔力文字が集積する。たぶんあれが手品の種。確か全知《オムニシア》と言ったか。他者の魔剣の支配を乗っ取る魔剣なんてリットは聞いたことも無いが、そう考えれば決闘裁判の賞品であったはぐれの魔剣を奪い、自在に扱っていることにも説明が付く。

「クララ！　危な――！」

危ないとリットが叫ぶより早く、華麗な黄色のドレスが銀髪の少女の前にふわりと降り立つ。無造作に突き出されたクララの左手が一瞬霞《かす》んだような錯覚があって、気が付いた時にはもう山嶺《モンストウルム》の柄を握る銀髪の少女の右手を掴んでいる。

今の一瞬にどれだけの数の虚と実を織り交ぜた駆け引きが行われたのかリットにも見切ることが出来ない。「うそ!」と銀髪の少女の悲鳴。クララがわずかな足運びと共に軽やかに手首を返した瞬間、黒装束に包まれた少女の体が上下逆さまで宙に吹き飛ぶ。

「なんてデタラメなんだ君は!」

「まあ。失礼ですわよ?」

思わず、という様子で山嶺《モンストウルム》の柄から手を放してしまった少女が、身を捻《ひね》りながら透き通るような声で毒づく。小首を傾《かし》げて応じたクララが淡青色の魔力石が煌めく山嶺《モンストウルム》の柄にするりと指を絡め、その勢いのまま流れるように横薙ぎの一撃を放つ。澄んだ金属音。銀髪の少女は宙に逆立ちで吹き飛ぶ格好のまま左手に握ったはぐれの魔剣を振り抜き、喉元まで迫った淡青色の切っ先を刀身の半ばで受け止める。

同時、再び少女の右手に抜き放たれる漆黒の魔剣「全知《オムニシア》」。

ナイフの表面を無数の魔力文字が流れ落ちたと見えた瞬間、はぐれの魔剣に弾《はじ》かれた山嶺《モンストウルム》のガラス質の刀身が柄を握るクララごと後方――つまりはリットの方へと吹き飛ぶ。

慌てて十七《セプテンデキム》の柄から手を放し、脇をすり抜けて飛び去ろうとする少女を寸前で抱き留める。そのままダンスを踊るようにくるりと一回転。羽根のように軽かった少女の体が急に重さを取り戻し、互いの片手を繋《つな》いだままリットの隣に着地する。

「クララ! 大丈夫ですか!」

「ご心配なく。ちょっとだけ油断しましたわ」少女は淀《よど》みの無い動作で細剣を胸の前に構え、ふと首を傾げて「あの、先程からわたくしの名前……」

「え？　……あ！　ご、ごめんなさい！」

慌てて手を放す。勢いで何度も少女の名前を叫んでしまったが、無礼だったかも知れない。彼女とはほんの数刻前に初めて会ったばかりで、ただ一度刃を交えただけの間柄なのだ。

「いえいえ、とっても良いと思いますわ」が、クララは何故《なぜ》だか嬉《うれ》しそうに微笑み、路地の先を走り去る銀髪の少女の背中を見つめて「挟み撃ちにいたしましょう。先ほど上から見ましたけれど、この先は大通りまで一本道。……あの方、わたくし達ほど駆けっこが得意ではないみたいですし」

リットが言葉を返すより早く、黄色いドレスをはためかせたクララが頭上高くに飛び上がる。路地の左右の石壁を華麗に蹴りつけた体は瞬く間《ま》に三階建ての屋根の上。慌てて駆けだしつつ、周囲に浮かぶ十六枚の真紅の刃を目の前にかき集める。

手にした闇色の魔剣を一振り。全ての刃を組み合わせて元通りの長大な真紅の魔剣に戻しつつ呼吸を合わせて跳躍。巨大な刃の上に飛び乗り、そのまま路地を一直線に貫いて瞬く間に銀髪の少女の背中に追いつく。

「ずるい！　なんだよそれ！」

振り返って目を見開いた少女が叫ぶ。絵物語に出てくる深窓の令嬢そのものという顔立ちの少女は長い髪を翻し、手にした漆黒のナイフを目前に迫る十七《セプテンデキム》の巨大な刃の先端に合わせる。

同時、リットは刃を蹴りつけ、後方に宙返りを打って跳躍。一転した右手の人差し指が眼下を追い越す十七《セプテンデキム》の黒い柄を弾いた瞬間、真紅の刀身が再び十七の破片へと分割する。

長大な刀身の先端部を構成していた二つの刃が漆黒の魔剣「全知《オムニシア》」の支配に絡め取られ、翻ってリット目がけて一直線に走る。残る十五の刃のうち二つが飛来する致命の二手を受け止め、十三が銀髪の少女目がけて雪崩を打って降り注ぐ。

少女の右手の漆黒のナイフと左手の銀色の剣、二振りの魔剣が同時に閃《ひらめ》く。精妙極まり無い剣捌きで縦横に走った二筋の光が襲い来る真紅と闇色の刃のことごとくを弾き飛ばし——

頭上、後方から舞い落ちる淡青色なガラス質の煌めき。

屋根伝いに路地の上を駆け抜けて行く手に回り込んだクララが、落下に任せた超重量の一撃を少女の背後から光の矢のように振り下ろす。

銀髪の少女が振り返りざま漆黒のナイフを振り上げ、山嶺《モンストゥルム》の淡青色の刀身を受けとめる。

魔力文字の糸が半透明の刃に絡みつき、おそらく超重量が解除される。だが、刀身を通常の重さに戻しても落下によって既に生まれた速度を消し去ることは出来ない。ナイフを巧みに返して斬り下ろしの一撃を受け流した少女は、衝撃を殺しきれずに大きく後方に弾かれて路地の壁を背中に体を支える。

狙い違わず踏み込んだリットの右手に後方から追いつく、十七《セプテンデキム》の中心、流麗な闇色の魔剣の黒い柄。

路地の薄闇を斬り裂いた刃が、銀髪の少女の喉元目がけて水平に走る。

同時に着地したクラが爪先を軸に一転、袈裟《けさ》斬りの一撃を少女の肩目がけて振り下ろす。

銀髪の少女が右手の漆黒のナイフと左手の銀色の剣を掲げ、左右から襲い来る刃を同時に受け止める。重なり合って響く澄んだ金属音。少女が精妙極まりない剣捌きで十七《セプテンデキム》と山嶺《モンストウルム》の斬撃を受け流した瞬間、頭上から三振りの真紅の刃が降り注ぐ。

取った、というリットの思考。が、次の瞬間、少女は信じられない動きを見せる。漆黒の魔剣「全知《オムニシア》」を振り上げて三枚の真紅の刃の最初の一つを受け止めた少女はあろうことかナイフの柄から手を放し、たった今受け止めた刃を——柄を持たない刀身だけの魔剣を自由になった右手の人差し指と中指の二本だけで挟んで流れるように空中に掴み取る。

少女の指先で閃いた真紅の刃が、続けて飛来した二筋の刃をまとめて撃ち落とす。同時に少女の左手が銀色の「はぐれの魔剣」から手を放し、落下する漆黒のナイフを胸の前に掴み取る。翻ったナイフが逆方向から突き込まれた山嶺《モンストウルム》の切っ先を紙一重で受け流す。さらに続けて閃く銀色の刀身。少女は振り上げた左足の爪先で落下するはぐれの魔剣の柄を巧みに受け止め、そのまま足だけで剣を操ってリットの胸元目がけて下から斬り上げるような斬撃を放つ。

「なんて器用なんですかあなたは！」

「君に言われることじゃない！　なんだよ十七分割って！」

浮遊する刃の一つで斬撃を弾きつつ叫ぶリットに、少女が切羽詰まった様子で叫び返す。同時に突き込んだ流麗な闇色の魔剣が漆黒のナイフに絡め取られて宙を舞い、飛び交う真紅の刃に弾かれてまたリットの手の中に戻る。閃く淡青色の刃がクララの手をすり抜けて銀髪の少女の手に収まり、神業のような手捌きに絡め取られてまた本来の主の手に戻る。重なり合う剣戟《けんげき》の響き。淡青色の刃に漆黒の刃、銀色の刃に十六振りの真紅の刃、無数の刃が路地の薄闇を斬り裂いて乱舞する。

銀髪の少女は全ての魔剣を巧みに奪い取り、持ち替えながら、降り注ぐ斬撃のことごとくを弾き続ける。漆黒の刃が淡青色の刃を弾き、淡青色の刃が真紅の刃を弾き、弾き、弾き、弾き弾き弾き弾き弾き弾き弾き弾き弾き弾き弾き——

あ、と少女の声。

ついに真紅の刃を受け損ねた漆黒のナイフが、吹き飛ばされて宙を舞う。

一直線に路地の闇を貫いた魔剣「全知《オムニシア》」が遠くの石壁に深々と突き立つ。我に返った少女が残された左手の魔剣を振り上げようとした瞬間、閃いた山嶺《モンストウルム》のガラス質の刃がのたうつ蛇のように両刃の刀身に絡みつく。

——高く、透き通るような金属音。

はぐれの魔剣の銀色の刃が、差し込む陽光の中に高い放物線を描いた。

＊

路地の遠く、大通りの方角から、幾つもの足音と人々の話し声が木霊《こだま》した。

いたか、探せ、などと叫ぶ兵士らしき声を聞き流し、リットはどうしたものかと腕組みした。

十七《セブンテンデキム》の刃を一本の魔剣につなぎ合わせて背中に浮かべ、あらためて銀髪の少女に向き直る。少女は路地の壁に背中をあずけて石畳の地面にあぐらをかき、不機嫌いっぱいの顔でリットとクララを睨《にら》んでいる。見た目はどこかの国のお姫様そのものなのにものすごく行儀が悪い。女の子はそういう格好をしてはいけないと習わなかったのだろうか。

「あの……」

意を決して声を掛けようとした途端、少女が「なに！」といっそう険しく眉をつり上げる。

困った。少女の素姓だとか目的だとか、色々と聞きたいことがあるのにこれでは話が進まない。

そもそも、わけがわからない。

勢いで追いかけて捕まえてはみたものの、実のところ、リットには少女が魔剣を奪った理由がまるで思いつかない。

魔剣戦争が華やかなりし頃ならともかく、今や魔剣は四大国のどこでも腫れ物扱いだと聞いている。確かに魔剣を王家に献上すれば相応の報償が約束されるという話になってはいるが、それはあくまでも魔剣使いが自らの剣を返納した場合。主を持たない魔剣、しかも他国から奪い取った魔剣など喜んで引き取る国はどこにも無いし、引き取ったところで王宮の保管庫に収蔵する以外に使い道が無い。

少女が自分で使うために奪ったというのも考えにくい。全知《オムニシア》という銘らしい少女の魔剣は確かに「他者の魔剣の所有権を乗っ取る」という権能を持っているのだろうが、戦いの中であのはぐれの魔剣の権能を使った様子は無かった。少女の力をもってしても権能までは利用出来ないのか、あるいはそもそも権能を持たない格下の「無能」の魔剣なのか、いずれにせよ少女にとってあの魔剣が大した役に立たないのは明らかだ。

さっぱりわからない。

もちろん少女をこのまま東方大公国《エイシア》か南方王国《オースト》の大使館なり教導騎士団なりに引き渡せばそれで話は終わりなのだが、その前になんとかこの胸のもやもやを解消出来ないものか。

「どう思いますか？　クララ」

銀髪の少女を見下ろしたまま、隣に呼びかける。

が、返事はない。

顔を向けると、クララは何やら感極まった様子で両手を胸の前に組み合わせ、

「す……」

「す？」

「素晴らしいですわ――！」

いきなり歓声を上げるクララに、銀髪の少女が「うわあびっくりした！」と叫ぶ。そんな少女に一切構わずクララはダンスでも踊るようにその場でくるりと一回転し、流れるような動作で少女の前に座り込む。

思わず飛び退くリット。少女も、ひっ、と壁に背中を押しつけて後退《あとずさ》る。

が、クララはお構いなしに石畳の地面に両手をついて少女に顔を突き出し、

「あなた！　魔剣の支配を奪う魔剣も面白いと思いましたけど、もっと面白いのはあなたですわ！　全知《オムニシア》とおっしゃるのかしら。御自分の魔剣にあっちのはぐれの魔剣、それにリットさんの十七《セプテンデキム》にわたくしの山嶺《モンストウルム》まで！　重さも間合いも、柄の握り方だけでもまるで違うでしょうに、どうやったらそんなお上手に扱えますの――？」

「え？　……そ、それは、姉さんに長いこと教わって」

「お姉様がいらっしゃるのね！　その方が先生ですの？　それにしたってあの技はただ事ではありませんわ。両手と足で三本の魔剣を同時に操った姿なんてまるで龍日祭のパレードの軽業師みたいで！」

ああ、と感極まったため息と共に、クララが優雅に立ち上がる。

と思ったら路地の真ん中でまたしても一回転、頭上から差し込む陽光に両手を差し伸べ、

「今日は本当に人生で最高の日ですわ！　リットさんに出会えただけでもご先祖様の霊に感謝しなければなりませんのに、加えてあな……あなたお名前は？」

「ソ、ソフィア」

「ソフィアさんとおっしゃるのね！　わたくしはクララ・クル・クラン。そちらがリット・グラント。どうぞお見知りおきくださいませ！」

スカートの裾をつまんで優雅に一礼する。

銀髪の少女——ソフィアは困惑した様子でリットを見上げて声を潜め、

「ねえ……あの子、君の友達だろ？　大丈夫なの？」

「いえ……友達と言いますか、実は私も先程初めて会ったばかりで……」

なんとなくリットも声を潜め、ひそひそと応じる。

「と、い、う、わ、け、で！」

そんな二人にくるりと向き直り、何やら節を付けて高らかに宣言するクララ。

石畳の上に転がったままのはぐれの魔剣を意味ありげに指さし、

「いかがでしょう。わたくし達は何も見なかったことにして、ソフィアさんにはあちらの魔剣を置いて立ち去っていただくというのは」

「……え？」

意味が分からない。

瞬きするリットの足下でソフィアが「待って……待って待ってちょっと待って！」と慌てた声を上げ、

「何言ってんの？　自分で言うのも変だけど、ボクってけっこう悪いことしたよね？　決闘裁判はめちゃくちゃになったし、南方王国《オースト》も東方大公国《エイシア》も聖門教会も面子《めんつ》丸つぶれだし、それで済むわけ……」

「でも、結局は使い道の無いはぐれの魔剣が一本取られてしまっただけですわよね？」クララはソフィアの言葉を遮って、んー、と唇に指を当て「その魔剣もこうしてわたくし達が取り返してしまいましたし、ここでソフィアさんが逃げてしまっても構わないのではないかと思いますの。リットさんもそう思いません？」

「いえ、そうかも知れませんが、それはさすがに……」

やっぱり、良くないのではないか。

なんとか止めなければと慌てるリットに、クララは勢い込んで「それに」と詰め寄り、

「ここでソフィアさんを捕まえてしまいますと、もう二度とお手合わせ願えないかも知れませんわよ？　リットさんはそれでよろしいんですの？」

「えっ」

しばしの沈黙。

リットは考え、考え、うーん、と一生懸命考え、

「……それは、確かに困りますね。そもそも二対一では勝ったとは言えませんし」

「ですわよね？　ですから」

「もう少し物事を真面目に考えられないのかな君達は――！」

いきなり割って入る透き通るような声。

ソフィアが、ああもう、と首を何度も左右に振り、

「いい？　あの魔剣は君達が思ってるほど簡単な物じゃないんだ！　あれをすぐに元の地下遺跡に封印し直さないと――」

言葉が途切れる。

少女は急にうつむいて口元に手を当て、何かを考える素振りを見せる。

「……この腕前なら……いや、でもさすがにそれは……」

口の中でぶつぶつと呟く銀髪の少女に、クララが「いかがなさいましたの？」と首を傾げる。

リットも腰をかがめて少女の顔色をうかがう。

と、ソフィアは「うん！　それしかない！」と急に立ち上がり、

「君達、捕まえる気が無いって言うんなら手伝って！　このままだと世界が滅びるかもしれないんだ」

いきなり何の話かと、クララと顔を見合わせる。

ソフィアはそんな二人の前で石畳に転がる魔剣を勢いよく指さし、

「良く聞いて。あれは『鍵の魔剣』。魔剣戦争が始まるよりもずっと昔、彼方《かなた》の神から魔剣を授かった最初の魔剣使い達が七つの厄災と魔物の軍勢を追い払って聖なる門を封じるのに使った、何百本かの内の一本だよ」

＊

リットはぽかんと口を開けた。

隣のクララも、ぽかんと口を開けた。

二人で顔を見合わせたまま、互いに視線で相手の様子を探り合う。どちらからともなく銀色のはぐれの魔剣をうかがい、どちらからともなく仁王立ちするソフィアの顔色をうかがう。それでも足りずにそれぞれに首を傾げて考え、何度か口を開きかけては互いに手振りを交えて意味深に目配せを交わす。

そのまま、たっぷり十数呼吸。

リットはようやくクララと合意に達してうなずき合い、揃《そろ》って銀髪の少女に向き直り、

「ソフィア、たぶん何かの悪い病気です。頭を強く打った覚えはありませんか？」

「すぐに南国大使館《オーストいし》に参りますわよ。大丈夫。良《い》いお医者様に診ていただけるようアメリア様にはわたくしから口添えして差し上げますから」

「腹立つなあ君達は！」

ソフィアは憤然とまなじりをつり上げ、

「これはすごく、すっごく真面目な話なんだ！　聖門教の神話はほんとで、厄災も魔物も彼方の神も全部実在する！　ついでに、この世界には『結社』っていう秘密の組織があって、そいつらは聖なる門をもう一回開いて七つの厄災と魔物の軍勢をこの世界に呼び戻そうとしてるんだよ！」

「落ち着いて、ちょっと落ち着いて下さいソフィア！」

リットは両手を広げて必死に少女をなだめ、

「ぜんぜんわかりません！　何の話ですか？　その結社？　が聖なる門を開いて七つの……」

ようやく思考が追いついて瞬きし「え？　七つの厄災って聖門教の神話に出てくるお伽噺《とぎばなし》ですよね？　母様の言いつけを守らないと夜中にベッドの下から手を伸ばして、足の指に一本ずつ落書きするっていう」

まあ、とクララが微笑み、

「なんだか可愛《かわい》らしいお話ですのね。わたくしの故郷では巨人を頭から丸呑《まるの》みにしたとか、山を一つ吹き飛ばして後に出来た穴にお湯をためて温泉を作ったとか、それはもう色々」

「あーもう！　だ！　か！　ら！」

とうとう、ソフィアが爆発する。

と思ったら、少女は盛大なため息と共に石畳の上に座り込み、

「……そうだよね……信じるわけないよね、こんな話……」両手で顔を覆って、ううっ、と呻《うめ》き声を漏らし「ほんとに、どーしたら良いんだろ……やっぱり来るんじゃなかったかなぁ……今からでもオーストの南の海行って泳いで、魚とか釣って焚《た》き火《び》で焼いて食べて……あ、山もいいなぁ、山……エイシアの山ってすっごいきれいなんだよね……それでキノコとか木の実とか採ったり、鹿とか竜とか捕まえたり……」

「あの、ソフィア？」

ぶつぶつと呟く少女を見下ろし、クララと顔を見合わせる。

真偽はともかく、少なくともソフィアにとっては冗談で済む話ではないらしい。

「謝りますわ。からかうつもりはなかったんですの」クララが少女の前にぺたんと座り、顔を覗《のぞ》き込んで「ですけど……そうですわね、もしソフィアさんのおっしゃることが本当だとして、その『結社』という方達はどこにいらっしゃいますの？　わたくしはそんな怪しい方お見かけしたことありませんけど、この街の地下に隠れているとか、ロクノール山脈のどこかに根城があるとか、そういうお話ですの？」

しばしの沈黙。

ソフィアは顔を覆う両手の指の隙間からちらっと目だけをのぞかせ、

「それは……わかんない」

「わかりませんの？」

クララが困ったように首を傾げる。

リットも隣に片膝をついて、

「では私からも。その人達はどうやって門を開くつもりなんですか？　例えば、このセントラルのどこかに本当に『聖なる門』があって、その門をあの魔剣で斬るとか？」

「それも……わかんない」

指の隙間からのぞく宝石のような青い目が、ちらっとリットをうかがう。

リットは、うーん、と首を捻り、隣のクララに顔を向けて、

「仕方ありません。やはりお医者様の所へ」

「ですわね。わたくし達では手に負えませんわ」

「待って待って！　だからちょっと待——」

言葉が急に途切れる。ソフィアが地面からわずかに腰を浮かし、路地の向こうを睨む。

クララが座ったまま少しだけ身を捻り、腰の鞘に収めた山嶺《モンストウルム》の柄に指を置く。同時にリットも気付き、傍《かたわ》らに浮かぶ十七《セプテンデキム》の刀身に手のひらをかざす。

一呼吸。跳ねるように立ち上がりざま、真紅の魔剣を背後に振り抜く。

爆《は》ぜる閃光《せんこう》。

路地の薄闇を貫いて飛来した無数の炎が、衝撃音と共に跳ね返って視界を爆炎に染めた。

＊

吹き付ける熱風が、三つ編みに束ねた長い赤毛を激しく揺らした。

リットは十七《セプテンデキム》を目の前に盾のように掲げ、まっすぐにのびる路地の向こう、隊列を組む兵士達の姿を見据えた。

緑の軍服に身を包んだ東方大公国《エィシア》の兵士に、黒と赤の南方王国《オースト》の兵士。二国の兵士が魔術式の銃をこっちに向けて次々に引き金を引く。放たれた拳ほどの火球が長大な真紅の刀身に降り注ぎ、薄い魔力の皮膜に弾かれて路地を眩《まばゆ》く照らす。

炎の魔術を纏わせた鉛の弾を爆発の衝撃で加速して撃ち出す銃は、単なる魔術と違って魔剣使い相手でも気休め程度の効果を発揮する。とはいえ、気休めはあくまでも気休め。幾ら撃たれたところでリットにとっては物の数ではない。

……いったい何が……！

はぐれの魔剣を追ってきた大使館の駐留部隊――そう考えるのがもっとも自然だが、だとすると警告も無しに攻撃を仕掛けてくる理由が分からない。自分とクララがソフィアを捕らえたこの状況は遠目に見てもわかるはず。問題の魔剣は兵士達の目の前に転がっているし、ソフィアの魔剣「全知《オムニシア》」は壁に突き刺さったままだ。

それでも、兵士達は攻撃を止めない。

わけがわからない。

わからなくても、対処するしかない。

「クララ！」

「お任せあれ！」

十七《セプテンデキム》の柄を握り、刀身を分割。浮遊する十六の刃の一つをクララの背後に回り込ませ、全力で背中から斬りつける。

同時に山嶺《モンストウルム》を鞘から抜きはなったクララが淡青色の刃を後ろ手に真紅の刃に合わせ、斬撃を受け止めると同時にふわりと跳躍。

重さを消失した少女の細い体は弾き飛ばされて瞬きのうちに数十歩先、兵士達の頭上。落下と共に振り下ろされたガラス質の刃が最も近い位置に立つ兵士の銃を半ばで断ち切り――

「まあ！」

小鳥のさえずりのようなクララの声と共に山嶺《モンストウルム》が跳ね返る。寸前で割り込んだ三振りの刃――暗灰色と緑色と青色の刀身が交差してガラス質の刃を受け止め、大きく後方へと弾き飛ばす。

とっさに十七《セプテンデキム》を少女を守る位置に展開、雪崩を打って襲い来る追撃のことごとくを真紅の刃で弾き返す。鳴り響く甲高い剣戟の音。生じた幾つもの光が薄闇の中に花びらのように散る。

　クララが宙に一転、石畳に優雅に着地し、スカートの裾をふわりと翻す。

　少女の前には、フードを目深《まぶか》に被《かぶ》って顔を隠した人影が全部で十。

　赤と白の揃いの聖衣に身を包み、様々な形状の魔剣をそれぞれの手に構えた、

　……教導騎士団……！

「待ってください！」とっさに十六枚の刃を頭上に引き戻し「魔剣を奪った犯人ならこうして捕らえてあります。抵抗の意思はありません。もはや戦う必要は」

「問答無用！」騎士の一人、隊長らしき男がフードの奥で声を張り上げ「リット・グラント！　クララ・クル・クラン！　並びにそこの娘！　お前達には東方大公国《エイシア》と南方王国《オースト》、双方の大使館より捕縛の要請が成されている！」

「え……？」

　目を丸くするリットの視界の先で、聖衣をまとった十人の騎士が同時に動く。三人は最も近い位置に立つクララの前。残る七人は少女の両脇をすり抜けて後方、リットとソフィアの方へ。

　瞬間、華麗な黄色のドレスが翻る。眼前に振り下ろされる三振りの刃を置き去りに、流れるような動作で後方に跳躍したクララの体が路地の闇空高くに大きな弧を描く。

　同時にリットは周囲に浮遊する刃を残らず自分の正面に集め、手にした闇色の剣を構えて一挙動に地を蹴る。行く手には敵が七人。突き込まれる最初の刃を手の中の魔剣で弾き返し、振

り返って後方、青ざめた顔で立ち尽くす銀髪の少女に叫ぶ。

「ソフィア！」

壁に刺さったままの魔剣「全知《オムニシア》」に目配せすると、少女が驚いたように目を見開く。良いの？ と視線で問うソフィアにうなずくと、銀髪の少女は壁に駆け寄って漆黒のナイフを一息に引き抜く。

それを確認せずに正面に向き直り、目前まで迫った暗灰色の刃の切っ先を寸前で弾く。勢いに任せて身を翻し、騎士達に背を向けて一挙動に駆け出す。

隣で軽やかな足音。

走る姿勢のまま着地したクララがリットとソフィアに歩調を合わせながら、

「このまま逃げるということでよろしいですわね？」

「仕方ありません！ 多勢に無勢です！」

「ごめん！ なんかわかんないけどほんとにごめん！」

叫ぶと同時に跳躍して空中で振り返ったソフィアが、手にした全知《オムニシア》で一度だけ目の前の空間を払う。細い魔力文字の糸が薄闇を走り、駆け寄る騎士達の魔剣に絡みつく。幾つもの悲鳴と混乱の声。魔剣を取り落とした騎士達が立ち止まり、一人が足をもつれさせて石畳に倒れ込む。

「遠隔じゃ制御までは奪えない！ 効果もすぐに切れる！」ソフィアが着地と同時に再び駆け

だし「行くあては？　どこかに隠れるところ！」

「ありませんわ！　とにかく今は大通りの方へ――」

　言いかけたクララの声が止まる。一本道の路地を左に曲がった先、少女が足を止め、すぐにリットとソフィアもそれに倣《なら》う。

　行く手には、先程に数倍する南方王国《オースト》兵の一団。

　その正面、豪奢《ごうしゃ》な執務服を纏った女性の姿にクララが「アメリア様……」と呟き、

「お話を聞いていただけませんこと？　わたくしにもリットさんにもやましいところは何もありません。誤解ならすぐに」

「そうはいかない」

　アメリアという名前らしい女性が凛《りん》と張りのある声で応じる。リットもようやく思い出す。決闘裁判の広場で見かけた、南方王国《オースト》の大使だ。

「貴公ら二人にはそこの銀髪の娘、並びに東方大公国《エイシア》筆頭駐在武官グラノス・ザンゲツと共謀して魔剣の強奪を謀《はか》った嫌疑がかけられている。今すぐに魔剣を捨て、投降してもらう」

　……え？……

　リットは思わず目を見開き、

「待って下さい！　グラノス卿《きょう》が、どうして？」

「グラノス卿は決闘裁判襲撃後の混乱に乗じて東方大公国《エイシア》特使ジェレミア卿の殺害を謀り、す

でに教導騎士団に捕縛された」アメリアはリットとクララ、ソフィアの三人に視線を巡らせ
「無論、実行犯であるそちらの娘はともかく、クララ殿とリット・グラントの嫌疑に関しては東方大公国《エイシア》の主張を鵜呑《うの》みにするわけにはいかない。……が、それを差し引いても貴公ら二人には問《と》い質《ただ》さねばならぬ点が多すぎる」

射貫《いぬ》くような視線がまず淡青色なガラス質の細剣を捉え、

「クララ殿。貴公と魔剣『山嶺《モンストウルム》』に対しては北方連邦国《ルチア》とクラン家より捜索願が出されている。一年前に出奔した貴公を早急に連れ戻して新たな当主を定め、しかる後にその魔剣を王家に返納するか否《いな》かを決めねばならぬそうだ」

ソフィアが驚いたようにクララを見つめる。

視線を受けて、金髪の少女は「あら」と涼しい顔で微笑み、

「とうとう連王様まで動かしてしまったのですね。長老様達にも困った物ですわ」

「貴公の問題については私は深入りするつもりは無い」アメリアはため息交じりに首を左右に振り「今回の嫌疑が晴れ、貴公が確かにクララ・クル・クランであるという身の証《あかし》が立てば後は貴公と北方連邦国《ルチア》との問題だ。そもそもこのセントラルには四大国の法は及ばぬ習わし。

──だが、そちらの魔剣使い、リット・グラントについては話が別だ」

……あ……。

しまった、という思考。

南方王国《オースト》の全権大使である女性を前に、ようやく自分の立場を理解する。

「お待ち下さい。どういうことですの？」

「グラントはすでに存在しない家名だ」割って入るクララの声にアメリアは視線を動かすことなく「その名を有していた魔剣使いの家系は二十年前に廃嫡となった。当主と妻は自死、所領と屋敷《やしき》は既に他家に下賜《かし》された。……ただ一人、跡取りであった娘だけが魔剣『十七《セブンテンデキム》』と共に行方知れずになったと記録にはある」

膝の震えが止められなくなる。

かろうじて顔を上げるリットの視線の先、アメリアは冷淡な眼差《まなざ》しのまま、

「あらためて問う。グラントの家名を名乗る魔剣使い、貴公は何者か」

＊

足下の地面が無くなった気がした。

石畳が崩れて深い穴に落ちるような錯覚。リットは何度も荒い呼吸を繰り返し、目を逸《そ》らしそうになるのを必死に堪えた。

「わた……私はグラント家最後の当主！　魔剣『十七《セブンテンデキム》』の主、リット・グラント！」

「そのような名の魔剣使いは我が国《オースト》にはいない」アメリアは静かに息を吐き「というわけだ、

クララ殿。聖門教会とは既に話がついている。その者が何者であるか、どのような経緯で十七《セブンテンデキム》を手に入れたのか、今回の事件にどれほど深く関与しているのか調べねばならん」

背後で幾つもの足音。教導騎士団の魔剣使い達が追いついてきたのだろうと察する。くそっ、とソフィアの毒づく声。リットは片手で魔剣の黒い柄を握ったまま、もう片方の手で手首を掴んで必死に震えを押さえ――

不意に、目の前を遮るたおやかな背中。

可憐《かれん》な黄色のスカートを翻して颯爽《さっそう》と進み出た少女が、リットをかばうように淡青色の魔剣を構える。

「クララ殿――」

「申し訳ありません、アメリア様」少女は小首を傾げて優雅に一礼し「けれど、この方達はわたくしのお友達ですの。はいそうですかとお渡しするわけには参りませんわ」

瞬きするリットの隣でソフィアが漆黒のナイフを胸の前に構える。十七《セブンテンデキム》の真紅の刃は微動だにせず宙に浮かんだまま。その輝きを虚《うつ》ろに見上げるリットの前で、アメリアは兵士達と教導騎士団の双方に向かって右手を掲げ、ゆっくりと振り下ろし、

「何事か――！」

南方王国《オースト》大使である女性の、驚愕《きようがく》の声。

視界が前触れもなく歪《ゆが》んで崩れ、兵士も、騎士も、左右の壁も足下の石畳すらも見えなくな

る。

あらゆる物が闇に染まる、いや真っ黒に塗り潰される。自分の手も足も頭上に浮かぶ十七《セブンテデキム》も見えるのに、その周囲にあるはずの何もかもが認識出来ない。夜空に溺れるような錯覚。息を呑《の》み、後退ろうとした瞬間、誰かに強く手を摑まれる。

「ぼーっとしない！　走るよ！　ほらしっかり足動かして！」

隣に立つソフィアの姿が急にはっきりと見えるようになる。目の前には駆け出すクララの背中。二人に導かれるまま、闇の中をわけも分からずに駆け抜ける。

「──そのまま真《ま》っ直《す》ぐ。百歩進んだら左、三十歩で右へ。よろしいですね？」

いきなり、頭上から声。

子供のような老人のような、近くで囁《ささや》いているのか遠くで叫んでいるのかもわからない奇妙な声にソフィアが「やっぱり君か！」と叫び返し、

「どういうつもり！　ボクの話、信じる気になったの──？」

「それはまだ。ですがお覚悟の程は拝見しましたので、少《すこう》しお手伝いして差し上げようかと」

奇妙な声は抑揚に乏しい口調のまま「お急ぎを。所詮はただの魔術。長くは保ちません」

「お知り合いですの？」

「説明は後！　ほら走って！」

クララの問いに言葉を返したソフィアがいっそう強く手を引く。声の主の言うがままに進む

につれて次第に周囲の闇が晴れ、リットは唐突に、自分が見覚えのある裏通りを走っているのに気付く。

小さな建物の軒先で揺れる看板には、巣の中で眠りこける黒い鳥。

「ご無事ですにゃんか――！」

二階の窓から顔を突き出した猫耳獣人の少女が黒い三角耳をぱたぱたと揺らす。

「ミオンさん――？」

「良かったですにゃん！　グラノス様が捕まったと聞いて、心配しておりましたにゃん！」メイド姿の少女はクララに応えてあわあわと通りの左右を見回し「リット様にクララ様！　それにソフィア様も！　早くお店の中にお入りくださいにゃん！」

二章　遙《はる》けき故郷

自分の家が普通ではないのに気付いたのは、いつだっただろう。

幼い頃、母が読み聞かせてくれる絵本に描かれる家族を見たのが、最初だったと思う。

母が実家から持ち出した数少ない財産の一つである古い絵本は何代も前の先祖が生まれてくる娘だか孫だかのために特別にあつらえた豪華な物で、南方王国《オースト》の四季や王家の儀礼、街の様子などが色鮮やかに描かれていた。毎晩ベッドの中で母が聞かせてくれる物語に耳を傾けるうちに、リットは何となく、自分達の暮らしが他の人とは違うことを察するようになった。

普通の家族というものは、貴族であれ庶民であれ、たくさんの人がいる村や街、国と呼ばれる場所に住んでいる。自分と母のように山奥の森の中で人目を避けて暮らさないし、毎日毎日朝から晩まで剣の稽古もしない。

食べ物は家の裏の畑で育てた野菜や麦と、森で取れる木の実やキノコ、それに母が狩ってくる兎《うさぎ》や熊や竜の肉。

年に一度、冬が始まる少し前に、山一つ越えた遠くの森に住んでいる世捨て人のような狩人《かりゅうど》の老人が街で仕入れた塩や石鹼《せっけん》や魔術装置の修理の部品を売りに来てくれる。母は用意しておいた貴重な竜の鱗《うろこ》や干し肉を老人に渡し、老人はお土産だよと言ってリットに街で流行《はや》っているというぬいぐるみや小さなお菓子をくれる。

父の顔は知らない。そもそも、普通の子供には母親だけではなく父親というのがいるというのも本で読んで初めて知った。いったいどんな人で、どうやって母と知り合ったのか。聞きたいことはあったけど、母を困らせるのが嫌で、自分から訊《たず》ねたことはほとんど無かった。

来る日も来る日も剣の修行。朝から晩まで、寝ても覚めても修行。常に傍《かたわ》らに十七《セプテンデキム》を浮かべ、食事の時も顔を洗う時も、息をするよりも自然に魔剣とのつながりを維持し続けられるように。もちろん剣ばかりではいけない。貴族の娘に相応《ふさわ》しい立ち振る舞いに、四大国の王家の儀式典礼。学ぶべき事は山ほどあって、母と二人きりの日々は飛ぶように過ぎていった。

母はたぶん、教え方がものすごく上手《うま》かったのだと思う。遊びたいとかさぼりたいとか思ったことは本当に数えるほどしかなくて、毎日が楽しくて仕方がなかった。新しい技を一つ覚えるたび、新しい知識を一つ身に付けるたび、昨日まで出来なかったことが一つ出来るようになるたびに世界は少しずつ明るくなった。道はどこまでも真《ま》っ直《す》ぐに、幼い日に母と見上げたあの星の海へとつながっていく気がした。

……リット、あなたは私の誇りです……

微笑《ほほえ》んで頭を撫《な》でてくれる母の手は柔らかくて、春の日だまりに咲く花の匂いがした。他には何もいらなかった。一つきりのパンを二人で分け合った夕食のテーブルも、隙間風が吹くベッドで一緒に毛布にくるまった夜も、母の周りの空気はいつも暖かくて、傍《そば》にいるだけで心に小さな火が灯《とも》るのを感じた。

ただ、それだけで幸せだった。

リットは母のことが好きで、どうしようもないくらい大好きで。

だから、あの小さな家で母と二人、いつまでも暮らしていられればそれで良かった。

＊

天井からつり下げられた魔術式のランタンに、小さな明かりが灯った。

鴉《からす》の寝床亭のバーカウンター奥の扉から石造りの螺旋《らせん》階段を下った一番奥。ワインの空き瓶が雑多に積まれた狭い部屋の真ん中で、リットはクララとソフィアと三人で小さな丸い木のテーブルを囲んだ。

相変わらず何かを悟りきったような顔の初老の店長が、スープの入った陶器のカップを三つ並べてくれる。ごゆっくり、と扉を閉める店長に頭を下げ、湯気を立てるカップを両手で抱えて口をつけ、

「……美味《おい》しい」

ぽつりと呟《つぶや》くと、斜向《はすむ》かいのクララが「まあ」と微笑み、

「ご気分は良くなられまして？」

「はい。……ごめんなさい。迷惑をかけました」

クララはいいえと目を閉じ、自分もカップを両手で持って息を吹きかける。少女の優雅な手つきをぼんやりと眺め、物置か何からしい部屋を見回す。考えてみればこの店も不思議だ。宿の地下にこんな場所があるのはともかく、入り口の扉が棚の裏に隠されていて、途中の階段にもこの部屋の壁にも防音の魔術紋様が入念に施されているのはどういうわけだろう。

自分達を店に匿《かくま》ってくれたミオンの姿はここには無い。

猫耳獣人のメイド少女は、何が起こっているか調べると言って街へ出かけてしまった。

『セントラル東通りの隠れた名店、四大国の大使館にも多くのご贔屓《ひいき》様を抱えるこの「鴉の寝床亭」のミオンにお任せ下さいにゃん！　事の顛末《てんまつ》とグラノス様の居場所、必ず突き止めて参りますにゃん！』

なぜか箒《ほうき》を片手に元気よく飛び出していった少女の背中を思い出す。事件に無関係な少女に全てを任せるのは心苦しいが、自分達がのこのこと表通りを出歩くわけにもいかない。

本当に、わけがわからない。

自分とクララが魔剣強奪の共犯だの、グラノス卿《きょう》が事件の首謀者でジェレミア卿を殺そうとしただの、何をどうすればそんな話になってしまうのか。

「……なんか、ごめん。こんな変な事に巻き込んで」

ぽつりと、うつむき加減なソフィアの声。

「まあまあ、起こってしまったことは仕方ありませんわ」クララがふんわりと微笑み「とはいえ、こうなりますとソフィアさんには事情を説明していただかなければなりませんわね。『鍵の魔剣』でしたかしら。あの剣のお話とか、先程おっしゃっていた『結社』のお話とか」

え、とソフィアが目を丸くし、

「信じてくれるの？　ボクの話」

「それはお話をうかがってみてからですわ」クララはスープのカップをそっとテーブルに置き「けれど、わたくしたちが何かの陰謀に巻き込まれてしまったのは間違いないみたいですし。……嫌ですわよ、わたくし。このまま勝手に悪者扱いなんて」

悪戯《いたずら》っぽく首を傾《かし》げるクララの顔を、まじまじと見つめるソフィア。

と、銀髪の少女は急にリットの方を向いて、

「君はそれでいいの？　何かボクに言いたいとか怒ってるとか、一回殴りたいとか無いの？」

「え？」リットは意味が分からずに瞬《まばた》きし「なぜですか？　どこかに悪事を企《たくら》んでいる人がいて、ソフィアはそれを追ってきたのですよね？　なら、ソフィアに怒るのはおかしいのではありませんか？」

「まあ、良《い》いことをおっしゃいますのね」

くすくすと笑うクララの隣で、ソフィアがぽかんと口を開ける。

銀髪の少女はテーブルに両腕を組んでべたっと頭をあずけ、首の動きだけでそっぽを向いて、

「……君達、ちょっと変だよ」呟き、その格好のまま真面目な口調で「あの魔剣がエイシアとオーストの国境にある地下遺跡で見つかったってのは知ってるよね？　それはその通りなんだけど、見つかった状況っていうのがたぶん君達が知ってるのとは違うんだ」

遺跡を根城にしていた野盗から聞いたという話を説明するソフィア。

「では、魔剣を見つけたという方はたまたま遺跡に迷い込んだのではなく、その『結社』の人達に捕まって連れて行かれたのですか？」リットは思わず眉をひそめ「それで、結社はその人を斬り殺して、自分達が持ち去った魔剣をどうにかして東方大公国《エイシア》に渡して、決闘裁判で南方王国《オースト》と所有権を争うように仕向けた？」

わけがわからなくなって、首を傾げてしまう。

と、同じように話を聞いていたクララが珍しく真面目な顔で唇に指を当て、

「それは……とっても大変なお話ですわね」

「そう、なのですか？」

思わず問うリットに、クララは「ええ」とうなずき、

「戦争が終わって一年が経《た》つとはいえ、魔剣の問題は今でも王家の直接の預かりとなる国の大事のはずですわ。まして決闘裁判ともなれば、政務や軍務、外交も絡《から》んで参ります。……魔剣が見つかったと情報を流せば事態が勝手に動くというような簡単な話ではありません。それを操ったとなると、その『結社』という方達は国の中枢、それも東方大公国《エイシア》と南方王国《オースト》の両方の

奥深くにまで入り込んでいることになってしまいますわ」

え、と目を見開く。

そんなリットの前で、クララは銀髪の少女に向き直り、

「ソフィアさん。そもそも『結社』というのはいったい何なんですの？　お話をうかがう限りですと、かなり大きな組織みたいですけれど」

「……正しくは『銀の結社』。略して『銀《アージェント》』って呼ぶこともある。ううん、あった、って言った方が良いのかな」

「あった？」

不思議な言い方だな、と首を傾げるリット。

ソフィアは、ああそっか、と突っ伏したまま視線だけをこっちに向け、

「結社はさ、もう滅びた組織なんだ。一年前、魔剣戦争が終わる少し前に壊滅した。幹部は散り散りになって、生きてるんだか死んでるんだかもわかんない」

クララと顔を見合わせる。

視線で続きを促す二人に、ソフィアは少しだけ顔を上げ、

「出来たのは三千年前、魔剣戦争が始まるよりも昔の、彼方《かなた》の神と最初の魔剣使いが聖なる門を封じたすぐ後。さっきも言ったけど、目的は聖なる門をもう一回開いて七つの厄災と魔物の軍勢をこの世界に呼び戻すこと。……って、さすがにボクも全部信じてるわけじゃないぞ？

ただ、姉さんがそう言ってたんだ」

「あの、そこがわからないのですが」リットは思わず口を挟み「結社はどうしてそんなことを？　聖門教の神話が本当だとして、また世界が滅びそうになったら自分達も困ると思うのですが」

「聖なる門の向こう、虚《ヴォイド》には彼方の神がいるんだって、姉さんは言ってた」ソフィアは体を起こしてテーブルに頬杖《ほおづえ》をつく格好になり「結社に伝わる神話ではそういうことになってるんだって。魔物の軍勢を退けた神は、天に上ったんじゃなくて七つの厄災を追いかけて門の向こうに行った。だから、門を開けば魔物の軍勢が世界の古い物や悪い物を全部掃除した後で、彼方の神が帰ってきて今度こそ地上に天国を作ってくれるんだって……」

言葉を切り、おそるおそるというふうにこっちの様子をうかがう。

うなずくリットの斜向かいでクララが少女に微笑み、

「大丈夫ですわ。ちゃんとお聞きしますから」

「うん……」ソフィアは少し肩の力を抜いて「姉さんが言うには、この世界にある魔剣は全部、聖なる門を封じる役目を果たしてるんだって。特に大事なのが最初の魔剣使い達が使った何百本かの『鍵の魔剣』で、これを全部壊せば確実に封印が解ける。だけど、どれが鍵かは一本一本ちゃんと調べないとわかんない。おまけに、地下遺跡に埋もれた状態の魔剣は何をどうやっても壊せない……ってのは知ってるよね？」

　もちろん、とリットはうなずく。魔剣は各地の地下で太古の魔術装置に刺さった状態で発見され、その状態ではたとえ他の魔剣を用いたとしても傷一つ付けることは出来ない。土台になる魔術装置や魔剣が安置された玄室なんかも同様で、魔剣の主となるべき資格を持つ誰かが現れて剣を抜かない限り壊すことも動かすことも出来ない――という話は母に何度も教えられている。

　なので、未発見の魔剣が収められた遺跡は入るだけでも苦労するし、運良く入り口が開いている場合には野盗の根城になっていることが多い。

　その辺りの事情はクララも知っているらしく、少女は、なるほどですわ、とうなずき、

「そうしますと、結社の皆さんはずっと昔から、魔剣の主となる方を見つけては地下の遺跡に連れて行って、というのを続けてこられたんですの？」

「そんなのより、もっと簡単なやり方だよ」ソフィアは頬杖のまま視線を逸《そ》らし「ほら、自分達で探さなくても、四つの国に戦争を続けさせてれば王様とか皇帝とかががんばって探してくれるし、勝手に戦場で使って壊してくれるだろ？」

　え、とリットはまたしてもクララと顔を見合わせ、

「ちょっと待って下さいソフィア。それって……」

「魔剣戦争を裏で操っていたのが結社だ、とでもおっしゃりたいんですの？」

　銀髪の少女は無言。もしかすると、自分の言葉を自分でも信じてはいないのかもしれない。

もちろん普通に考えれば有り得ない話。ソフィアが冗談を言っているか、その姉という人が大ぼら吹きだったと考えるのが自然だ。

だけど、本当にそうだろうか。

自分達は今、とんでもない話を聞かされているのではないだろうか。

「わかんないのは、今回のあいつらの動きなんだ」そんなことを考えるリットの前で、ソフィアは急に難しい顔をし「『鍵の魔剣』を壊さずにわざわざ持ち出すなんて初めて聞いた。しかも、国を二つも動かして決闘裁判を仕立てて。……すっごく嫌な予感がするんだ。何か、ボクの全然知らない計画が始まってるんじゃないかって」

息を吐いて押し黙る少女。

と、隣のクララがしばらく逡巡《しゅんじゅん》してから、

「ソフィアさんは、どうしてそんなに結社にお詳しいんですの？　もしかしてですけど、そのお姉様というのは」

「……うん。姉さんは結社の……要するに幹部だった」

銀髪の少女は両足を椅子に乗せて膝を抱え、

「ボクは父さんが姉さんとは全然別のところで作った隠し子でさ。姉さんはボクのことは全然知らなかったんだって。父さんが死んで、遺品とか整理してるうちに自分に妹がいるのがわかって、それで姉さんは母さんと死に別れてひとりぼっちになってたボクを探して、拾って育ててくれたんだ。家も服も食べる物も、この全知《オムニシア》もくれて、魔剣の使い方も教えてくれてさ」

　言葉が途切れる。

　少女は膝に顔を押し当て、

「姉さんはボクをあんまり結社に近づけたくなかったみたいだけど、ボクは姉さんの役に立ちたかったから頼んで仕事をさせてもらったんだ。……姉さんが悪いことしてるかもって、わかってたのにね」

「仕事、って」

　言いかけた途端、右手に誰かの指が触れる感触。

　驚いて視線を向けると、クララが、いけません、とでも言うように首を左右に振り、

「それで、今は？　結社が滅びたということは、そのお姉様も？」

「うん。行方不明……っていうかたぶんもう……」ソフィアは顔を伏せたまま「ボクは姉さんの指示で一人だけ遠くに行ってて、帰ったら組織はもう無いし戦争は終わってるし姉さんもいないしで。残ったのはこの全知《オムニシア》だけ。それで、しばらくは南方王国《オースト》とか西方皇国《エウロパ》とかあっちこっち旅しながら下働きしたり野盗退治したりしてたんだけど、そのうち、結社の『根』——末端の組織がまだ世界中に山ほど残ってるのに気が付いたんだ」

「……それで、お一人で後始末を始められたんですの？」

　クララの問いに少女はうなずき、

「結社の計画ってのはさ、遺跡に隠れた罠《わな》みたいな物なんだ。誰かが踏むと動き出して、周りを巻き込んで爆発する。命令を出す組織の幹部がいなくなっても『根』は生きてて、どんなきっかけで表に出てくるかわからない。……普通の人は気が付かないし、言っても信じない。だから」

……ああ……

不意に、胸が温かくなるのをリットは感じる。

この人は、そうやって今日までたった一人で、誰にも知られることなく戦ってきたのだ。

「偉いのですね、ソフィアは」

「そんなんじゃないよ」少女はようやく少しだけ笑い「ほんとは全部やめて、どっかに逃げちゃいたいんだ。一人で山とか海とか行って、何にも考えないでさ。……だけど、せっかく世界が平和になったのに、姉さんが残した物のせいでまた誰かが死ぬなんてひどいじゃないか。だから、嫌でもなんでもボクがやるしかないんだ」

盛大なため息を一つ。

ソフィアは勢いよく顔を上げ、「さあ話したぞ」と手を叩《たた》き、

「今度は君達の番！　どういうわけでこのセントラルに来たのか、洗いざらい話して貰《もら》うからな！」

「わたくし達、ですの？」

「当たり前だろ。ボクにばっかりしゃべらせといて」首を傾げるクララにソフィアは頬を膨らませ「だいたい、君達が結社の『根』じゃないっていう保証は無いんだからな。さっきの南方《オー》王国《スト》大使の話じゃ二人ともずいぶん怪しいみたいだし」

「わ、わたくしは後ろめたいことなど何もありませんわ！」

慌てたように、クララが両手を右往左往させる。

金髪の少女は「わかりましたわ」とため息を吐き、拗《す》ねたように視線を逸らして、

「と申しましても、ソフィアさんみたいに秘密だの使命だのはありませんのよ？　ただ、跡目争いといいますか、身内の恥と申しますか……」

こほん、と咳払《せきばら》いを一つ。

少女は椅子に立てかけた山嶺《モンストウルム》の柄に指を触れ、

「クラン家は北方連邦国《ルーチア》の北西、西方皇国《エウロパ》との国境線を守ってきた名家ですの。遠い親戚まで含めて百以上も家系がある大きな氏族なのですけれど、当主……つまり魔剣の主には代々、本家の長男が選ばれておりまして。開祖以来七百年、二十七代の当主の中で例外は次男と三男が一人ずつだけ。それも結局は本家の方ですから、自然と本家がクラン家の中心で他の家はみんな家臣ということになっていまして、末席の分家の末娘のわたくしなどは最初からお呼びではないはずでしたの」

「それって……」

呟き、ソフィアと顔を見合わせる。

クララの指の先、たおやかな細剣の柄に視線を向ける。

魔剣は誰にも不明な理由で一代に一人の主を選ぶ。ほとんどの場合で魔剣の所有権は親から子へ、子から孫へと継承されるから、魔剣使いを輩出した家は次の主を生み出すことを期待されて貴族に叙される。

もちろん保証は無い。魔剣使いの子が魔剣使いになれるとは決まっていない。

けれども、理由が分からずとも、同じ事が七百年も続けばそれは決まり切ったルールだ。

山嶺《モンストウルム》の主は本家の長男。そのルールが未来永劫《えいごう》続くとクララの親族が信じたとしても、誰にも責めることは出来ない。

「魔剣の主を輩出した家系が本家として氏族の全てを束ねる――というのが開祖、ウォルフ・ウル・クランの遺言ですの。けれどそれは七百年前の、クラン家がまだ未開の狩猟の民に過ぎなかった頃の話。北方連邦国《ルチア》でも有数の大貴族となってしまった今になって、当主の家系が丸ごとすげ変わるというのは大事です」

ため息を一つ。

クララは今まで見せたことのない曖昧な笑みを浮かべ、

「わたくしの父と母はわたくしを本家の養女にして事を収めようとしましたの。……けれど、本家が代々全ての氏族を束ねてきたことを快く思っていなかった方が、あちこちの分家には思ったよりたくさんいらっしゃったみたいで。長老様の一人がわたくしの家が次の当主になるべきだとおっしゃいまして、あとはもう、氏族みんなで大騒ぎですわ」

少女の人差し指と中指が、魔剣の柄の上をゆっくりと歩く。

リットが視線で続きを促すと、クララは少しだけ目を閉じてから、

「それでも最後は一番偉い大長老様が認めて、本家の当主代行だった大叔父様も折れて、わたくしの家が新たな本家になるということで話がまとまりかけましたの。……けれど、氏族の中はそれで良くても北方連邦国《ルチア》の連王様に納得していただく必要がありますでしょう？　ですから、まずわたくしが誰もが認めざるを得ないほどの武勲を立て、それをもって連王様にご報告差し上げるということになりましたの」

そうして、クララは戦場へと赴く。

氏族の大人達の不安と期待、従兄弟《いとこ》達の羨望《せんぼう》と憎悪《ぞうお》、あらゆる物を背に受けて旅立った少女ははるばる山を越え、一ヶ月余りの旅の末にようやく国境線上の城塞へとたどり着き——

「ちょうどその日に魔剣戦争が終わった？　冗談だろ？」

「わたくしが西方の最前線にたどり着いた時にはもう撤退の準備が始まっていて、兵士の皆さんも大喜びで……後はもうめちゃくちゃですわ」ソフィアの言葉にクララはため息で応え「最初に本家の大叔父様が、山嶺《モンストウルム》を王家に返納して今まで通り自分達がクラン家を治めると言い出しましたの。それで他家のみなさまがそれに反対しているうちに、今度はいつの間にか

『わたくしを妻に迎えれば新たな当主になれる』という話になってしまいまして。何百人もいる従兄弟達は毎日毎日求婚に来ますし、父と母は右往左往するばかりで……ああ、そういえば五人ほど、寝所に忍んで来られた方もいらっしゃいましたわね」

それは、と絶句するリット。斜向かいのソフィアも苦い物を飲んだような顔で押し黙る。

クララはそんな二人に向かって柔らかく微笑み、

「わたくし、これでも我慢しましたのよ？　けれど、長老様も本家の大叔父様も大叔母様も、従兄弟も両親も誰も彼もがあんまりにも好き勝手なことを言うものですから少しだけ腹が立ってしまいまして……それで、みんなを集めて言ってやりましたの」

一息。

少女は悪戯を告白するように可愛《かわい》らしく小首を傾げ、

「古来よりのしきたりに則《のっと》れば、わたくしの夫となるのはわたくしよりも強い殿方だけ。けれど、クラン家にはそんな殿方は一人もおられない。クララはこれより諸国を行脚《あんぎゃ》し、この山嶺《モンストウルム》に見合う伴侶を探して参ります――って」

くすりと笑う少女の顔を、リットはまじまじと見つめる。

理解が追いつかない。

これほど強い、これほど卓越した魔剣使いである少女が祖国を旅立った理由が、よりにもよって――

「つまり、クララは結婚相手を探しにセントラルに来たのですか？　本当に？　剣の修行とか、魔剣使いとして名を上げるとか、そういうことではなく？」

「ええ。……言っておきますけど、旅立つ言い訳だとか、従兄弟達への嫌がらせだとかではありませんのよ？」クララは胸の前で両手を組み「せっかく自由の身になったんですもの。幼い頃からの夢、理想の殿方に必ず巡り会って見せますわ！　強く、凜々《りり》しく、何より気高く！　絵物語に出てくる王子様みたいに素敵な方が、どこかに必ずいらっしゃるはずなのです」

歌うように滔々《とうとう》と語るクララの姿に、啞然《あぜん》となるリット。

と。

「……すごい」

急に、斜向かいの席からソフィアの声。

驚いて顔を向けるリットの前で、銀髪の少女は興奮した様子で椅子から立ち上がり、

「すごい！　すごいな！　君ってほんとにかっこいいんだな！」

「え……？」

虚を衝《つ》かれたように、クララが瞬きする。

柔らかそうな頰に見る間に血が上り、少女は真っ赤になった顔を両手で押さえて困ったように視線をうつむかせ、

「そ……そう思われますの？　本当に？　本気で？」

「当たり前だよ！　それでみんなに喧嘩《けんか》売って家を飛び出して、今は北方連邦国《ルチア》の王様にも追われる身ってことだろ？　良いよ、すっごく良い！　君が強いのって剣だけじゃないんだな！」

「ま、まあ……そんな、どうしましょう……」

早口にまくし立てるソフィアを前に、クララがますます小さくなる。

そのまま、長い沈黙。

少女はどうにか落ち着いた様子で息を吐き、まだほんのり赤い顔を上げ、

「さ！　お話ししましたわよ。最後はリットさんの番ですわよね？」

「え？」流れに付いていけずに呆然《ぼうぜん》としていたリットは瞬きし「私、ですか？」

「そうだよ！」

ソフィアも勢いよくうなずく。

少女は椅子を前後にひっくり返して飛び乗り、両手と両足で背もたれを抱えて、

「ボクもクララもちゃんと話したんだから、君も話してくれなきゃ不公平だよ。……言っとくけど、この中で一番素性が怪しいのは君なんだぞ？　なんだっけ、確かあの南方王国《オースト》の大使が、グラント家はもう廃嫡になったとかなんとか」

……あ……

胸に、小さな棘《とげ》が刺さったような感触。

興味津々《きょうみしんしん》という顔の二人を前に、リットは息を吐き、うなずいた。

「わかりました。……でも、あまり面白い話ではないですよ？」

＊

魔術式のランタンが放つ淡い光が、テーブルにカップの小さな影を落とした。

リットはどこから話したものかと考え、ゆっくりと口を開いた。

「グラント家の歴史は三百年前の開祖、ウォール・グラントに始まります。山中の遺跡で魔剣『十七《セブンテンデキム》』を見出《みいだ》した開祖は南方王国《オースト》に数多《あまた》の勝利をもたらし、その功をもってグラント家は貴族に叙されました。……だけど、生まれた開祖の子供は三人とも十七《セブンテンデキム》の柄を握ることが出来なかった。孫も、ひ孫も、その次も、グラント家に魔剣使いは現れなかったのだそうです」

幼い頃に母から聞かされたグラント家の歴史は、挫折と没落の物語だった。幾ら世代を重ねても、苦し紛れに他家の血を取り入れても魔剣の主は現れない。周囲から向けられる失望の眼差《まなざ》し。戦場で功を上げ報償を得ることが出来なければ、領地の経営は次第にやせ細っていく。

魔剣使いを生み出せなくなった貴族の末路などどこの国でも似たような物だろう。

それでも、転機が訪れたのは、開祖から十代目を数えたある寒い冬。

当主夫妻の間に生まれた一人娘、つまりリットの母には、生まれながらに剣の才があった。

「本人から聞いた話ですので証拠はありませんが、母はとても強かったのだそうです。四歳の時に最初に練習用の木剣を手にしてから、他家との交流試合でも王家が主催する大会でも一度も後れを取ったことはなかったと。……だけど、母には十七《セプテンデキム》の声が聞こえなかった。もちろん、魔剣と出会ってすぐには柄が握れなくても、時間が経って急に主に選ばれることもある。だから母の両親、つまり私の祖父母に当たる二人も、オーストの王様も、辛抱強く待ってくれたのだそうです。これほどの才を持つ者が、魔剣に選ばれないはずがないと」

魔剣使いが自分と魔剣とのつながりを得るのはどんなに遅くとも十五歳の誕生日まで。それまでにこれは自分の剣だと感じられなかった者が剣の主になることは絶対に無い。

迎えたその日、泣き崩れる両親の隣で母は一人、自分を選ばなかった真紅の魔剣をいつまでも見つめていた。

「それで、リットさんのお家《うち》は廃嫡に？」

「……仕方のないことなのだと母は言っていました。戦争は激しく、東の国境でも西の国境でも毎日数え切れないほどの兵が死んでいる。魔剣使いを生み出せない貴族がそれまで長らえていたこと自体が、夢のようなものだったのだと」

開祖ウォール・グラントは卓越した魔剣使いだったのだろう。いつか再び十七《セプテンデキム》の柄を握る者が現れ、南方王国《オースト》に勝利をもたらすかもしれない——その期待だけで戦働きも出来ない貴族の家名を十代、三百年間存続させたのだ。だが、その期待にも限界があった。リットの母が十七《セブンテンデキム》の主になれないとわかった時、王はグラントの家名と共に魔剣を取り上げ、新たな主を探す決断を下した。

最後の当主とその妻――つまりリットの祖父と祖母にあたる人物は、階段の踊り場に飾られた開祖の肖像画の前で互いの胸を刺し貫いて息絶えた。

ただ一人、遺《のこ》された母は魔剣を持ち去り、王国の南にそびえる険しい山々へと分け入った。

「十七《セブンテンデキム》を持ち逃げした母は山奥の森に小屋を建てて隠れ住むようになりました。……魔剣の主でもない母がどうやって一人で十七《セブンテンデキム》を運んだのか、母が十七《セブンテンデキム》をどうするつもりだったのかはわかりません。だけど、数年後にたまたま山中に迷い込んだ父と出会い、生まれた私が魔剣の主たる資格を得たことで、道が定まったのだと母は言っていました」

たとえ魔剣に選ばれずとも、母は間違いなく天才だったのだとリットは思う。開祖の残した秘伝書を紐解《ひもと》き、つぶさに学び、自分では魔剣を扱えない身でありながらグラント家の剣術をつまびらかにして、その全てをリットに教え込んだ。

厳しく、けれども理不尽ではなく、決して無理もさせず。幼い娘が必要な技を確かに会得《えとく》出来るように。

リットを一人前の魔剣使いにするために、母は人生の全てを費やしてくれた。

「私は母と二人きり、山中の小屋で剣の修行に明け暮れて育ちました。母と過ごす日々は楽しくて、私はこの暮らしがずっと続けばいいと思っていた。だけど、母は次第に体を壊すようになり、いつしかベッドから起き上がれなくなってしまった。……それが十七《セブンテンデキム》を持ち出した代償だと、主でもないのに魔剣の柄を握った報いなのだと、母は言っていました」

魔剣は許しもなく触れようとする者に災いをもたらす。その災いはその場で罪人に死をもたらすこともあれば、遅効性の毒のようにゆっくりと体を蝕《むしば》むこともある。

母の病が本当に魔剣の呪いだったのか、あるいは慣れぬ暮らしが祟《たた》ったのか、リットにはわからない。

ただ、母の腕は日を追うごとに細くなり、美しかった顔も少しずつ、少しずつやつれていった。

「母が最後に稽古を付けてくれたのは私の十一歳の誕生日です。……私は結局、一度も母には勝てませんでした」

クララとソフィアが揃《そろ》ってぽかんと口を開ける。

二人の少女は顔を見合わせ、おそるおそるというふうに、

「待って下さいまし。リットさんは魔剣を、十七《セブンテンデキム》を使われたのですよね？」

「それでお母さんの方は練習用のただの鉄の剣で？　冗談だろ？」

リットはようやく、少しだけ笑う。

石造りの天井に揺れるランタンの光をぼんやりと見上げ、

「武勲を立て、名を上げろと母は言いました。そうすれば私が生まれたことを知らない、どこにいるかもわからない父に私の名が伝わるかも知れないと。……もちろんそれは母の本心だったのだと思います。だけど同時に、母はグラント家の再興を諦めていなかった」

王の命令に背いて魔剣を持ち逃げした母は重罪人。それを覆《くつがえ》すには誰もが認めざるを得ないほどの功績が必要になる。

四大国、大陸の全てに名が轟《とどろ》くほどの武勲。

たぶん、その夢を、母はリットに託した。

「私は本当は、見たこともない父のことも、グラント家のこともどうでもよかった。だけど、昔の思い出を語る母は幸せそうで、でも悲しそうで……だから、私は一度で良いから、母を心から笑わせてみたかったのです」

月日は瞬《ま》く間に過ぎ去り、十四の誕生日を迎えるその日にリットは母から皆伝を授かった。

グラント家の剣術、十七《セブンテンデキム》の扱いの全てを身に修めたという証《あかし》。病を押して台所に立った母は豪華な夕食を作ってくれた。グラント家の家紋入りの外套《がいとう》を繕い、旅の支度を整え、翌朝早く、リットは小さな家の玄関で母と最期《さいご》の別れを済ませた。

武運を、と母は言った。

はい、とリットは答えた。

母の病は深刻で、立っていられるのも奇跡に近いほどだった。たぶん、もう二度と生きて会うことはないだろうと心の中ではわかっていた。それでも、リットにも母にも悔いは無かった。

リットと魔剣「十七《セブンテンデキム》」の名は必ず天下に轟き、グラント家を再興する。心から嬉《うれ》しそうに母が笑った。自分が育て上げた一人の魔剣使いを、自分が生きた証を、母は目を細めて見つめた。


名残を振り切るように背を向け、山の麓に至る道を歩き始めて、すぐに足を止めた。

まだ春先だというのに息を切らせて森を抜けてきた狩人の老人は、リットを見つけて嬉しそうに大きく両手を振り――

「ちょうどその日でした。魔剣戦争が終わったことを知らされたのは」

言葉を切り、顔を上げる。

向かいの席で、クララとソフィアが絶句していた。

＊

「母が死んだのは三日後でした。もともと気力だけで命を繋《つな》いでいたのでしょう。食事も受け付けなくて、水を口に含むだけで精一杯で、指も枯れ枝みたいに細くなって。……私は必死で母を看病しました。無意味とわかっていても、そうせずにはいられませんでした」

窓の外では季節外れの嵐が吹き荒れて、雨が屋根を打ち付ける強い音が響いていた。薬草を取ってくると言い残して飛び出した狩人の老人を見送り、リットは一人きりで濡《ぬ》れた布巾を母の額に乗せ、少しでも熱が下がるよう昼も夜もなく祈り続けた。

そうして、リットは聞いてしまった。

一度だけ、たったの一度だけ、母が謝罪の言葉を口にするのを。

「ごめんなさい、と母は言いました。こうなるとわかっていたなら、剣の修行に明け暮れるのではなくただの親子として幸せに暮らせば良かったと。十七《セプテンデキム》の主を育てる、その夢をあなたに押しつけてしまったと。……何もかもが間違いだった。私の剣も、私の歩んだ道も、全ては儚《はかな》い夢だったのだと」

――間違いなどであるものですか！　リットは母様の娘に生まれて幸せでした！　どうか安心して下さい。グラントの剣は天下の剣だと私が示して見せます。母様が得られなかった夢も、果たせなかった願いも、何もかも私が必ず成し遂げてみせます。だから！――

母の骨張った手を握りしめ、リットは叫び続けた。降りしきる雨が母の命を押し流してしまうようで怖かった。

どれくらいそうしていたのかは覚えていない。

気が付くと雨は止《や》んで、窓の向こうには大きな青い月が昇り始めていた。

「空には雲一つなくて、満天の星が瞬《またた》いていました。母は窓の向こうをしばらく見つめてから、私に十七《セプテンデキム》を持ってくるよう命じました。……私は母に言われた通りに剣を構えて、一番箇単な基礎の型をなぞりました。母は嬉しそうに笑って、十七《セブンテンデキム》を見上げて言いました」

――グラントの剣は受け継がれました。それを、母は誇りに思います――

最期に残ったのは、かすかな吐息。

母は眠るように目を閉じて、二度と目を開けることは無かった。

「狩人のおじいさんが手伝ってくれて、どうにか母の葬儀を済ませることが出来ました。私は残った家財を全部おじいさんにお礼に渡して、山を下りました。……ちょうど王家から廃剣令のお触れが出たばかりで、街にはいられなくて。セントラルに行けば魔剣使いが自由に暮らせると聞いて旅を始めたのですが、なにしろ路銀に乏しいものですから、たどり着くのに一年以上もかかってしまいました」

これで全部です、と息を吐く。

返る言葉はない。

なんだか顔を上げるのが怖くなって、リットはうつむいたまま、

「母が最期に何を思ったか、私にはわかりません。やっぱり後悔したのかも知れませんし、父のことを思ったのかも知れない。……だけど母はそれでも笑ってくれました。だから、私は示さなければならないのです」

傍らに浮かぶ真紅の魔剣に手のひらをかざし、

「母の剣に、母の歩んだ道に間違いなどなかったと。母から受け継いだこの十七《セブンテンデキム》こそが、

天下一の魔剣だと」ようやく顔を上げて「ね？　あまり面白くない話で……」

目を丸くする。

テーブルの向かいにはクララの顔。

少女の大きなすみれ色の瞳から、次から次へと涙が零《こぼ》れ落《お》ちる。

「ど、どうしたのですか――？　あの、私、何か失礼な」

返るのは、ぐずっと鼻をすする音。

クララは両手で顔を覆って嗚咽《おえつ》の声を漏らし、

「すみません……こんなお見苦しい……でもわたくしダメなんですの、そういう悲しいお話……」

予想だにしない反応に戸惑うリットの斜向かいで、ソフィアが困ったように視線を逸らす。

銀髪の少女はおそるおそるというふうにクララの隣に椅子を近づけ、何度もためらってからふわふわとした金髪に手を乗せる。

とたんに、泣き声が大きくなる。

クララはソフィアの腕を勢いよく摑《つか》み、少女の胸に倒れ込むようにして顔を押しつける。

「うわ！　ちょっと君、何やって……！」

とっさに押しのけようとしたソフィアが、すぐにため息を吐く。白磁のような手がクララの背中を抱きしめ、よしよし、と何度も髪を撫でる。

「ありがとうございます、クララ」リットは小さく笑い「ソフィアも。優しいのですね」

「そういうのじゃない！　あー、もう……」

ずいぶん長い時間があって、泣き声がようやく小さくなる。クララは「すみません……」と
ソフィアの胸から顔を離し、ハンカチを取り出して顔を丁寧に拭う。

それでも足りないのか一度だけ勢いよく鼻をかみ、ふと首を傾げて、

「……けど、不思議ですわね」

何のことかと、ソフィアと顔を見合わせる。

そんなリットに、クララは涙の跡が残ったままの顔で微笑み、

「だってわたくし達、三人揃って訳ありなんですもの」

ソフィアが「なんだよそれ」と肩をすくめ、ふと小さく笑う。そんな二人を見ているうちに、
リットも釣られてくすりと笑ってしまう。

地下の狭い隠し部屋に流れる、三人分の笑い声。

と、クララが急に背筋をのばし、

「リットさん、いかがでしょう。わたくし、ソフィアさんのお話を信じてもよろしいのではな
いかと思うのですけど」

「賛成です」

即答するリット。

ソフィアが驚いたように目を丸くし、リットとクララの顔を何度も見比べ、

「いいの？」

「もちろん全部というわけにはいきません。聖なる門の向こうから七つの厄災が帰ってくるというのはさすがに」リットは銀髪の少女をまっすぐに見つめ「だけど、『結社』がその神話を信じてこのセントラルで何かをやろうとしているという話は信じます。……私達は一蓮托生《いちれんたくしょう》。共に陰謀を暴き、身の潔白を証明しましょう」

右手を大きく広げてテーブルの真ん中に置く。クララがその手に自分の右手を重ね、ソフィアに目配せする。

銀髪の少女はおそるおそるという風に手を広げ、二人の手の上に重ねて、

「ところで、『一蓮托生』って何？」

「確か、エイシア大公国の古い言葉ですわ」クララが、うーん、と視線を上に向け「運命共同体とか、生きるも死ぬも一緒とか、そんな意味でしたかしら」

そっか、と小さな呟き。

ソフィアは照れたようにうつむき、

「なんか嬉しいね、そういうの」

三人で顔を見合わせ、もう一度笑う。

触れ合う手の温かさに、心が軽くなるのを感じる。

頭上の遠く、螺旋階段の向こうからけたたましい足音。見上げる三人の前で足音はどんどん大きくなり、ものすごい勢いで扉が開け放たれる。

息せき切らして飛び込んでくるのは、猫耳獣人のメイド少女。

ミオンは汗に濡れる頬に黒髪を貼り付け、頭の上の三角耳を何度も揺らし、

「お待たせしましたにゃん！　グラノス様の居場所、見つけて参りましたにゃん！」

三章　闇の底に潜むもの

東の空に昇り始めた青い月が、彼方《かなた》にそびえるロクノールの山肌を煌々《こうこう》と照らした。

リットはミオンに導かれるまま、クララとソフィアと共に薄闇の裏路地を走り続けた。

区画を一つ隔てた表通りの方からは、酒場の喧噪《けんそう》が絶え間なく響く。セントラルは眠らない。

建物と建物の隙間越しに時折のぞく街は魔術式の街灯に煌《きら》びやかに照らされ、行き交う人々の話し声と共に露天の串焼きか何かの匂いが次々に漂ってくる。

「こちらです！　お急ぎ下さいにゃん！」

ミオンは箒《ほうき》を背中に背負い、両足だけでなく両手も地面について石畳の路地を駆けていく。

獣人特有の身体能力なのか、その動きは魔剣使いであるリット達と比べても遜色が無いほど速い。四つ角を何度も左右に曲がり、細い運河を飛び越える。石造りの階段を上っては下り、下っては上り、屋根に駆け上がって巡回の兵士をやり過ごし、また飛び降りては突き進む。

向かう先は街の中央、リットとクララが決闘裁判を戦った広場から少し離れた場所にある白塗りの荘厳《そうごん》な建物。

由緒《ゆいしょ》ある聖堂を改装して作られたその場所は、セントラルの治安を司《つかさど》る聖門教会直属の軍隊、教導騎士団の本拠地として利用されている。

「グラノス様は確かにそちらにいらっしゃいますのね――？」

「間違いないですにゃん！　近くにある魔術工房の職人さんが見てましたにゃん！」

ミオンがかき集めた情報をまとめるとこういう話になる。ソフィアが決闘裁判から魔剣を持ち去り、リットとクララが後を追った直後のこと。エイシア大使館の兵を率いて街の捜索に向かったグラノスは、いきなり教導騎士団に取り囲まれた。

魔剣の奪取を首謀した容疑と、ジェレミア卿《きょう》の殺害を企てた容疑。二つの罪に問われたグラノスは抵抗を試みたが多勢に無勢。加えて、グラノスが部下のエイシア兵をかばおうとしたこともあり、大立ち回りの末に最後には取り押さえられてしまったのだという。

今頃はお付きの兵士共々、騎士団本部の地下牢《ろう》の中。

だが、問題はそれだけではない。

「ジェレミア卿が行方不明、ですか？　あの魔剣も一緒に？」

走りながらのリットの問いに、ミオンが「そうなんですにゃん！」と叫ぶ。自分達が魔剣を置いて逃げ去った後、回収されたはぐれの、いや「鍵の魔剣」は一度エイシア大使館に戻されることになった。輸送を担当したのはジェレミア卿と部下の兵、それにオースト側の駐在武官である魔剣使いが二人。だが、彼らは大使館に向かう道の途中でジェレミアを除く全員が遺体で発見され、卿一人だけが魔剣と共に姿を消してしまった。

状況がまるでわからない。

わからなくても、出来ることから始めるしかない。

「ねえ！　ボク達、グラノス卿を助けるってことでほんとに良《い》いんだよね？」

不安そうなソフィアの声に一瞬足を止めそうになる。不安なのはリットも同じ。だが、今は他に選択の余地が無い。エイシア大使館にオースト大使館に聖門教会——自分達がこのセントラルで関わった組織が全て敵に回ってしまった以上、かろうじて協力を仰げそうなのは同じく陰謀に巻き込まれて囚《とら》われの身となったグラノス卿くらいしかいない。

卿なら自分達がまだ知らない情報を持っているかも知れないし、自分達の潔白を証明する手助けとなってくれるかも知れない。上手《うま》くすればエイシア大使館の兵をこちらの味方に引き込めるかも——

「もちろんですわ！」

いきなり、思考を遮る声。

少し前を走るクララがなぜか胸の辺りで拳をぐっと握りしめ、

「卑劣な罠《わな》に囚われた殿方をお救いするのは淑女の務め！　古来より、絵物語の英雄譚《たん》でもそうと決まっておりますのよ！」

「いや、そういうのって普通逆じゃないかな……」ソフィアが走りながら困惑した様子で「っていうか、なんで君そんなにやる気なのさ！　ボクも別に反対ってわけじゃないけど、グラノス卿と知り合いってわけじゃないんだろ？」

そこは確かにリットも気になる。まずグラノス卿を救出する、と方針が決まった時からクララの気合いの入り様は尋常ではない。今だって、どうかすると案内役のミオンを追い越しそうな勢いで裏路地をどんどん突き進んでしまっている。

「あら？　お話ししていませんでしたかしら」

　そんな二人を振り返り、クララがセントラルにたどり着いてからの経緯をかいつまんで説明する。

「……では、クララはそもそもグラノス卿にお会いするために南方王国《オースト》の代理人として決闘裁判に参加したのですか？」リットは目を丸くし「立ち合いで敗れたら、その場で結婚を申し込むつもりだったと？」

「いや待って……待って待ってちょっと待って！」ソフィアも慌てた声を上げ「だってあのグラノスって人、クララよりずっと年上だろ？　だよね？　キミ、実は見た目よりずっと年上なんてことないよね？」

「愛の前には歳《とし》など無意味ですわ！　それに、わたくしはもう十五。クラン家の娘の輿入《こしい》れには遅すぎるくらいですの！」いかにも楽しそうに応じたクララがふと首を傾《かし》げ「そもそも、お二人こそお幾つですの？　リットさんはともかく、ソフィアさんはわたくしより年上だと思いますけれど」

　銀髪の少女を振り返り、すらりと長い手足をなぜか不満そうにねめつけるクララ。

ん？　とリットはソフィアと顔を見合わせ、

「私ですか？　十五です」

「いや、ボクもこの前十五になったとこだけど」

えっ、とクララの声。

少女は石畳の隙間につんのめりそうになり、華麗なステップですぐさま体勢を立て直してまた走り出し、

「お、お伺いしたいのですけれど！　お二人のお誕生日は！」

「誕生日、ですか？　鳳凰の下月《三月》の十日ですが」

「ボクは龍の上月《四月》の五日だけど……」

つまりは、自分の方がソフィアより一ヶ月ほど年上ということ。

なるほどとうなずくリットの前で、クララがぽかんと口を開け、

「ソフィアさんが一番下で、わたくしの方が半年も上……？」

しばしの沈黙。

クララはソフィアの豊かな胸にちらっと視線を向け、それから自分の胸にちらっと視線を落とし、

「……理不尽ですわ」

「バカなこと言ってないでちゃんと走る！　ほら前見て！　前！」

なぜだか顔を真っ赤にして叫ぶソフィアに、クララはなおも不満そうに、むーっ、と唸《うな》る。わけが分からない。

と、先頭を行くミオンが急に「こちらですにゃん！」と叫ぶなり勢いよく右に曲がる。騎士団本部まであとほんの一区画。猫耳獣人の少女は大きな運河にかかった橋の手前、川縁《かわべり》へと下る階段を跳ねるように駆け下りていく。たなびく黒い尻尾はあっという間に数十歩先の橋の下。息一つ乱さずに壁に飛びついた少女は、複雑に組み合わされた石組みの一角に手を当てて勢いよく奥へと押し込む。

かすかな駆動音と共に、壁に浮かび上がる魔術紋様の光。

ミオンが複雑な紋様をパズルのように動かすと、岸壁が左右に退いて人が一人通れるだけの細い通路が出現する。

「まっすぐ進めば地下牢の一番奥にたどり着きますにゃん！　時間が経《た》ちすぎると勝手に閉まってしまいますからお急ぎ下さいにゃん！」

「まあ！」機嫌を直したらしいクララが胸の前で一つ手を叩《たた》き「隠し通路ですのね？　絵巻物の冒険譚みたいですわ！　どうしてこんな道をご存じですの？」

「それはもう、日々の情報収集の賜物《たまもの》ですにゃん！」ミオンはえっへんと胸を張り、急に真面目な顔になって「拙にお手伝い出来るのはここまでですにゃん。どうぞお気を付けて！」

三人揃《そろ》ってうなずき、通路に飛び込んで駆け出す。先頭はクララ、次にソフィア、最後にリット、低い天井すれすれの位置には邪魔にならないように十七分割して浮かべた真紅の魔剣。行く手から差し込むわずかな光を頼りに、闇の中をひた走る。

光は見る間に近づき、天井から吊《つる》された魔術式のランタンを形作る。鉄格子《てつごうし》が見渡す限りに並ぶ湿った石造りの牢獄《ろうごく》。十字路の手前に立っていた教導騎士団の兵士二人が手にした魔術式の銃を構え、それより早く兵士の頭上を飛び越えて背後に回り込んだクララが首筋に手刀を叩き込む。

「手分けしますわよ！」

叫んだクララが十字路を正面へと走り出す。リットはソフィアと目配せを交わし、それぞれ右と左へ。一直線の通路の左右には鉄格子が並び、饐《す》えた臭いが鼻をつく。収監された四人達の多くはいかにも罪人という薄汚れた風体だが、中には軍服姿のまま縛られたエイシア兵の姿も見られる。

行く手に次々に現れる教導騎士団の兵士を押し倒し、叩き伏せ、構えた銃を半ばで断ち斬って突き進む。命を奪うわけにはいかない。彼らはただ自分の職務に忠実なだけで、グラノス卿がおそらく偽《にせ》の罪状で捕らえられたことも、このセントラルで何らかの陰謀が進行していることも知らないはずだ。

……あれは……！

幾つもの牢を通り過ぎた先の突き当たりに見知った人影。広い牢の中央、教導騎士団の四人の魔剣使いに四方から剣を突き付けられて、薄目を開けた男が座った格好のまま「ぬ？」と声を上げる。

「グラノス卿――！」

叫ぶと同時に周囲に浮かぶ真紅の刃を二振り走らせ、牢の鉄格子を縦横に斬り裂く。飛翔《ひしょう》する刃は牢の中に飛び込み、壁に据え付けられた箱のような魔術装置を破壊する。グラノス卿の首と両腕に絡《から》みついていた魔術紋様の光が消失する。同時に響く足音。細切れになって落下していく鉄格子の向こう、四人の魔剣使いのうち二人がリットに向かって石造りの床を蹴り、残る二人が手にした片刃の剣をグラノス卿の首目がけて迷いなく振り下ろし――

それよりさらに速く閃《ひらめ》く、淡青色なガラス質の細剣。

鉄格子の破片の間をすり抜けて牢の中に飛び込んだクララが、グラノス卿の首を落とす寸前まで走った二筋の刃のことごとくを弾《はじ》き返《かえ》す。

さらに遅れてたどり着いたソフィアが、鞘《さや》に収まったままの魔剣「不動残月《ネオメニア》」を牢の中へと投げ込む。右手を高々と掲げて剣を受け取ったグラノス卿が、流れるような動作で立ち上がりざま剣を鞘から引き抜く。

リットの目前まで迫った二人の魔剣使いが一瞬だけ動きを止め、そのわずかな隙に懐《ふところ》に飛び込んだソフィアが漆黒のナイフを閃かせ、同時にリットも宙に浮遊する十七《セプテンデキム》の刃を走らせ、

――重なり合って響く四つの金属音。

それぞれに剣を構えるリット、クララ、ソフィア、グラノスの前で、教導騎士団の四人の魔剣使いがそれぞれの剣を取り落とし、血にまみれた手を押さえてうずくまる。

ソフィアが懐から魔術装置らしい小さな箱を取り出し、魔剣使い達に後ろ手に魔力文字の手錠をはめていく。決闘裁判の広場に突入してきたときも別な装置を使っていたが、魔術が使えない魔剣使いでも操作出来て、しかもあんなに小さいということはものすごく特別な逸品のはずでちょっと羨ましい。

銀髪の少女は四人の魔剣使いを拘束し終えると、手に負わせた怪我《けが》に順に止血を施していく。

その間にリットはグラノス卿の下へ。不動残月《ネオメニア》を鞘に収める男を見上げ、怪我が無さそうなのを確認して、

「ご無事で何よりです」

「感謝致す、リット殿」男は深々と頭を下げ、ふと傍《かたわ》らに立つクララを見下ろして「そちらは、確かオーストの代表で決闘裁判に来られた……」

「クララ・クル・クランと申します！」振り返った少女が頬を紅潮させ、スカートをつまんで優雅に一礼し「先程の一太刀、お見事ですわ。エイシア筆頭駐在武官の名に違わぬお方ですのね！」

「ぬ？　……いや、お褒めいただくのは光栄だが」

グラノスが不思議そうに眉をひそめ、視線でリットに問う。

リットは何と説明したものかと少し迷い、

「クララは、自分の結婚相手に相応《ふさわ》しい方を探してはるばるルチア連邦から旅してきたそうです」隣でにこにこと微笑《ほほえ》む少女の横顔をうかがいつつ「故郷のご親族を納得させるために、自分より強い方を夫にしなければならないそうで」

「ですわ！」

力強く、クララがうなずく。

少女は胸の前に両手を合わせて目を輝かせ、

「お願いいたしますわ。今すぐにとは申しません。この事件が解決して落ち着きましたら、どうかわたくしとお手合わせを！」

むう、とグラノスが視線を逸《そ》らす。

男は腕組みして考え、考え、真剣な顔で考え、

「申し訳ないクララ殿！」少女に向かって深々と頭を下げ「お気持ちはまことにもったいなく。されど某《それがし》、エイシア本国の屋敷《やしき》に三人の妻と五人の子がおりますれば、この上さらに妻を娶《めと》るというのはいささか身に余りまする！」

「…………………………えっ」

長い、長い沈黙。

クララは、ぎぃっ、と音が聞こえてきそうな動作で首を傾げ、

「奥様が、いらっしゃいますの？　それも三人も？」

なんだか申し訳なさそうにうなずくグラノス。

その向こう、牢の入り口の方で、いつの間にか姿を消していたソフィアが駆け戻り、

「エイシア兵は全員解放したよ！」こっちを見つめて眉をつり上げ「って、何やってんのさ君達！　この忙しい時に！」

「ああいえ、何と言いますか」

「待たれよ。貴殿は確か、決闘裁判より魔剣を持ち去った……」

慌てるリットの隣で怪訝《けげん》そうに呟《つぶや》くグラノス。ソフィアが、しまった、という風に手のひらで口元を覆う。

男は瞬時に牢の一番隅にまで飛《と》び退《の》き、腰の魔剣の柄を親指でゆっくりと押し上げ、

「待って！　待ってくださいグラノス卿！」

「誤解ですのよ！　どうかお話を聞いて下さいまし！」

「……なるほど」

＊

流れる運河のせせらぎが、高い岸壁に反響した。

隠し通路を駆け戻って飛び出した橋の下、リットとクララの代わる代わるの説明に、グラノスはどうにか納得した様子でうなずいた。

岸壁に開いていた隠し扉が元の石壁《いしかべ》に組み上がり、表面に浮かぶ魔術紋様が開いた時と逆の手順を辿《たど》るように複雑に動いてから消滅する。周囲には疲れ切った様子のエイシア兵の姿。三十人ほどの兵士達は運河の川辺に座り込んで互いを労《いたわ》っている。

「その『結社』という組織は聞いたことがありませんが、こうなっては信じぬわけにはいかぬでしょうな」グラノスは、ううむ、と眉間に皺《しわ》を寄せ「ソフィア殿と申されたか。敵の目的について何か心当たりはありませんか。彼の魔剣が貴殿の言う『鍵の魔剣』だとして、敵はあれをどうしようと？」

「ごめん。わかんない」ソフィアは首を左右に振り「リットとクララにも説明したけど、結社が『鍵の魔剣』を壊さずにわざわざ運ぶなんてボクも聞いたことがないんだ。たぶん、魔剣をこのセントラルに持ち込んだこと自体に何か意味があるとは思うんだけど……」

「その話は置いておきませんこと？　わたくし達には知らないことが多すぎますわ」クララが横から口を挟み「問題は魔剣の行方です。ジェレミア卿が魔剣と共に行方不明になった以上、卿も犠牲になられたか、あるいは卿が『結社』の一員だったか、可能性は二つに一つのはずですわ」

確かに、とリットはうなずき、

「グラノス卿。ジェレミア卿はどういう方なのですか？　エイシア本国での評判とか、特使として魔剣を運ぶ役目を受けた経緯とか」

「某もさほど詳しいことは」グラノスは腕組みし「ジェレミア卿はエイシア大公国の外務局にて、代々オースト王国との外交を司ってこられた家系の出です。彼の国の内情に明るく、敵国同士とはいえ知己も多い。今回の魔剣についても、オーストとの間を取り持ち決闘裁判による解決ということで話をまとめたのがジェレミア卿だと聞いています」

なるほど、とリットはクララと揃ってうなずく。

と、横で聞いていたソフィアが「ねえ」と声を上げ、

「ずっと聞きたかったんだけど、そのジェレミアってどんな人なの？　見た目とか、こう、何か特徴とか」

「特徴、ですか？」

リットはジェレミアの容姿について簡単に説明する。

話を聞き終えたソフィアは口元に手を当て、

「そっか、なるほど……」

「何か気になることでもありますの？」

「いや、さ」クララの問いにソフィアは軽い口調で「魔剣が収められてた地下遺跡で野盗の親玉をとっちめた時に言ってたんだ。魔剣を持っていった連中の中で一番偉そうなのが、若白髪

で、年がよく分かんなくて、なんか陰気な奴《やつ》だったって」

　ん？　とリットはグラノスと顔を見合わせる。

　二人揃って首を傾げ、少し考え、同時に目を丸くして、

「なんと！　ではジェレミア卿が――？」

「ソフィア！　どうしてそういう大切なことをもっと早く教えてくれないのですか！」

「ごめん！　ごめんって！」ソフィアは必死に両手を振り「え、これボクが悪いの？　だって、そんなわかりやすいところにそんなわかりやすく犯人がいるなんて！」

「まあまあ、これはたぶん不可抗力というものですわ」クララがふんわりと微笑み「ともあれ、これで行くべき場所は決まりましたわね」

「決まったって、どこにだよ」

　ソフィアがわけがわからない様子で首を傾げる。リットも同じように首を傾げようとして、すぐに気が付く。

　仮にジェレミアが結社の一員だったとして、セントラルに魔剣を持ち込むために決闘裁判を仕立てたのだとしても、ジェレミア一人で全てを計画することが出来たはずがない。東方大公国《エイシア》の中はどうにか出来たとしても、必ず相手の、南方王国《オースト》側の協力者が必要になる。

　魔剣を手にしたジェレミアは、エイシア大使館に戻ってはいない。

　ならば、次に向かうべき場所は――

「わかりました！　オースト大使館ですね？」

＊

色鮮やかな飾り窓が砕ける甲高い音が、夜の空に響いた。

煌めくガラスの破片と共に室内に飛び込んだリットは深緑色の絨毯《じゅうたん》の上に一転。立ち上がると同時に長大な真紅の魔剣を目の前に振り上げ、正面から飛来した鉛の弾を頭上へと弾き飛ばした。

風と雷の魔術紋様をまとった弾丸が白塗りの天井にめり込んでかすかな紫電を散らす。オースト王国大使館の三階、大使専用の執務室。数々の調度品に彩《いろど》られた室内には血の臭いが漂い、床にはオースト王国の文官らしき数名の男女が倒れている。

絨毯を濡《ぬ》らす真っ赤な水たまりの向こうには、オーストの軍服に身を包んで銃を向ける兵士の一団。

そのさらに向こう、扉のすぐ傍《そば》に、数名の兵士に銃を突き付けられて両手を上げる豪奢《ごうしゃ》な執務服姿の――

「アメリア様！　ご無事でいらっしゃいますか！」

遅れて窓から飛び込んできたクララの声。

オースト王国の全権大使である女性はわずかに視線だけを動かし、

「クララ殿か。見ての通り無事とは言いがたい状況……」

言い終わるより早く閃く、淡青色の刃と真紅の刃。

瞬《まばた》きの内に執務室を駆け抜けてアメリアの目の前にたどり着いたクララの背後で、数十人の兵士が同時に倒れる。

「今、無事になった。感謝する」

クララにうなずいた女性が、視線をリットに向ける。

とっさに後退《あとずさ》りそうになるリット。

が、アメリアはかすかに頭を下げ、

「十七《セブンテンデキム》の柄を握る者。貴公が何者か今は問わない。助力に感謝を」

「……はい」

膝の力が抜けそうになり、どうにか踏みとどまってアメリアに歩み寄る。

と、背後で窓枠を踏み越えるかすかな足音があり、

「外を囲んでた連中は黙らせたよ」ソフィアは床に倒れ伏す文官に歩み寄り、脈を確かめてから首を振って息を吐き「数が多くて面倒だったけどね。……ダメだよ、人を雇う時はよく素姓を確かめないと」

「申し開きのしようもない」アメリアが踵《きびす》を返して扉を引き開け「まさか、この大使館の中に

までこうも深く結社の『根』が入り込んでいようとは」

リットは息を呑《の》み、ともかく女性の後を追って走り出し、

「結社を知っているのですか？」

「ああ。……と言っても、その名を知る者は四大国の王族とその側近、オーストで言えば私を含めた数名だけだ」アメリアは煌びやかなシャンデリアと幾つもの絵画に彩られた廊下を走りながら「世界を陰から操り、あらゆる陰謀を巡らせ、魔剣戦争を二千年間継続させた謎の組織。四大国の王家の協力で『幹』は潰したが、各地にどれほどの『根』が残っているかは今をもって不明のままだ」

思わず隣を走るクララと顔を見合わせ、揃って後ろのソフィアを振り返る。

銀髪の少女は深々とため息を吐き、

「あーもういいよ。君達、ほんっとに信じてなかったんだね」

「貴公は決闘裁判から魔剣を奪った魔剣使いだな？　結社に縁の者か」

アメリアがわずかも速度を緩めることなく、肩越しに問う。

ソフィアは一瞬だけ言《い》い淀《よど》み、

「……少しだよ。姉さんが結社と関係があって、それで色々知った」

そうか、とアメリアはうなずき、

「時間が惜しい。状況はどこまで把握している？」

ジュレミア卿は考えておりますの」代表する形で口を開いたクララがこれまでの顚末《てんまつ》をかいつまんで説明し「グラノス卿はわたくし達が密《ひそ》かに教導騎士団の牢からお救いしました。今はエイシア大使館に。本国と通信するための魔術装置があるそうで、大公殿下に状況を報告して許しを得てから、兵を率いてこちらに参られるそうですわ」

「ジェレミア卿がこちらの大使館に魔剣を持ち込んだのではないかと、わたくし達は考えておりますの」

「了解した。話が早くて助かる」アメリアはうなずき「ジェレミアが現れたのは一刻ほど前のことだ。その少し前に貴公らが見つかったという報《しら》せがあり、多くの兵と魔剣使いが捕縛に出向いた隙を突かれた」

思わずクララとソフィアと顔を見合わせる。

アメリアは歩調を緩めることなく廊下を左に曲がり、

「私は貴公らこそが結社の『根』ではないかと考えたのだが、おそらくそれもジェレミアの手の内だったのだろうな。奴が正面玄関から堂々と姿を現すと同時に、この大使館に残っていた兵の半数ほどが蜂起。不意を突かれた味方は劣勢となり、後はこの有様《ありさま》だ」

まっすぐに進んだ突き当たりの扉の向こうから、幾つもの激しい銃声が響く。アメリアが扉に手を当てると、表面に浮かぶ魔術紋様が「解錠」という文字に書き換わる。

目配せするアメリアにうなずき、体当たりするようにして扉の向こうに飛び込む。

たちまち鼻をつく、先程の執務室とは比較にならないほど濃密な血の臭い。

目の前に飛来した数十の弾丸を、リットはまとめて叩き落とす。

扉の向こうは階段につながる広いホールになっていて、銃声が絶え間なく鳴り響いている。照明の絶えたホールの天井にはシャンデリアの残骸が揺れていて、時折流れ弾に当たっては砕けてガラスの破片を散らしている。一階まで吹き抜けになったホールの外周は細い廊下になっていて、オーストの軍服を纏《まと》った何十人もの兵士が幾つかの集団に別れてそこかしこで激しく撃ち合っているのが見える。真っ赤な絨毯が敷かれた大階段には折り重なって倒れ伏す幾つもの兵士の亡骸《なきがら》。おびただしい量の血が乾ききらずに踊り場の縁から滴《したた》り落ちている。

遅れて隣に追いついたソフィアが青ざめた顔で「ひどいね」と呟く。続けて扉を潜ったクララが鼻と口を手で覆って咳《せ》き込み、

「アメリア様！　どなたが敵ですの――？」

「右手側通路十人、二階踊り場の七人、一階左の八人、右の六人、奥の十八人、おそらく全て結社の『根』だ」最後にホールに飛び込んだアメリアが正面から飛来した銃弾を魔力文字の盾で弾き「可能な限り生かしたまま捕らえてもらいたい。調べなければならないことが山ほどある」

クララとソフィアと視線を交わし、すぐに行動に移る。リットは階段から二階に、ソフィアはホールを取り巻く廊下に、クララはアメリアを守る位置に。十　七《セプテンデキム》の柄を握って刀身を分割し、標的となる兵士の集団目がけてそれぞれに走らせる。

兵士の腕を銃身ごと斬り裂き、刃の腹で後頭部を打って昏倒《こんとう》させる。

わずか一呼吸の内に二階と一階の敵全てを制圧し、階段の降り口にたどり着いたアメリアを振り返る。

「無事な者はただちに反乱分子を拘束！　その後は負傷者の救護に当たれ！」アメリアは生き残った味方の兵に大声で指示を出しつつ足早に階段を下り「見事な手並みだな。なるほど、確かに王家の伝承に謳《うた》われる伝説の魔剣『十七《セブンテンデキム》』だ」

え、と目を丸くするリットの前をすり抜けてアメリアが足早に階段を駆け下りる。慌てて後に続き、倒れ伏す兵士の亡骸を飛び越えて一階を目指す。折り重なる亡骸はどれもこれもオースト王国の黒と赤の軍服に身を包んでいて、命を失った今となっては誰が敵で誰が味方だったのかも判断が出来ない。

……これが、結社……

背筋に冷たい物が走るのをリットは感じる。四大国のあらゆる場所に潜み、いつ動き出すかもわからない組織。ソフィアの話を聞いた時にはわからなかったし、そもそも半信半疑だったが、この有様を見ればそれがどれほど恐ろしい敵かがわかる。

結社とはいったい何なのだろう。

自分は、何を相手にしようとしているのだろう。

「アメリア様、あれは？」

クララの声に我に返る。照明が落ちた薄暗いホールの底、一階の床が近づくにつれて、異様な光景が露《あら》わになっていく。

円形の大理石の床には、黒と赤で描かれたオースト王国の紋章。

その中央、紋章をくり抜くようにして穿《うが》たれた縦穴から、かすかな緑の光が漏れる。

「地下室だ。おそらくはな」

アメリアの声。

不思議な物言いに顔を見合わせるリット達に、大使館の主である女性は自嘲するように、

「そんな物があることなど私も、前任者である母も祖母も知らなかった。……ジェレミアが向かったのはそこだ」

*

三人分の靴音が、石造りの細い縦穴に反響した。

リットは一振りの長大な剣につなぎ合わせた十七《セプテンデキム》を盾のように目の前に掲げ、縦穴の外周に沿って設けられた螺旋《らせん》階段を駆け下りた。

すぐ後ろに全知《オムニシア》を構えたソフィア、最後尾に山嶺《モンストウルム》を掲げたクララが続く。アメリアには大使館に残って貰《もら》うよう説得した。石を削り出しただけの簡素な螺旋階段には手すりも無く、

はずだ。足を踏み外せば無事では済まない。今頃は、生き残った兵士や魔剣使いをまとめてくれている

「ずいぶん深い穴ですね！」

全力で走りながら、縦穴の上と下を見渡して叫ぶ。頭上に丸く見える穴の入り口はすでに小さな点のよう。対して、穴の下から立ち上る緑の燐光《りんこう》は強くなるばかりでいつまで経っても底にたどり着かない。

「昨日今日で急いで掘った、ってわけじゃないよね」ソフィアが同じく走りながら言葉を返し「こんなのアメリア大使に気付かれないように作れるわけないし。もしかして、最初にこの穴を掘って、その上に大使館を建てたんじゃないの？」

「あり得ますわね」とさらにクララが軽快な足音を響かせ「確か、セントラルに四大国の大使館が出来たのが五百年前、それぞれの国の王様が聖門教会の教皇と盟約を結んだのがきっかけだったはずですわ。その時に誰かがこっそり図面に組み込んだと考えますと――」

言いかけた声が急に途切れ、石造りの階段を強く蹴る音が続く。走りながら振り返るリットの視界の先、螺旋階段の中心の空洞に身を躍らせたクララが手にした淡青色の細剣を縦横に振り抜く。

続けざまに鳴り響く甲高い金属音。飛来した手のひらほどの砲弾が三つ、縦穴を真下へと跳ね返る。反動で身を翻《ひるがえ》したクララがリットの少し先の階段に着地する。同時に爆《は》ぜる閃光《せんこう》。見

き散らす。

下ろす穴の下、跳ね返った砲弾が続けざまに炎を纏って弾け、衝撃音と共に大量の金属片をま

「無茶するなあ！」

透き通るような声で毒づいたソフィアが、眼下から噴き上がる無数の金属片を漆黒のナイフで一つ残らず弾く。リットも同じように砲撃を弾きつつ、十七《セブンテンデキム》の柄を握って刀身を分割する。爆発の魔術紋様を刻んだ砲弾は確か平地での大規模な戦いや攻城戦で用いられる物のはず。見下ろす数十歩先、石造りの階段が今の攻撃によって崩壊し、縦穴の底へと落下していくのが見える。

十六振りの真紅の刃を等間隔に虚空《こくう》に並べ、崩れかかった階段を蹴って最初の一枚へと飛び移る。クララとソフィアが後に続いて同じように跳躍し、刃によって形作られた階段を駆け下りる。

真紅の刃を先へ先へと動かして階段を継ぎ足し、最後の一振りから飛び降りた先はようやく穴の底。魔術式の大砲の後ろに陣取っていたオースト兵が慌てたように足下の銃に手をのばし、それより早く翻った真紅の刃が全員の両手と銃、それに大砲の砲身を一薙《な》ぎに払う。

飛び散る鮮血。悲鳴と共にうずくまる兵士達を飛び越えて走り出す。穴の底からは真っ直《ま》ぐ《す》正面に細い通路がのび、緑の燐光はその先から溢《あふ》れている。他に兵士の姿は見当たらない。大使館での戦いで戦力のほとんどを消費したのか、おそらく先程斬ったのが最後の残りなのだろ

う。

石造りの通路をひた走った先には場違いなほど綺麗《きれい》な白い壁。中央に人一人が通れるだけの穴が開いたその壁をどこかで見たことがある気がして、わずかに歩調を緩める。

金属にも石にも見えない奇妙な材質。

そうだ、これは確かセントラルの外周を取り囲む、「彼方の神」が建造したというあの壁と——

「急ぎますわよ！」

クララの声。慌てて穴を潜り、中へ飛び込む。光はいよいよ強く、視界が霞《かす》んでよく見えない。

背後でクララとソフィアの足音。

リットは何度も瞬きを繰り返し、眩《まばゆ》い燐光の中に必死に目を凝らし——

そして、それを見た。

＊

宙に浮遊する幾つもの巨大な石が、最初に視界に映った。

見上げるリットの頭上、石は高い天井をゆっくりと巡り、時に互いに触れあい、その度に淡い光の粉を振りまいていた。

完璧な直方体に切り出された、二階建ての建物ほどもある石。いや、石と呼ぶのは正しくないのかも知れない。真っ白な材質はおそらくこの空間の入り口やセントラルの外壁と同じ「彼方の神」の手なる物。表面には複雑な魔術紋様が稠密《ちゅうみつ》に刻み込まれ、緑色の明滅を繰り返している。

ようやく慣れてきた目が、周囲の状況を把握する。地下にあるのが信じられないほど広大な半球型の空間。床も壁も、彼方に見える天井も何もかもが真っ白で、それ自体が淡い燐光を放っているのがわかる。緩やかに巡る巨石の下、円形の床にはこちらも複雑な魔術紋様。小さなテーブルほどの数百の石が何かの規則に従って整然と並び、光で編まれた魔力文字がそれぞれの石の表面を絶え間なく流れている。

視界の遠く、広大な空間の中央には一際《ひときわ》大きな円形の石の台座。何かの祭壇のような台座の上には、垂直に浮遊する銀色の、鍵の魔剣。

鳴り響く、高い靴音。

台座の傍ら、陰鬱な表情の男がゆっくりと振り返る。

「ジェレミア卿！」

とっさに叫ぶリットの脇をすり抜けて、華麗な黄色のドレスが翻る。百歩近い距離を一息に駆け抜けて男の懐に飛び込んだクララは山嶺《モンストウルム》を一閃《いっせん》。光の中に煌めいた淡青色の刃は狙い違わず男の首筋に吸い込まれ――

高く澄んだ金属音。

ジェレミアの手に出現した片刃の剣が、寸前まで迫った致命の一撃を弾き返す。

男が腰に隠していた鞘から魔剣を抜き放ったのだと、わずかに遅れて理解する。恐ろしく速い居合いの一撃。大きく後方に跳躍したクララが、山嶺《モンストウルム》を突きの姿勢に掲げて身構える。

「……魔剣使いでいらしたのですわね」

「左様。だが、これはエイシア大公ですら知らぬ事。当方も、当方の父も、祖父も、その祖父もこのようにして身を隠し、大公国の内に潜み、オーストとの間に争乱の火種を撒《ま》き続けた」

リットはとっさに真紅の刃を八振り走らせ、ジェレミアの頭上から降り注がせる。同時に男が傍らの石に手を置き、表面の魔術紋様を指でなぞる。

溢れる光。

瞬時に展開された魔力文字の結界が男と鍵の魔剣を取り囲み、真紅の刃のことごとくを防ぎ止める。

結界はさらに広がり続け、全ての石と床の魔術紋様を守る形にまで広がる。慌てて空間の入り口まで退き、引き戻した十七《セブンテンデキム》を一振りの剣につなぎ合わせて構える。隣には同じく退いたクララ。さらにその隣に駆け寄ったソフィアが全知《オムニシア》の漆黒の刃を胸の前に掲げ、

「あんた、その鍵の魔剣をどうするつもり？」ジェレミアに向かって一歩踏み出し「鍵の魔剣

は壊す物のはずだ！　全ての鍵を壊せば聖なる門が開く。こんな使い方ボクは知らない。いったい何なんだよこれは！」

「貴公、何者だ？」初めてジェレミアが表情を動かし「待て……その顔、まさか」

思わぬ反応に、クララと顔を見合わせる。

と、ジェレミアは息を吐き、元の無表情に戻って、

「何も聞いてはおられませぬか。これが鍵の魔剣の本来の使い方」なぜか少しだけ丁寧な口調で「『鍵』は文字通り鍵。そもそもが、正しく運用すれば一振りでも門を開く権能を持つ物。されど、長きに亘《わた》る戦いの中でその知識は失伝し、全ての鍵を破壊して込められた魔力を残らず消し去ることだけが門を開く唯一の方法と信じられてきました。……三ヶ月前、オースト大使館に潜んでいた『根』の一人がこの場所を発見するまでは」

目を見開いたソフィアが、そんな、と呟く。

鍵の魔剣に幾重にも絡みつく、魔力文字の帯。

リットはどこかに隙が無いかと結界をつぶさに観察しつつ、

「ジェレミア卿、どうしてこんなことを？」

返るのはかすかなため息。

「その問いに答えるのは難しく、貴公らに理解出来るとも思えぬ」ジェレミアは傍らに浮かぶ鍵の魔剣と自分の手にある片刃の魔剣、双方に順に視線を向け「が、あえて答えるなら、責務

であろうな」

意味が分からない。

瞬きするリットの前で、ジェレミアは頭上の光を見上げ、

「当方の父は五歳の時に自分が結社の『根』であることを知り、四十年の生涯を結社の計画に費やした。祖父は五十二年の生涯を費やし、祖父の父は七十年を、そのさらに父は八十八年を費やした」

どこか遠い場所を見つめるように男は目を凝らし、

「この行いに何の意味があるのかは知らぬ。彼方の神が本当に帰還し、この世に楽園をもたらすのかもわからぬ。……だが、二千年以上の長きに亘り、多くの祖先が己の命の全てを計画のために費やした。それを当方の代で断ち切るには、それに見合うだけの理由が必要だ」

……それは……

無意識に、リットは胸を手で押さえる。

母の最期《さいご》の顔が、なぜか脳裏に浮かぶ。

「当方はついにその理由を見出《みいだ》すことが出来なかった。故に責務を果たす。理解も、同意も求めぬ。これが、当方の生きた証《あかし》である故」

ソフィアとクララが同時に飛び出し、それぞれの魔剣を魔力障壁に叩きつける。だが、光で編まれた障壁は小揺るぎもしない。遅れて駆け出すリットの視界の先、ジェレミアは鍵の魔剣

の下、円形の台座に手のひらを押し当て、

『――システム起動』

どこからともなく響く、抑揚のない女性の声。

見上げた頭上、声は半球型の天井に幾重にも残響し、

『管理者ナンバー一七八、登録名「 」の権限に基づきアクセスを許可します』

登録名という言葉に続けて発せられた単語は全く未知の音の組み合わせでリットには理解出来ない。だが、それが誰かの名前なのだということだけは何となくわかる。

異様な気配を察したのか、クララとソフィアが後方に飛び退く。

明滅する光。浮遊する巨石が高速で旋回を開始し、

『次元境界面中和プロセス開始。……魔力炉出力五十二パーセント。システムの再起動を推奨』

「……やはり不完全か」ジェレミアが陰鬱な声で呟き「だが構わぬ。一部だけとはいえ、虚《ヴォイド》に接続出来れば」

男が台座の表面をなぞると『最終確認』という声が響く。床に配置された数百の石と頭上の巨石、それに床の魔術紋様――半球型の空間に配置されたあらゆる物から魔力文字で編まれたおびただしい量の光の糸があふれ出す。

糸は空中で絡まり合い、次第に見覚えのある形状を構築していく。

見間違いようもない。その姿は──

『ゲートの開放まで三、二、一』

「うそ……」呆然《ぼうぜん》としたソフィアの声「待って、聖なる門って、そういう……？」

その場の全員の見上げる先、旋回を続ける巨石の中央に無数の光の文字によって形作られた両開きの扉が出現する。周囲の巨石よりもさらに一回り大きい城門のような扉。鍵の魔剣がふわりと宙を漂い、扉の中央、ちょうど鍵穴があるべき場所に深々と突き刺さる。

地の底から響くような、ジェレミアのくぐもった笑い声。

ゆっくりと開いていく扉の向こうに、真っ黒な空間がのぞく。

夜の闇よりもはるかに濃密な、あらゆる光を消し去った後に残されたような深淵《しんえん》。息を呑むリット達の頭上で、闇がずるりと動く。深い沼の水面か、あるいは絡まり合った蛇のよう。いくら目を凝らしても何も見えないのに、確かに何かがそこにいるとわかる。

とっさに十七《セプテンデキム》の柄を握るリットの前で、扉がゆっくりと斜めに傾く。黒いインクを零《こぼ》すように、闇が溢れる。どろりと滴った闇が魔力結界をあっけなく押し潰し、半球型の空間の床全体に広がっていく。

足が闇に触れる寸前で飛び退き、階段状に並べた真紅の刃を駆け上がって浮遊する巨石に飛び移る。そのまま巨石に十七《セプテンデキム》を突き立てるが、刃はあっけなく跳ね返される。後を追って巨石にたどり着いたクララとソフィアが驚愕《きょうがく》の声。見下ろす先、闇の表面が泡立ち、何か這《は》い出《だ》してくる。

虚《うつ》ろな半透明の、けれども確かに四肢と胴体を備えた、リットの身長に倍する大きさの黒い獣。

頭があるはずの場所は陽炎《かげろう》のように揺らめく影で構成されていて、目も口も、およそ生物らしい器官を確認することが出来ない。

床を覆う闇が爆ぜる。深い沼の底で砲弾が炸裂《さくれつ》したように、爆発的な奔流と化した粘りけのある闇が地から天へと噴き上がる。迸《ほとばし》った闇は次々に黒い獣の形を取り、虚ろな四肢で床を蹴り、雪崩を打ってリット達が下りてきた通路を垂直に、地上目がけて走り始める。

「リットさん、あれ！」

クララの声に目を見開く。半球型の空間の奥、入ってきたのとは反対側に開いた小さな穴にジェレミアの背中が消える。慌てて後を追おうとした瞬間、視界の端に光。全ての闇を零し終えた扉が、役目を終えたとでも言うように魔力文字の糸にほどけてかき消えていく。

支えを失った鍵の魔剣が、落下する。

目を見開いたソフィアが、おそらく反射的な動作で巨石を蹴り、魔剣目がけて跳躍する。

限界までのばされた指の先が、魔剣の柄にわずかに触れる。が、次の瞬間、少女の前を横切る影。砲弾のように跳ね飛んだ黒い獣の一匹が鍵の魔剣を前脚で叩き落とし、身を翻して嘲るように頭部の影を揺らめかせる。

床に跳ねた魔剣を別な獣が咥《くわ》え、通路へと走り出す。後を追って闇に降り立ったソフィアが、全知《オムニシア》を手に必死の形相で飛びかかる。クララが慌てたように巨石から飛び降り、リットも真紅の刃を走らせる。が、その行く手に次々に飛び上がる獣たち。振り下ろされる刃を身を挺《てい》して受け止めた獣が数十匹まとめて宙に溶け、その間に魔剣を咥えた獣は通路の彼方へと消えてしまう。

全ての獣が走り去ると共に、床を覆う闇が消える。

半球型の広大な空洞に降りる静寂。

そんな、と呟いたソフィアが、漆黒のナイフを取り落とした。

四章　災い来たる

セントラル南地区、オースト王国大使館の地下から、異変は始まった。

無数の黒い獣は建物のあらゆる扉と窓を食い破り、濁流となって噴き出した。すさまじい衝撃に壮麗な石造りの壁が内側から爆《は》ぜ、瓦礫《がれき》と化して瞬《またた》く間《ま》に倒壊する。轟音《ごうおん》と共に爆ぜる土煙の向こう、地の底から、獣は止めどなく溢《あふ》れ出《で》る。地鳴りのような無数の足音。人に倍する巨軀《きょく》が参道を覆う大理石を踏み砕き、街路の大樹を小枝のようになぎ倒す。

数百、数千、数万。溢れ出た獣は街のあらゆる通りに流れ込む。目を丸くした酔客が必死の形相で走り出す。巻き起こる怒号と悲鳴。テーブルが、酒樽《さかだる》が、軒先に飾られた彫刻が、押し寄せる獣に弾《はじ》き飛《と》ばされて宙を舞う。

影のように揺らめく半透明の巨大な四肢が、地響きと共に街を駆け抜ける。あらゆる障害を踏み砕き、時には建物そのものをも吹き飛ばして。黒い津波のように押し寄せる獣の群れに秩序は見られない。まるでセントラルの街そのものを呑《の》み込むことが目的であるかのように、獣はいかなる細い路地までも入り込み、何もかもを押し流して突き進む。

我に返ったらしい幾人かの酔客が、防御の魔力結界で巨大な爪を受け止める。そこかしこで魔術の炎や氷が乱舞し、獣の群れを押しとどめる。長く続いた魔剣戦争を生き延びた人々にとって荒事は嗜《たしな》みのようなもの。住民の中には四大国から流れ着いてきた退役軍人も多くいて、彼らは隣人達の先頭に立って黒い獣に立ち向かい始める。

だが、数万の獣の群れに抗《あらが》うには力と、何より数が足りない。

人々は互いを守り、抵抗を続けながら、廃墟《はいきよ》と化した街路をゆっくりと押し流されていく。

ようやく異変を察知した教導騎士団の兵士達が、隊列を組んで獣の前に立ち塞がる。魔術式の銃、大砲を装備した新式の魔導車、馬型のゴーレム——ありとあらゆる兵器が獣の群れを出会う端から吹き飛ばす。報《しら》せを受けて駆けつけた魔剣団《ギルド》の魔剣使い達が黒い獣の揺らめく巨体を片っ端から両断する。北方連邦国《ルチア》と西方皇国《エウロパ》の大使館からも駐在の魔剣使いや高位の魔術師が出陣し、濁流のような群れを先端から文字通りすり潰し始める。

それでも、なお足りない。

最初に門が開かれた南方王国《オースト》大使館の跡地ばかりではない。獣は広大なセントラルの至る所から止めどなく出現し、街を少しずつ黒く塗り潰していく。

注意して見る者があれば、駆け抜ける獣の中に一匹、銀色の両刃の剣を咥《くわ》えた個体があることに気付いたかも知れない。周囲の獣に守られるように駆ける獣が通り過ぎた場所で、闇色の空に一つ、また一つと魔力文字で編まれた両開きの門が出現する。開かれた門の向こうからはどろりとした闇が零《こぼ》れ落ち、闇の中からは次々にまた新たな獣が生まれていく。

セントラルを呑み込む混沌《こんとん》。

彼方《かなた》の神の祝福を受けたはずの街は、太古の神話をなぞるように、魔物の軍勢に蹂躙《じゅうりん》されつつあった。

＊

残り火のように明滅を繰り返していた床の魔術紋様が、かすかな音と共に光を止めた。

薄闇に沈む地下の空洞。リットは獣達の走り去った通路を呆然《ぼうぜん》と見つめた。

我に返って振り返り、空洞の中央に駆け寄る。鍵の魔剣が浮かんでいた台座のすぐ傍《そば》には全知《オムニシア》を取り落とした格好のまま立ち尽くすソフィア。少し離れた場所には、同じく駆け寄るクララの姿が見える。

「大丈夫ですか、ソフィア！」銀髪の少女の前で立ち止まり、息を吐く間ももどかしく「急ぎましょう！　すぐに後を追わなければ。あんな物が暴れたら街が……！」

必死に言い募るが、返る言葉はない。

と、不意に小さなため息が一つ。

少女はうつむいたまま「……どうしよ」とぽつりと呟《つぶや》く。

「ソフィア？　あの」

「どうしよ……ほんとにどうしよ……ねえ、どうしたら良《い》いのこれ、ねえ！」

弾かれたように、ソフィアが顔を上げる。

ものすごい勢いで両腕をのばし、リットの両肩を強く摑《つか》んで、

「あんな化け物がほんとに出てくるなんて！　それもあんなにたくさん！　あんなの知らない、わかんない！　……鍵の魔剣のことは姉さんに教わった。あれが聖なる門を開くための物だって習った。けど、開いた門をどうしたらいいかなんて誰も教えてくれなかった！　だから、絶対に門が開く前に止めなきゃいけなかったのに！」

「落ち着いて下さい！」とっさに少女の両腕を手で押さえ「方法を考えましょう。きっと何かあるはずです。だから」

「……無理だよ」

返るのは、小さな声。

肩を摑んでいた指が力を失い、ソフィアは崩れるようにその場に座り込み、

「来るんじゃなかった……」目の前の床に両手をつき、くぐもった声で独り言のように「やっぱりやめとけば良かった。……そうだよ。そもそもボク一人でどうにかしようってのが無理だったんだ。……なのに、がんばったら何とか出来るかもって。やらなきゃいけないことをちゃんとやれたら、今度こそ胸張れるかもって。……ほんと、何勘違いしてたんだろ。最悪。あーもう、最悪だよ……」

ぽたりと水滴が一つ、少女の手の甲に小さな染《し》みを作る。

ソフィアは投げやりなため息を吐き、力無く笑って、

「そうだ、海行こ。海行って泳いで、魚釣って焼いて食べて。貝殻集めて首飾りとか作るのもいいかも。それで、夜になったら一人で歌とか歌って……」

「あ、あの、ソフィア？」

虚《うつ》ろな表情で呟く少女を前に、リットはおろおろと立ち尽くす。

と、かすかなため息。

振り返るリットの目の前、クララがとことことソフィアの後ろに歩み寄り、流れるような動作で右手を振り上げ、

「えいっ」

銀色の髪を勢いよくはたく軽快な音。

予想外の行動にリットは目を丸くし、

「クララ――？　何を！」

「な……何するんだよ！」

思わずソフィアと同時に声を上げてしまう。

が、クララはそんな二人に構わず華麗な黄色のドレスを翻《ひるがえ》し、

「何するんだよ、ではありませんわ」ソフィアの前に回り込んでぺたんと座り、少女の顔を正面からまっすぐに見つめて「しっかりしてくださいまし。こうなったらソフィアさんだけが頼

りですのよ？　わたくしもリットさんも神話の魔物のことなんてなんにも知りませんもの。なのに肝心のソフィアさんが落ち込んでばかりでは困ってしまいますわ？」

「そ、そんなこと言ったって！」銀髪の少女は半泣きのままクララに詰め寄り「わかんないものはわかんないんだよ！　ボクが知ってることなんて君達よりちょっと多いだけで、全知《オムニシア》だって姉さんに借りた物で、だから——！」

「それでも、ですわ」クララは日だまりで眠る小鳥のように首を傾《かし》げ「せっかくここまで来たんですもの。このまま諦めて、ひどいことが起こるのを黙って見てるなんて癪《しやく》じゃありませんの。倒れる時は敵に向かって前のめり、というのがクラン家の先祖代々の家訓ですのよ？」

差し伸べられた両手が、銀髪の少女の手を取る。

ゆっくりと顔を上げるソフィアに、クララはにっこり微笑《ほほえ》み、

「共に戦いましょう、などと格好の良いことは申しません。……お願いですわ。どうか、わたくし達を助けてくださいまし」こっちを振り返って「ほら、リットさんも何か」

反射的に、リットはソフィアの前に駆け寄る。

クララの隣に勢いよく座り、二人の手にさらに自分の手を重ねて、

「リット……あのさ、ボクは」

「ごめんなさい——！」

深く、頭を下げる。

まあ、とクララの声。

戸惑うように、ソフィアが「え」と呟く。

「リ、リット？」

「私は……私は結社とか鍵の魔剣とか、ソフィアの言う話を信じていませんでした」目を丸くするソフィアに、うつむいたまま早口に「いえ、何かを企《たくら》んでいる人達がいるという話は信じましたが、本当にこんなことが起こるなんて思いもしませんでした。ただ、ここで事件を解決すれば名を上げる好機を得られるのではないかと、そんな邪《よこしま》な考えで。……ソフィアは一人でこんな恐ろしい物と戦っていたのに、なのに私は」

上手《うま》く言葉が続けられなくなってしまい、もう一度ごめんなさいと頭を下げる。

おそるおそる顔を上げると、目の前には呆《ほう》けたようなソフィアの顔。

銀髪の少女は何度も瞬きし、ふと口元を緩めて、

「……やっぱり変だよ、君達」重なったままの三人分の手を見つめて息を吐き「ずるいなあ。そんなこと言われたら、ボク、逃げられないじゃないか」

三人で顔を見合わせ、誰からともなく少しだけ笑う。

と、ソフィアは急に真面目な顔に戻って、

「だけど、方法が無いのはほんとなんだ。ここにあるのはたぶん門を開くためだけの装置で、門を閉じる仕組みは用意されてない。もしかしたら聖門教会はこういう時のために何か特別な

魔術とか持ってるのかもしれないけど、じゃなかったら……」

「そもそも、大昔の最初の魔剣使いはどうやって魔物の軍勢を門の向こうに追い返したんですの？」クララが唇に指を当て「あの獣を一匹ずつ門に押し込む、というわけには参りませんわよね？」

「門にはそもそも、魔物を虚《ヴォイド》に送り返す機能が備わってるはずなんだ」ソフィアが床に彫り込まれた魔術紋様に指を沿わせ「さっき開いた門が本物か、鍵の魔剣の権能を使って構成された複製《レプリカ》かはわかんないけど、正しい手順で閉じれば勝手に魔物を吸い込んでくれるはず……なんだけど」

リットは「なるほど」とうなずき、その場の思いつきで、

「なら、開いたのと逆のことをやれば良いのではないですか？」頭上に浮遊する巨石を見上げて「鍵というからには、開くだけではなく閉じるのにも使えるはずです。ほら、家の玄関だって、開く時と逆の方向に鍵を回せば」

「リットさん、そんな簡単に」

「……そっか」

呆《あき》れたように呟くクララを遮る、ソフィアの声。

え、と顔を向けるリットの前で、銀髪の少女が弾かれるように立ち上がる。

足下に転がる全知《オムニシア》を拾い上げた少女が、石の台座に駆け寄る。漆黒のナイフを目の前に掲

げて深呼吸を一つ、少女は台座の中央、少し前まで鍵の魔剣が浮かんでいた場所のちょうど真下にナイフの切っ先を突き立て、

『──システム、強制起動』

天井から響く、抑揚のない女の声。

石の台座、床の魔術紋様、規則的に並んだ数百の石、頭上に浮遊する巨石──半球型の広大な空間に配置されたあらゆる物が再び淡い緑の燐光《りんこう》をまとい、光で編まれたすさまじい数の魔力文字の糸がソフィアの手の先、全知《オムニシア》の刀身に絡《から》みつく。

「ソフィア！」

「何をなさっていますの！」

「鍵の魔剣が門を開いたプロセスを全知《オムニシア》に理解させてるんだよ！」リットとクララの叫びにソフィアが答え「ここのシステムは門を閉じる方法を知らない。ボクにもわかんない。けど、全知《オムニシア》なら門を開く仕組みを解析して逆の処理を構築出来るかも知れない！」

ソフィアの言葉は所々に知らない単語が交ざり、何を言っているのかリットには完全にはわからない。だが、少女が途方も無いことをやろうとしているのだけはわかる。

光はいよいよ強く、おびただしい数の魔力文字がナイフの柄を越えて少女の両腕に絡みつく。

半球型の空間全体が激しく鳴動し、全ての光が漆黒の刃に吸い込まれるようにして消える。

うわ、とソフィアの悲鳴。

衝撃音と共に後方に弾き飛ばされた少女の体を、リットはクララと共に跳躍してどうにか空中で受け止める。

「上手くいった。……たぶん」ソフィアは足をよろめかせて床にへたり込み、手の中の魔剣を顔の前に掲げて「あとは、この全知《オムニシア》で鍵の魔剣を支配すれば良い。門を開いたのと逆のプロセスを起動して、魔物を残らず虚《ヴォイド》に送り返す」

「出来るのですか！　そんなことが！」

「素晴らしいですわ！」

目を丸くするリットの前で、クララがわぁいとソフィアの首に飛びつく。

「全然良くない」が、ソフィアは金髪の少女を片手で押しとどめ「ジェレミアが言ってたの覚えてる？　ここの装置は魔力の量が不十分だって。だから、あの鍵の魔剣は不完全な形でしか門を開くことが出来ない。出てくる魔物の数はあれでも少ないし、何回も門を開けばいつか魔力切れで動かなくなるはずなんだ」

一息。

少女は漆黒のナイフの柄を強く握りしめ、

「……だけど、この全知《オムニシア》は違う。これはすごく特別な魔剣だからね。ボクが制御に失敗したら、鍵の魔剣の魔力にこの全知《オムニシア》の魔力が上乗せされることになる。最悪、今度こそ開いた門が二度と閉じなくなるかも知れない」

そう言って、ソフィアはナイフを腰の鞘《さや》に収める。

視線をかすかにうつむかせ、ぎこちなく笑って、

「だからさ。……そうなったら、一緒に謝ってくれる？」

銀髪の少女が右手を差し出す。

リットはクララとうなずき合い、その手に自分達の手を重ねた。

＊

地下の縦穴を逆に辿《たど》って飛び出したセントラルの街は、怒号が飛び交う戦場と化していた。

リットは瓦礫の山に姿を変えたオースト大使館を踏み越え、クララとソフィアと並んで砕けた大理石の参道を駆け上がった。

見渡す限りのあらゆる通りは黒い獣の群れで溢れ、建物の残骸や倒れた樹木が散乱している。人の亡骸《なきがら》が見当たらないのは救いだが、美しかった街は見る影も無い。ほんの一瞬だけ瞑目《めいもく》し、すぐさま地を蹴ると同時に傍《かたわ》らに浮かぶ十七《セプテンデキム》の長大な刀身を振り抜く。目の前に迫った巨大な黒い獣が両断され、宙に溶けてかき消える。

左右の隣を走るクララとソフィアがそれぞれの魔剣を閃《ひらめ》かせ、同じく正面から飛びかかった獣を一刀の元に切り伏せる。続けざまに襲い来る獣の群れを片っ端から叩《たた》き斬り、運河を飛び

越えてセントラルの南地区から中央地区へ。巨大なモニュメントの残骸を飛び越えたところで三人同時に足を止め、右手の通りの奥に向かって叫ぶ。

「グラノス卿《きょう》――！」

片刃の大太刀型の魔剣「不動残月《ネオメニア》」を構えたグラノスが「おお！」と声を上げると同時に刃を振り抜く。弧を描いた青い刀身が巨大な獣を三匹まとめて両断し、流れるように男の肩に戻る。

「リット殿！　それにクララ殿とソフィア殿もご無事か！」油断なく魔剣を構えつつ、周囲のエイシア兵を振り返って「お主らは避難を誘導しつつ退け！　……良いか、敵を倒そうと思うな。民を守り、時を稼ぐことを第一と心得よ」

承知、と叫んだ兵士達が銃を構えたまま後退を始める。グラノスはうなずくと同時に魔剣を閃かせ、さらに二匹の獣を撃退。周囲に次々に集まる無数の獣に不動残月《ネオメニア》の切っ先を突き付けながら、

「某《それがし》はこの通り、手が放せぬ状況にて！」振り返りざま魔剣を一閃《いっせん》、後方から飛びかかる獣を一刀の元に切り伏せ「リット殿！　やはりこやつらが、聖門教の神話にある魔物の軍勢であると？」

「はい！」答えると同時に十七《セブンテンデキム》を一閃、こちらも三匹の獣を同時に吹き飛ばし「グラノス卿、街はどうなっていますか！　被害は！」

足を止めてしまったことで、リットの周囲にも黒い獣が殺到する。クララとソフィアが流れるような動作で刃を振るい、獣の群れを次々に消し飛ばしていく。だが足りない。数が多すぎる。一刻も早く走り出さなければ、群れの勢いに呑まれて身動きが取れなくなってしまう。

「好き放題暴れており、手が付けられませぬ！」男は飛びかかってくる獣を次々に両断しながら「某はアメリア大使と手分けして民衆の救助を！　北方連邦国《ルチア》と西方皇国《エウロパ》も兵を出し、ギルドや教導騎士団と協力して魔物の群れを押しとどめておりますれば、今は東西北の三国の大使館周辺が安全地帯となっております！」

男が言い終わるより早く、遙《はる》か彼方、南東地区の方角で炎が噴き上がる。天を焦がすような巨大な炎の柱、いや刃。おそらくどこかの魔剣使いが放った物なのだろう。通りを一つ丸ごと呑み込む勢いで振り下ろされた刃が、そこにいるのであろう魔物の群れをまとめて消し飛ばす。

あれは、鴉《からす》の寝床亭がある辺りではないだろうか。

ミオンは無事だろうかと、リットは内心で唇を噛《か》み、

「グラノス卿、魔剣を咥えた獣を見ませんでしたか？　鍵の魔剣です。あれを取り返せば、魔物を虚《ヴオイド》に送り返せるかも知れません！」

魔剣？　と怪訝《けげん》そうなグラノスの声。

が、男はすぐに「そうか！」と目を見開き、

「リット殿！　北の方角をご覧あれ！」見事な手捌《さば》きで刃を返し、頭上から飛来した獣の胴体

を両断して「魔力文字で作られた門が見えますか！　奴《やつ》はその真下にて！」

言われてクララとソフィアと顔を見合わせ、彼方に目を凝らしてようやく気付く。参道の向こう、いまだに無事な姿で建ち並ぶモニュメントや幾つもの建物の隙間。夜空の星明かりを覆い隠すようにして、空中に次々に門が開いていく。

門は一つ、また一つと連なって開きながら、真《ま》っ直《す》ぐにセントラルの中央、大聖堂を目指して進んでいく。一つ一つの門は地下で見たのよりもかなり小さく、零れる闇の量も少ない。あるいは、鍵の魔剣が魔力を使い果たしつつあるのかも知れない。

「ご武運を！　某もこの場が片付き次第、後を追います！」

「ありがとうございます！」

叫ぶと同時に地を蹴り、参道を真っ直ぐに駆け出す。一歩先に飛び出したクララが山嶺《モンストウルム》を一閃、行く手に迫る獣の群れを一直線に突っ切り、ドレスを翻して橋の欄干の上に華麗に着地する。川を二つに断ち割るように、群れの中央に通り道が出現する。全知《オムニシア》を構えて中に飛び込むソフィア。リットも後を追って走りつつ、十七《セブンテンデキム》を縦横に払って、群れを内部からすり潰す。

「リット！　クララ！　あれ！」

巨大な群れの先頭を飛び出した途端にソフィアの声。行く手にそびえる教会の傍ら、逃げ遅れたらしい親子が壁に身を寄せているのが見える。

周囲には黒い獣の群れ。母親の方が手のひらに浮かべた魔力文字の盾を果敢に振り回すが、あれだけの数を相手にするには力が足りない。とっさに十七《セプテンデキム》を走らせるリットの視線の先、振り下ろされた巨木のような腕が親子の頭上に迫り――

闇を裂いて閃く、リット達三人、誰の物でも無い深い藍色の刃。

半ばでちぎれ飛んだ獣の腕が空中で凍り付き、細かな破片に砕けてかき消える。

「おお！　いつぞやの小娘ではないか。無事であったか！」

投げかけられたその声に、唖然《あぜん》となって目を見開く。エウロパ風の青い装束に身を包んだ禿《とく》頭《とう》の男が、親子をかばうように獣の群れの前に立ちはだかる。

見間違えようもない。

リットがセントラルで初めて声を掛けた魔剣使い。立ち合いの申し出をすげなく断り、故郷に帰れと諭したあの男が、流麗な青い魔剣を棒きれか何かのように体の脇にだらりと構え、

「久方振りに斬り甲斐《がい》のある化け物が現れたと聞いて勇んで参じてみたが、こやつら斬っても斬ってもきりがない。全く、これではまるで神話にある魔物の軍勢ではないか！」

男は魔剣を無造作に振り抜き、頭上から飛びかかった獣の体を両断する。周囲に群がる数十の獣が同時に跳躍し、男目がけて一斉に襲いかかる。

同時に閃く青い刃。

男は逆手に握った剣を足下の地面に突き立て、

「さあ！　どこへ向かうのかは知らんが、この場はこのハインリヒ・アーベントロートと魔剣『雪世界《グレイシス》』に任せよ！」

石畳を吹き飛ばして地中から突き出した氷の柱が、獣の群れを一匹残らず空中に縫い止める。星明かりに煌《きら》めく柱はまるで巨大な魔剣の刀身のよう。後から後から止めどなく。針山のように突き出た無数の氷の刃が黒い獣をあらゆる角度から滅多刺しに刺し貫く。

耳を澄ましてみれば、周囲から獣達の足音に交ざって幾つもの剣戟《けんげき》の響きが聞こえる。目の前にいる男と同じように、幾人もの魔剣使いがこの街のどこかで戦っているのがわかる。

「ありがとうございます！　ご武運を！」

グラノスの真似《まね》をして叫ぶと、男が「おう」とうなずく。クララとソフィアと視線を交わし、上り坂の参道をさらに先へと走り出す。無残に踏み砕かれた参道の向こうからすさまじい地響きの音。ここまでに遭遇した幾つかの群れと比べても明らかに大きい。千や二千では利《き》かない。おそらく、このセントラルの街に解き放たれた獣の群れの本流。鍵の魔剣はその中にあるはずだ。

「見つけましたわよ！」

クララの声。少女が指さす先、砕けて半ばで倒壊した太古の聖人の石像の上、光る魔力文字の糸で編まれた門がゆっくりと開いていく。とっさに十七《セブンテンデキム》の長大な刀身を走らせる。弧を描いて翻った真紅の刃は狙い違わず、門から零れ落ちた闇を水平に両断する。

だが効かない。

断ち切られた泥のような闇は上下に分かれて地面に落ち、次々に新たな獣を生みだし始める。

「ダメだよ！」ソフィアが正面に迫った獣の背を蹴りつけて宙に一転、数匹の獣の頭に次々に漆黒のナイフを突き立て「そいつはただの出入り口！　壁に開いた穴みたいな物なんだ！　獣が通れないくらい細切れにするならともかく、斬ったくらいじゃ意味が無いよ！」

「ではやはり鍵の魔剣ですね！」叫ぶと同時に飛翔《ひしょう》する十七《セプテンデキム》の刀身に飛び乗り、土煙を上げて走る獣達の群れを追い越しながら「いました！　前！」

叫ぶリットの視界の先、突き進む獣の群れの先頭で鍵の魔剣の銀色の刀身が星明かりに煌めく。数千、数万と連なる群れの行く手は大聖堂の少し手前、そこには半日前にクララと決闘裁判を演じたあの広場がある。

魔剣を咥えた獣が広場を囲む壁を飛び越え、観覧席の向こうへと消える。後に続く獣の群れが濁流のように壁を乗り越え、広場へとなだれ込む。重厚な石造りの壁が衝撃に砕け、すり潰されるようにして見る間に崩落する。壁に生じた裂け目に向かって、先程の群れだけではなく別な場所から集まったらしい群れまでもが殺到する。

後を追おうとした瞬間、夜の空に光。

東西南北、四つの塔に囲まれた広場の中心に、魔力文字で編まれた光の門がこれまでと同様に出現し——

「待って下さい！　何ですかあれは！」

驚きに一瞬バランスを崩しそうになり、我に返って叫ぶ。広場の外壁を乗り越えてともかく観覧席の一番上の段に着地。遅れて追いついたクララとソフィアを振り返ることさえ忘れ、呆然と空を見上げる。

「……ねえ。あれさ、ちょっと大きくない？」

「ですわよね？　ソフィアさんもそう思われますわよね？」

隣に歩み寄る二人の声に言葉を返すことが出来ない。

大きい、いや大きすぎる。

軽く見積もっても地下に出現した物の百倍、いやそれ以上。光で描かれた稠密《ちゅうみつ》な魔力文字の門は、円形の広場の上空に水平に横たわり、夜空の星明かりを完全に覆い隠している。

「って、リットもクララも、あれ！」

ソフィアの叫びに我に返る。慌てて少女の視線を辿り、広場を見下ろして目を見開く。大理石の広場を埋め尽くす数万の黒い獣。半透明なその姿が揺らいだかと思うと、見る間に互いに溶け合って黒い泥の海へと姿を変えていく。

円形の広場を完全に埋め尽くした泥の海は生き物のように不定形に蠢《うごめ》き、次の瞬間、中央から真っ直ぐ上に向かってすさまじい勢いで噴き上がり始める。まるで滝を上下逆さまにしたように、星明かりの空に真っ黒な太い線を描いて。おびただしい量の泥が空の門に激突し、魔力文字で構成された両開きの扉を黒く塗り潰していく。

黒い泥は止めどなく空の門に叩きつけ、すぐに最後の一滴までもが消える。

息が詰まるような静寂。

その静寂を打ち砕いて、すさまじい轟音が夜の空に響き渡る。

とっさに耳を塞ぐリットの頭上で、音は門の向こうから繰り返し響く。一つ音が鳴る度に門を閉ざす左右の黒い扉が大きく歪《ゆが》み、少しずつ隙間が開いていく。

一際《ひときわ》大きな衝撃音。扉が今度こそ大きく開け放たれ、そのまま砕けて溶けるように消失する。

開かれた門の向こうにたゆたうのは一面の濃密な闇。夜の空など比較にならない、虚空《こくう》を四角く切り取って黒い絵の具で塗り潰したような闇の表面が一度だけ水面のように震え――

ソフィアの悲鳴。

黄金色に輝く巨大な手が、門を内部から無造作に摑んだ。

＊

降り注ぐ光が闇に覆われた広場を照らし、大理石の地面を輝かせた。

リットは目を見開いたまま、頭上で繰り広げられる有り得ない光景をただ見上げた。

巨大な手は門の枠を棒きれか何かのように握りしめ、自身をゆっくりと外に、こちら側の世界に向かって押し出してくる。目を凝らしてよく見れば、黄金色の輝きを放っているのは手の表面を覆う無数の金属質の鱗《うろこ》であることがわかる。

ほんのわずかの隙間もなく稠密に組み合わされた、おびただしい数の小さな鱗。

巨大な手が五本の指を動かす度に、七色に乱反射した月の光が広場を覆う大理石に幻のように揺らめく。

滑らかに動く手は人と竜のちょうど中間のような形状で、指先にはやはり無数の黄金の鱗を連ねて形作られた爪のような器官が突き出ている。緩やかに湾曲して先端を鋭く尖《とが》らせた、片刃の大太刀のような爪。一見すると平坦《へいたん》な爪の表面には鱗の微細な凹凸によって構成された巨大な魔術紋様が透かし彫りのように描かれ、紋様は爪から巨大な指、手の全体を経てさらにその先へと繋《つな》がっている。

嘘《うそ》だろ、とソフィアの声。

その声に呼応するように、さらに三つ、最初の物とそっくりの巨大な手が門の向こうの闇から突き出てくる。

黄金色の四つの手が門の四方の枠をそれぞれに掴む。手が力を込めるにつれて、おそらく本体なのであろう輝く巨大な体が門の向こうから少しずつ押し出されてくる。最初に足、続いて脚部、膝、腰、竜に似た長い尾。輝く体は手と同じく黄金色の鱗によって完全に覆われていて、青い月の光に煌めいている。

輝く足が、自身の重さを無視してゆっくりと降下を始める。

四つの手が黒い門を少しずつ空へと押し上げ、自らの体を闇の向こうからこちら側へと抜き出していく。

「……ソフィア」呆然とリットは呟き「夢、ですよね？　だって、こんなめちゃくちゃな……」

答える声は無い。

銀髪の少女はリットを振り返りもせず、目を見開いたままただ空を見上げている。

腰に続いて姿を現すのはやはり黄金の鱗に包まれた輝く胴。その動きに呼応するように四本の腕が門から手を離し、体の両側に垂れ下がる。続けて闇から抜け出るのは背中に生えた蝙蝠《こうもり》のような二対の翼。体の全体を覆うほど巨大な翼はこれも無数の黄金の鱗をつなぎ合わせて形作られていて、月の光を受けて虹色に煌めく。

門の向こうにたゆたう黒い水面が激しく揺らめき、ついに体の最上部、頭に当たるはずの器官が出現する。巨大な卵形の器官にはしかし目も耳も鼻も口もなくて、表面を隙間なく覆う無数の鱗の凹凸が絶えず形を変えながら複雑な魔術紋様を構成している。上部にたなびく髪の毛のような器官は魔力文字の光によってつなぎ合わされた無数の黄金の鱗で、それぞれが独立した触手のように揺らめいている。

二つの足が広場の中心に音も無く降り立ち、大理石に描かれた聖門教の聖印の上、わずかな空間を隔てた位置で浮遊したまま静止する。

その姿をリットは為《な》す術《すべ》なく見上げる。

途方もなく、大きい。

広場の四方にそびえる高い塔の先端ですら輝く脚のようやく付け根の辺り。頭部に至っては背後にそびえる大聖堂の中心、セントラルの街で最も高い尖塔《せんとう》よりもなお上にある。

「……わたくしの勘違い、ではありませんわよね」

かすかにうわずったクララの声。

ぎこちなく微笑む少女の頰を汗が一滴伝い落ち、

「街の外のレリーフで見ましたの。聖門教の神話に謳《うた》われる、彼方の神と魔物の軍勢の戦い。……あれがそうなんですのね？」

うん、とうなずくソフィアの声。

空の月よりもさらに青ざめた顔で、銀髪の少女はゆっくりと話し始めた。

＊

それは、太古の昔に虚《ヴオイド》より訪れた大いなる災い。

彼方の神と最初の魔剣使い達によって封じられた、世界を滅ぼしかけた魔物の王。

聖門教の神話に謳われる人類の旧敵。一夜のうちに千人の魔剣使いを殺し尽くしたという黄金の巨人。
七つの厄災の一柱。
名を、『傲慢《アロガンド》』という。

五章　剣の在処《ありか》

冴《さ》え冴《ざ》えとした夜の風が、星明かりの広場を吹き抜けた。

見つめるリットの視界の遙《はる》か上、巨人は黄金の鱗《うろこ》に隙間なく覆われた頭をゆっくりと動かし、セントラルの街を睥睨《へいげい》した。

「──二千、いや三千年が経過したか」

金属が軋《きし》むような奇妙な声。それが巨人の物だと理解するのにしばらく時間がかかる。魔物の王、七つの厄災、『傲慢《アロガンド》』。たった今ソフィアに教えられたばかりの様々な知識が頭の中をぐるぐると駆け巡る。

理解が追いつかない。

追いつかなくても、一つだけわかることがある。

これは、世界の敵だ。

「……言葉は、しゃべれますのね」

感心したようなクララの呟《つぶや》き。

少女はほんの少しだけ硬い所作で唇に指を当て、

「ですけど、少しお話が違いませんこと？　鍵の魔剣の魔力は不十分で、門を完全に開くことは出来ないはずですわよね？」

「たぶん、あれでも不完全なんだと思う」

答えるソフィアの声が震える。

白磁のような指がはるか頭上、黄金の巨人の胸の辺りを指さし、

「あそこ、見える？　少しだけ鱗が薄くなってるの。あれが弱点とか、そんな感じ……だと思う……」

言われて初めて気付く。ソフィアが指さす先、巨人の首の下辺り。全身を稠密《ちゆうみつ》に覆う鱗の中で、確かにその場所にだけわずかな隙間があり、内部から霧のような闇が漏れ出しているのが見える。

と、頭上から揺らめく光。

『傲慢《アロガンド》』が四本の腕を頭上に掲げ、いまだに空中に開いたままの門に向けて手のひらをかざす。

巨大な門が瞬《また》く間《たま》に魔力文字の糸に解け、黄金の巨人の手に吸い込まれてかき消える。おそらく門の内部に取り込まれていたのだろう、後に残された鍵の魔剣がまっすぐに落下を始める。

目を見開いたソフィアが魔剣「全知《オムニシア》」を目の前に掲げる。

が、それより早く黄金の巨人が腕を動かし、己の指にも満たない魔剣を無造作につまむ。

巨人の顔の中心が杭《くい》で打たれたように陥没し、大きな黒い穴が生まれる。リット達が声を上

げる間もなく、鍵の魔剣が穴の中に吸い込まれる。飴《あめ》か何かを呑《の》み込むように、巨人の喉と胸のあたりが一度だけ動く。顔の穴が瞬時に黄金の鱗で塞がり、役目を終えた四本の腕が胸と腹の前でそれぞれ腕組みをする。

七色に煌《きら》めく鏡のような顔が、リット達を見下ろす角度にゆっくりと傾く。

鱗の凹凸によって表面に透かし彫りされた魔術紋様が、嘲笑《あざわら》うように揺らめいて次々に形を変える。

「……ダメだ」漆黒のナイフを構えたソフィアが巨人を睨《にら》み「全知《オムニシア》の魔力が届かない。鍵の魔剣の制御を奪うには、どうにかしてあいつの腹をこじ開けないと……」

声がどんどん小さくなる。ナイフを持つ手が少しずつ下がり、青ざめた顔がうつむき加減になる。

リットは何を言えばいいのかわからず、ただ必死に視線を巨人から逸《そ》らすまいとする。

こんなとんでもない物と戦ったことなど、これまで一度もない。獣なら数え切れないほど斬った。竜も斬った。人も二度だけなら斬ったことがある。だけど、神話の時代の化け物とどうやって戦えば良いかなんて習った事がない。

……母様、リットは……

「大丈夫。これですごく簡単になりましたわ」

「え……？」

ぐるぐると渦を巻いていた悪い考えが途切れる。

　振り返るリットに、クララはたおやかに微笑《ほほえ》み、

「あの胸の弱点を切り開いて鍵の魔剣を取り出して、ソフィアさんの『全知《オムニシア》』で門を閉じる。

……あんなに大きな的《まと》ですもの。今度こそ、逃げられる心配もありませんわ」

　少女の手の中で、魔剣「山嶺《モンストウルム》」がくるりと回る。

　淡青色な細剣の切っ先が黄金の巨人をまっすぐに示し、

「リットさんに、ソフィアさんに、わたくし。こちらは三人がかりなのですもの。きっと、ケーキを切るより簡単ですわよ？」

　小首を傾《かし》げる少女を呆然《ぼうぜん》と見詰め、ソフィアを振り返って顔を見合わせる。

　どちらからともなく、小さな笑み。

「……まあ、そうかな」

「ですね。それでは、手早く済ませてしまいましょう」

　巨人の顔をまっすぐに見据え、傍《かたわ》らに浮かぶ真紅の魔剣に右手を添える。

　名を上げる。十七《セブンテンデキム》の名を天下に轟《とどろ》かせる。そのためにはるばるこの街までやって来た。

　グラントの家名に――亡《な》き母に恥じぬように。求めるのはこの魔剣で斬るに相応《ふさわ》しい敵。それが、とうとう目の前に現れた。

　臆する必要などどこにもない。彼方《かなた》の神に魔剣を授かった最初の魔剣使いは確かにこの化け

物を打ち倒し、門の向こうに封じたはず。ならば勝てない道理はない。相手がどんな力を持っていようと、十七《セブンテンデキム》に斬れない物などあるはずがない。

敵は魔物の王、七つの厄災、『傲慢《アロガンド》』。

相手にとって不足無しだ。

「ところで役割分担ですけれど」クララが唇に指を当て、冗談めかした口調で「お二人とも、あんな大物斬ったことありまして？」

「……ボクが斬った竜は、一番大きいのでもせいぜいあいつの膝くらいかな」

ソフィアが肩をすくめる。

切れ長の青い瞳がこっちを悪戯《いたずら》っぽく振り返り、

「リットはどう？」

「なんとか、腰の辺りまでなら」リットも釣られてわざとらしくため息を吐き「あれは大変でした。母の言いつけで山向こうの森の主と戦ったのですが、首が五つもある大蛇で斬っても斬っても死ななくて」

そりゃ大仕事だね、と笑うソフィアの声。

反対側の隣でクララが、まあ、と柔らかく微笑み、

「では、わたくしが一番適任ですわね」たおやかな刃にそっと口づけ「この山嶺《モンストウルム》、巨人殺しの伝説で有名ですのよ――！」

強い足音。数十段の観覧席を一息に飛び降りた少女が華麗な黄色のドレスを翻《ひるがえ》して広場の中央、直立する『傲慢《アロガンド》』の足下目がけて走り出す。作戦は決まった。本命の攻撃はクララ。リットとソフィアは囮《おとり》役。銀髪の少女と互いにうなずいて観覧席の最上段をそれぞれ左と右、互いに逆の方向から巨人の側面へと走り出す。

瞬間、黄金の巨人が動く。

四本の腕は体の前に組んだまま、背中の二対の翼が星空を覆い隠すように大きく左右に広がる。

光が爆《は》ぜる。月光に照らされて飛来した無数の何かが、夜の闇を貫いて三人それぞれの頭上に降り注ぐ。とっさに身をかがめつつ、十七《セブンテンデキム》の刀身を直前まで自分の体があった場所に振り抜く。鈍い衝撃音と共に、刃に奇妙な違和感。雪崩を打って襲い来る攻撃を長大な真紅の刃で次々に弾き、体勢を立て直しざま振り返ってようやくその正体に気付く。

黄金の鱗を無数に貼り合わせて作られた、巨大な槍《やり》。

一つ一つがリットの体を丸ごと押し潰すほどの大きさと質量を備えた円錐《えんすい》形の槍が、巨人の体の表面、ありとあらゆる場所から針山のように突き出している。

弾《はじ》かれて空中に跳ね返った槍が黄金色の翼に吸い込まれる形でわずかに引き戻され、次の瞬間、角度を変えて再びリットの頭上から降り注ぐ。唸《うな》りを上げて迫る攻撃を間一髪でかわし、返す刀で振り抜いた十七《セブンテンデキム》の刀身を巨大な柱のような槍の側面に叩《たた》きつける。甲高い金属音と共に刃にすさまじい衝撃。跳ね返った真紅の刀身が空中に旋回して手元に戻る。

とんでもなく硬い。

さすがは七つの厄災。体表を覆う黄金の鱗の強度は少なくとも魔剣と同等。力任せの一撃で断ち切れる物ではないらしい。

間断なく降り注ぐ槍の隙間をすり抜け、ただひたすらに前へと走る。石造りの観覧席に次々に穴が穿《うが》たれ、人の体ほどもある無数の瓦礫《がれき》が轟音《ごうおん》と共に弾け飛ぶ。真紅の魔剣を振り上げようとした途端、闇の虚空《こくう》に描き出される幾何学模様。輝く黄金の槍が空中で複雑に折れ曲がり、有り得ない角度から背後を襲う。

とっさに十七《セブンテンデキム》の刃に飛び乗り、突き立つ槍を間一髪でかわして広場に飛び降りる。背後ですさまじい轟音が響き、観覧席の一角が瓦礫の山へと姿を変える。

顔を上げた先、指だけでリットの身長ほどもある巨人の左足は、まだ数百歩を隔てた位置。十七《セブンテンデキム》に乗ったまま高速で飛翔《ひしょう》するリット目がけて、前後左右、あらゆる角度から巨大な槍が次々に突き立つ。

ほんの一瞬だけ視線を広場の向こうに走らせると、漆黒のナイフで黄金の槍を捌《さば》きながら観覧席を駆け巡るソフィアが見える。少女は小さなナイフで巨大な槍を巧みに受け流しているが、攻撃の密度に圧倒されて思うように前に進めずにいる。

視線を上に向ければ、巨人の腰のあたりには淡青色の細剣を構えたクララの姿。少女はドレスを華麗に翻し、四方八方から突き立てられる槍を巧みに弾き、あるいは槍の威力を利用して自身を加速し、上へ上へと駆け上がっていく。

だが、それでも胸の弱点に到達するには足りない。

黄金の巨人もクララを最大の脅威と見て取ったのか、槍の攻撃を次第に少女の周囲へと集中させていく。

「魔剣か。そのような物をまだ後生大事に崇め奉《たてまつ》るか、人類」

天から響くような巨人の声。無数の槍を豪雨、いや流星のように降り注がせながらも、巨人の本体は四本の腕を組んだまま微動だにしていない。

なるほど、これが『傲慢《アロガンド》』の名の由来かという思考。

防ぎきれなかった槍の一つがとうとう十七《セブンテンデキム》の先端をかすめ、刀身が大きく前に傾く。

とっさに真紅の刃を蹴りつけ、跳躍して空中に一転。上下反転の姿勢で魔剣の柄を握り、刀身を十七分割しつつ着地する。頭上に迫る槍を浮遊する十六の魔剣で払い、撃ち漏らした一撃を手に残った最後の一振り、十七《セブンテンデキム》の本体である闇色の魔剣で受け流し——

今度こそはっきりと、手の中に奇妙な違和感。

その正体を理解出来ないまま、地を蹴って全力で走り出す。

無数の槍が次々に広場に突き立ち、砕けた大理石が至る所で爆炎のように噴き上がる。石造りの観覧席が跡形も無く崩壊し、瓦礫の向こうに惨禍の街並みがのぞく。鳴り響くすさまじい破砕音。周囲に展開した十六枚の刃で柱のような槍を片っ端から受け流し、撃ち漏らした幾つもの攻撃をすり抜けてただひたすらに巨人を目指す。

見上げた先、直立する『傲慢《アロガンド》』は途方もなく大きい。微動だにしないのも相まって、月明かりに輝くその姿は生物とは遠く、巨大な建物か、あるいは切り立った断崖そのもののよう。四本の腕は変わらず体の前で組まれたまま、足下に駆け寄る小さな魔剣使いに一瞥《いちべつ》もくれる様子は無い。

……侮《あなど》るな……！

わけの分からない衝動が心に満ちる。十七振りの魔剣を一つにつなぎ合わせ、刀身に飛び乗って再び飛翔する。煌めく真紅の刃に片膝をついて身をかがめ、そびえる壁のような黄金の巨人の体すれすれの位置を螺旋《らせん》を描いて飛び上がる。

行く手に降り注ぐ無数の槍。まずい。下手に動けば十七《セブンテンデキム》から振り落とされる。どうにか刀身を傾けて最初の一撃をかいくぐろうとした瞬間、閃《ひらめ》いた淡青色の刃が轟音と共に槍の巨大な穂先を叩き落とす。

「クララ！」

「リットさん、上へ！」

少女の叫びにうなずき、なおも上へ上へと飛び上がる。振り返って見下ろす視界の遠く、巨人の腰のあたりで、こっちに向かって追いすがろうとする無数の槍をクララの魔剣「山嶺《モンストウルム》」

が次々に叩き落としていく。が、その動きにはほんのわずかな違和感。超重量に押さえつけられているはずの槍は淡青色の刃の下を滑るように抜け出し、竜の首のように身をたわめて次々に新たな攻撃を繰り出し続ける。

……頼みます！……

視線を真《ま》っ直《す》ぐ上に戻し、自分の役目に意識を集中する。目指すは巨人の胸元、ソフィアが教えてくれた一箇所だけ鱗が薄い部分。上下左右、あらゆる方向から迫る槍を次々にすり抜け、かいくぐり、月光輝く夜空を飛翔する。あと少し。後方から飛来した槍が刀身をかすめる。バランスを失う。よろめきながら空中で十七《セブンテンデキム》の柄を握り、分割した十六の刃を足場にさらに空中を駆け上がる。

目標の場所、巨人の胸は目の前。

こちらの動きに追いついていないのか、あるいは何らかの理由があるのか、『傲慢《アロガンド》』はいまだに四本の腕を組んだまま、リットに一瞥をくれる様子もない。

……取った……！

足下に浮かべた真紅の刃を蹴って跳躍。降り注ぐ槍を次々にすり抜け、とうとう鏡のような巨人の体表に肉薄する。

手に残った魔剣の最後の一振り、流麗な闇色の刃を水平に構える。

狙いは一点。黄金の鱗のわずかな隙間。

霧のような影が染《し》み出《で》たその髪の毛一筋ほどの弱点目がけて、リットは迷いなく剣の切っ先を突き立て、

——鳴り響く甲高い金属音。

そこでようやく、自分が感じていた違和感の正体に気付いた。

闇色の刃が、空中に静止する。

黄金の鱗に切っ先を突き立てたまま、十七《セブンテンデキム》の流麗な刀身が月光に照らされて寒々しい光を放つ。

リットの腕ほどの長さの刃は狙い違わず鱗と鱗の隙間に到達し、突き刺さる寸前で止まっている。有り得ない状況。渾身《こんしん》の力を込めて柄を押し込んでいるのに、刃はほんの少しも前に進まない。

……そんな……

ようやく理解する。

魔剣が、黄金の鱗に接触していない。

まっすぐに突き込んだ切っ先は鱗のわずかに手前、指先程の隙間を隔てた位置で静止している。

一瞬の自失から立ち直り、剣を引き戻しざま巨人の胸を蹴りつけて後方に退く。足の爪先に

やはり奇妙な違和感。今の一撃も黄金の鱗に触れることはなく、表面を覆う目に見えない薄膜に弾かれただけなのだとわかる。

「魔力量子の高速振動による物質の強度を無視した絶対切断の権能。彼方の神がもたらした忌々《いまいま》しい技術だが、我には通じぬ」

天を震わすような巨人の声。

宙に浮かべた闇色の刃にかろうじて着地し、呆然と見上げた視界の先。黄金の巨人は顔に浮かぶ魔術紋様を幾通りにも歪《ゆが》め、

「わずかでも魔力を有する物体は我が鱗――『孤高なる壁《ソリタリウス》』に接触することは適《かな》わぬ。その程度の知識すら忘却したか、人類」

我に返って足下の刃を蹴りつけ、輝く黄金の巨人から大きく距離を取る。半瞬遅れて轟音が宙を裂き、直前までリットが浮かんでいた場所を無数の槍が滅多刺しに刺し貫く。

周囲に浮かぶ十六の刃で槍の側面を片っ端から斬りつけ、全ての刃が黄金の鱗に触れる寸前で不可視の障壁に弾かれる。

さらに突き立てられる槍の濁流に抗しきれずに後退。一振りにつなぎ合わせた十七《セプテンデキム》に飛び乗り、巨人の膝の辺り、同じく地表に向かって飛び降り続けるクララに追いつく。

リットが初めて見る、かすかに青ざめた少女の顔。

その姿に、自分達が置かれた状況をあらためて自覚する。

「少し、甘く見ていましたわね」

呟くクララに言葉を返すことが出来ない。これまでの攻防で感じていた違和感の正体を否応《いやおう》なしに理解する。魔剣で槍を受け流した時も、槍を側面から斬ろうとした時も、刃は本当は黄金の鱗に触れていなかった。槍が山嶺《モンストウルム》の超重量から容易《たやす》く抜け出したのもおそらくその能力のせい。見えない障壁が保護膜の役目を果たし、超重量の影響を打ち消しているのだろう。

蹴り足が弾かれたのも同じ理屈だ。体を覆う魔力が黄金の巨人を包む障壁と干渉した。おそらく魔剣使いに限った話ではない。人間を含めたあらゆる生き物は多かれ少なかれその身に魔力を帯びている。兵士達が使う銃やその他の魔術兵器も全て同じ。リットの考えが正しければ、『傲慢《アロガンド》』の体、あの化け物が『孤高なる壁《ソリタリウス》』と呼ぶ黄金の鱗に触れることが出来る者はこの世に一人もいないことになる。

落下するクララの体を片腕で支え、一息に飛翔してともかく地上に着地する。周囲には瓦礫の山へと姿を変えた広場の石畳。剥《む》き出《だ》しの地面には幾つもの穴がすり鉢状に穿たれ、もはや数刻前までの美しい姿は見る影もない。

息を吐く間もなく十七《セプテンデキム》の長大な刀身を振り上げ、降り注ぐ槍を弾きつつ巨人からさらに距離を取る。

同じく跳躍して退くクララの隣で、駆け寄ったソフィアが青ざめた顔で巨人を見上げ、「まずい……よね？　これ」呆然と呟き、泣き出す寸前の顔で力無く笑い「魔剣が効かないって、そんなの、どうしろって」

吹き付けるすさまじい風。とっさに真紅の刀身で体をかばい、必死に顔を上げる。

見上げた先、頭上の遠くには、翼を大きく羽ばたかせる巨人の姿。

無数の槍を周囲の地上に降り注がせながら、七つの厄災、『傲慢《アロガンド》』の黄金の巨体がゆっくりと前へ動き始める。

巨人はリット達に興味を失ったようにまっすぐに顔を上げ、その顔をゆっくりと東――エイシア大使館があるはずの方角に向ける。宙に浮遊したままの巨体が旋回し、広場から街の東地区へと進み出る。その間にも周囲に降り注ぎ続ける無数の槍。かろうじて原形を留《とど》めていた大理石の参道が、神聖なモニュメントが、倒壊を免《まぬが》れた多くの建物が、轟音と共に粉砕されて見る間に瓦礫の山へと姿を変えていく。

「何かを探しておりますの？」

「たぶん……人間だと思う」

クララの呟きに答えるソフィアの小さな声。

驚いて振り返るリットとクララに、銀髪の少女はうつむいたまま、

「神話だと、魔物は人間をものすごく憎んでて、人間を一人でもたくさん殺すためだけに活動したってあるんだ。……エイシア大使館の周りは安全地帯になってるって、あのグラノスって人が言ってただろ？　東地区とか南地区とかから避難した人はみんなそこに集まってるはずで

「……だからさ……」

　少女が言い終わるより早く鳴り響く強い足音。クララが瓦礫の山を踏み越えて走り出す。慌てて十七《セブンテンデキム》を手元に引き寄せ、後を追う。一つ遅れてソフィアの足音。向かう先、黄金の巨人の足はすでに区画を二つ越えた先にまで進んでいる。

「クララ！　どうするつもりですか！」

「もちろん足止めですわ！」リットの叫びに少女は振り返りもせず「少しでも時間を稼げば、その間に一人でもたくさん逃げられるかも知れませんもの！　魔剣が効かなくても、出来ることはありましてよ！」

「そ……そっか！」隣に追いついたソフィアが勢いよく顔を上げ「そうだよね！　やるしかないよね！　わかった！」

　一呼吸にリットを追い抜いて、銀髪の少女がクララの隣に並ぶ。

　その姿に思わず足を止めそうになり、歯を食いしばって堪える。

　……母様、リットはどうしたら……

　巨人の足下まであと一区画ほどにまで迫ったところで、不意に敵の動きが止まる。全力で駆ける視界の先、巨人の行く手を遮るように、何百人もの魔剣使いが構えるのが見える。四大国の軍服に身を包む者、教導騎士団の正装を纏《まと》う者。さらに左右の別な通りからは魔術式の銃や大砲を構えた何千という兵士達が集結する。撃て、と誰かの叫び。放たれた数万の銃弾と砲弾が、魔術の炎を纏って次々に巨人の黄金の鱗に激突する。

「リット殿！　ご無事か！」

横合いの通りから駆け寄る声。

「グラノス卿《きょう》！」リットは男に向かって目を見開き「いけません！　すぐにあの方達を下がらせて下さい！　あいつにはどんな攻撃も――」

言い終わるより早く響く無数の衝撃音。降り注ぐ槍に弾かれて、兵士達が次々に通りの彼方へと吹き飛ばされていく。銃が、大砲が、腰に佩《は》いた護身用の剣が宙を舞い、瓦礫の通りに転がって甲高い音を立てる。血と泥にまみれた兵士達は互いの体をかばい、なんとか無事な建物の陰に逃げ込む。その頭上になおも降り注ぐ槍。石造りの建物がたったの一撃で瓦礫の山に変わり、兵士の姿が見えなくなる。

「――貴様！」

誰かの叫び。それが先程出会った禿頭《とくとう》の魔剣使いの物だと気付いた瞬間、地を裂いて突き出した無数の氷の刃が『傲慢《アロガンド》』の足を襲う。さらに別の方向から放たれる幾つもの炎と雷。嵐のように叩きつけられる超常の刃に続いて、魔剣使い達は次々に黄金の巨人へと斬りかかる。

「某《それがし》達も参りますぞ！」

叫ぶと同時に魔剣「不動残月《ネオメニア》」を肩に担《かつ》ぎ、グラノスが瓦礫の山を踏み越えて一息に巨人の足下へと走り出す。リットはかろうじて迷いを振り切り、男の背を追って走り出す。行く手の先、降り注ぐ無数の槍の間を跳ね回るのは淡青色なガラス質の細剣。隣では漆黒のナイフを手にした銀髪の少女が、誰かが取り落とした魔剣を手に巨大な槍の一撃を払いのけ続けている。

だが、その何もかもが、意味を成さない。

必死の抵抗を続ける魔剣使い達の上に、なおも銃を構えて戦おうとする兵士達の頭上に、黄金の槍は無慈悲に降り注ぐ。

美しかった街の姿は既に見る影もなく、巨人を中心にした一帯は瓦礫の野原へと姿を変えている。いかなる超常の権能も巨人の攻撃を止めることは出来ない。弾き飛ばされた魔剣が一振り、また一振りと地に突き刺さる。薙《な》ぎ払《はら》われた人影が次々に地に倒れ伏し、巨人に向かって手をのばしたまま動かなくなる。

「グラノス様！　危ないですわ！」

クララの叫び。数十歩先、巨人の足に斬りつけた男の頭上に黄金の槍が叩きつける。とっさに十七《セブンテンデキム》を走らせて円錐形の穂先を弾いた瞬間、槍が数十の細い槍に分裂する。グラノスが片刃の魔剣を翻し、自身の腕ほどの太さの槍を片っ端から弾く。だが足りない。全速力で男の前に飛び込んで真紅の魔剣の柄を握り、十七振りの魔剣で男が撃ち漏らした槍を残らず受け流し――

側面、完全な死角から迫る轟音。

振り返った視界を埋め尽くして、輝く巨大な槍が目前にまで迫る。

とっさに一振りにつなぎ合わせた刀身で槍を受け止めるが手遅れ。上手《うま》く力を逃がすことが出来ないまま、魔剣諸共に瓦礫の野原を吹き飛ばされる。激しい痛み。地面に幾度も叩きつけられ、百歩近い距離を転がってようやく止まる。

遠くでクラとソフィアの悲鳴。

朦朧《もうろう》とした視界に、降り注ぐ巨大な槍の姿が見える。

かろうじて頭上に掲げた十七《セブンテンデキム》が弾かれて宙を舞う。甲高い金属音。地に転がって動きを止める長大な真紅の刀身の上に、巨大な槍が無慈悲に叩きつけられる。かろうじて少しだけ刀身を動かし、直撃を避ける。噴き上がるおびただしい量の建物の残骸。大地が轟音と共にすり鉢状に陥没し、弾け飛んだ無数の瓦礫が十七《セブンテンデキム》を呑み込んで降り積もる。

視界の彼方には、嘲るような巨人の顔。

為《な》す術《すべ》なく倒れ伏すリット目がけて黄金の槍が流星のように降り注ぎ――

そこで、意識が途切れた。

＊

どれくらい時間が経《た》ったのか、わからなかった。

気が付くと、自分の体はまだ倒れたままで、砕けた石壁の残骸に頰を押し当てて地面にうつ伏せになっていた。

額にぬるりとした血の感触。腕も足も、何もかもがひどく痛む。うっすらと目を開け、少しだけ顔を上げる。

ぼやけた視界の彼方には、青い月の光に照らされて悠然とそびえる黄金の巨人。

神殿の柱のような輝く脚の周囲には、数え切れないほどの人々が自分と同じように倒れ伏している。

大勢はすでに決したのか、戦場に動く者の姿はほとんど無い。魔剣使いも兵士も区別なく、人々は力を失い、あるいは物陰に身を潜めて息を殺している。

瓦礫の野原と化した街には巨人に立ち向かった兵士達の武器が無残に散らばっている。数え切れないほどの魔術式の銃と大砲、鋼鉄の馬をはじめとした見たこともない魔術兵器の数々、それに護身用の鉄の剣。多くが無残に打ち砕かれ、残ったわずかな物も泥にまみれてしまっている。

地面に突き立つ数百の魔剣は、かろうじてその美しい姿を留めたまま。

だが、その柄を握るべき主はいない。

遠くで小さな剣戟《けんげき》の音が一つ。闇の中に目を凝らし、淡青色な細剣の煌めきを認めて息を呑む。降り注ぐ黄金の槍の隙間を縫って、翻るのは薄汚れて穴だらけになってしまった淡い黄色のドレス。唸りを上げて襲い来る数千の槍を次々にかいくぐり、金髪の少女が華麗に宙を舞う。

どんな戦いの中にあっても染み一つ許さなかった頬は汗と泥でべっとりと汚れ、幾筋にも裂かれた白い靴下には血が滲《にじ》んでいる。それでも少女は足を止めない。すみれ色の瞳で挑むように巨人を見据え、口元に小さな笑みすら浮かべて、クララ・クル・クランは眼前に迫る巨大な槍を超重量の斬撃で次々に打ち据え、薙ぎ払う。

ゆっくりと前進を続ける巨人の足下では、様々な色合いの刃が嵐のように絶え間ない斬撃を描く。漆黒のナイフを構えて降り注ぐ槍の間を駆け巡るのは銀髪の少女。地面に突き立つ誰の物ともわからない魔剣を摑《つか》んでは振り抜き、巨人の脚に斬りつけ、その度に巨大な黄金の槍に魔剣を弾き飛ばされて、ソフィアは深窓の令嬢めいた美しい顔に幾筋もの血を滲ませて必死の形相でまた走り出す。

他に動く者の姿は無い。戦っているのはあの二人だけ。まだ諦めてはいない。幾度も黄金の槍に弾き飛ばされ、その度に傷を負いながら、少女達は無敵の盾『孤高なる壁《ソリタリウス》』に守られた巨人の体に休むことなく挑み続ける。

すぐに立ち上がらなければ、という思考。

なのに、どんなに力をこめても、指一本動かすことが出来ない。

……母様、リットは頑張ったと思います……

仕方がないのだと思う。だって、十七《セプテンデキム》が通じないのだ。生まれてから十五年。その年月の全てを魔剣に捧《ささ》げた。誰よりも強く。誰よりも巧みに。十七《セプテンデキム》が手の中にある限り、自分は何とでも戦える。どんな物が相手でも立ち向かうことが出来る。

だけど、魔剣で斬れない物を斬る方法など知らない。

そんな物を相手にどうやって戦ったら良《い》いのか、母も、誰も、教えてはくれなかった。

疲れたな、とぼんやりとした頭で考える。母と別れて、たった一人になって、こんな遠い場所までよく一人で来たものだ。名を上げるために、十七《セブンテンデキム》の力を天下に示すために始めた旅。

その結末がこれなら、意外と悪くないのではないかという気がする。

相手は神話の時代の魔物の王。たとえ勝てなくても物語としては上出来だ。世界が滅んでしまったらその武勇伝を語り継いでくれる人がいなくなるのは少し残念だけど、それでもグラントの家名に恥じないだけの戦いは出来たと思う。

ただ、クララとソフィアには悪いことをした。

あの二人だけは何とか生き残って欲しいと、祈るように目を閉じ、

『――どうしたのですか？　リット』

遠いどこかで、懐《なつ》かしい声。

うっすらと目を開けた先、にじんでぼやけた視界に、幼い日を過ごしたあのオースト山中の小さな小屋が浮かぶ。

庭の片隅の修練場には、鉄の剣を携えた母の姿。

その目の前で、小さな自分は十七《セブンテンデキム》の長大な刀身を地面に投げ出し、座り込んで膝を抱え

る。

——面白くありません——

思い出す。あれは魔剣をどうにか動かせるようになって、母に稽古をつけてもらえるようになったばかりの頃。朝日が昇ってから沈むまで何度打ち込み続けても一本も取れず、とうとう疲れ果てたリットはそんな弱音を吐いてしまった。

後にも先にも、あの時一度きり。

母は、まあ、と小さく笑い、隣に座って頭を撫《な》でてくれた。

『焦《あせ》らなくても大丈夫ですよ。勝てなくて当然。母が強いのは、リットが一番良く知っているでしょう？』

だって、と小さな自分は頬を膨らませる。母の腕前がとんでもないということはもちろんわかっている。だけど、毎日毎日手合わせしていれば一度くらいは勝てても良いはず。だって、自分が手にしているのは天下一の魔剣、十七《セブンテンデキム》。対して、母が持っているのはただの鉄の剣だ。

なのにちっとも勝てない。

もしかして、母は何かずるをしているのではないか。

そう大声で問う自分に、母はくすくすと笑い、

『リット、母が持っているのは何ですか？』

剣です、と自分は答える。鉄の塊を叩いてのばしただけの、街にいけば銀貨一枚で買えるという粗末な剣。おまけに、練習のためにと母が刃を潰してしまったから、リットがどう扱っても木ぎれ一本斬ることが出来ない。

『では、あなたが持っているのは何ですか？』

魔剣です、と自分はまた答える。グラント家に代々伝わる真紅の魔剣、十七《セブンテンデキム》。自分が受け継ぎ、誇りとすべき物。

そう答えるリットに、母は、いいえ、と首を横に振り、

『覚えておきなさい。あなたが持っているそれは、ただの剣です』

意味がわからずに自分は瞬きをする。魔剣は魔剣。ただの剣とは違う。石でも鋼でも溶けたバターのように容易く斬り裂き、手を触れずとも自在に宙を舞う。オースト王国に勝利をもたらした伝説の魔剣――そう言い募るリットの頭を母はそっと撫で、

『どれほど優れていようと、神の如《ごと》き力を持っていようと、剣はどこまでもただの剣。ただの道具に過ぎません』

母の白く美しい手が、そっとリットの手を取る。

柔らかな眼差《まなざ》しが、日々の修行で傷だらけになった娘の小さな手を見つめ、

『そのことに気が付くのに、母はとても長い時間を費やしてしまいました。あなたが生まれ、あなたが十七《セブンテンデキム》に選ばれて、やっと答にたどり着くことが出来た。……剣の本質とは道具に

あるのではありません。それはあなたの手に、あなたが費やした日々にこそ宿る物なのです』

言葉の意味がよく分からずに、リットは首を傾げる。

そんな娘に母はまた少しだけ笑い、傍らに転がる真紅の魔剣を見下ろして、

『あなたはこれから多くの修行を積み、その魔剣を自分の物とする。けれど、決して魔剣を己の支えとしてはなりません。……あなたは魔剣使い。魔剣に使われ、魔剣を頼みとするのではなく、魔剣を己の手足として使いこなす者になるのです』

……ああ……

ずいぶん長い間忘れていた。母を失い、帰る家を失い、残されたのは真紅の魔剣と名を上げるという約束だけ。一人きりで長い旅をして、こんなに遠い場所までやって来て。十七《セブンテンデキム》は母と自分を繋《つな》ぐ物。自分の誇りの在処。だけど、母がくれた物はそれだけではなかった。

あの日の教えを正しく受け継ぐ事が出来たとはまだ言えない。魔剣が通じない敵に挑むということは、途方もなく恐ろしくて心細い。

それでも。

――グラントの剣は受け継がれました。それを、母は誇りに思います――

最期《さいご》のあの日。

病み衰えた母の目は、十七《セブンテンデキム》ではなく、柄を握るリットの両手を――

体が跳ね上がる。

傷だらけの脚が、よろめくように地を蹴る。

頭上には、流星のように降り注ぐ無数の黄金の槍。

リットは右手を高く頭上に掲げ、
力の限り叫んだ。

「来なさい！　十七《セブンテンデキム》──！」

瓦礫の山が弾け飛ぶ。弧を描いて飛来した長大な真紅の魔剣が降り注ぐ槍を片っ端から弾き返す。重なり合って鳴り響く幾つもの金属音。唸りを上げて旋回する刃の下をすり抜け、転げるようにして走り出す。

砕けた石畳を一息に飛び越え、頭上に突き立つ槍を紙一重でかいくぐる。後方から追いついた十七《セブンテンデキム》に飛び乗り、さらに加速。眼前に大樹のように突き立つ無数の槍の間をすり抜け、闇の向こう、そびえる黄金の巨人目がけて飛翔する。

遙か頭上、巨人の頭部がゆっくりとこっちを見下ろす。嘲るように蠢《うごめ》く魔術紋様。降り注ぐ槍が数と密度を増す。横合いから突き出た槍の先端が十七《セブンテンデキム》をかすめる。寸前、刃を蹴って跳躍すると同時に魔剣の柄を握る。

十七の刃に分裂した魔剣が四方八方から迫る数十の槍を同時に弾く。

虚空に踏み出した足は宙に並べた刃を足場に次々に跳躍。巨人の足下、膝の高さにまで駆け上がる。

行く手を遮るように降り注ぐ幾つもの巨大な槍。その先端が分裂し、糸のような数千、数万の細い槍に姿を変えて前後左右上下、ありとあらゆる場所からリットを取り囲む。十七の刃を再び一振りの魔剣につなぎ合わせ、右手、最も攻撃の密度が薄い部分に叩きつける。糸玉のように絡《から》まった黄金の槍の壁に隙間が開く。だが、すり抜けるにはわずかに足りない。十七《セブンテンデキム》の刀身に飛び乗り、傷つくのを覚悟で隙間に突撃し――

地の底から響くような、すさまじい衝撃音。

行く手の先、壁の向こうで閃いた淡青色の細剣が、無数の槍を叩き落として隙間をこじ開ける。

「クララ！」

槍の隙間を身をかがめてかいくぐる。開けた視界の先には足場を失って落下を始める金髪の少女の姿。とっさに伸ばした腕で体を掬《すく》い上《あ》げ、十七《セプテンデキム》の上、自分の隣に立たせる。

「リットさん！」少女が珍しくまなじりをつり上げ「無謀にも程がありますわよ！　もう少し離れて、出来るだけ時間を」

「クララ！　聞いて下さい！」

みなまで言わせず、細い肩を両手で摑む。

目を丸くした少女が、すぐに「まあ！」と剣を握ったままの両手を器用に叩き、

「何か策がありますのね？」

「はい！　ですからまず囮」

「承りましたわ！」

言い終わるより早く真紅の刃を蹴ったクララが闇空高くに飛び上がる。『傲慢《アロガンド》』が少女の方に顔を向け、行く手に次々に黄金の槍を降り注がせる。少女は止まらない。細身の魔剣で槍を受け止めて自ら吹き飛び、あるいは槍の衝撃を反転して体を加速し、傷だらけのドレスを華麗に翻して、黄金の巨人の脚を上へ上へと駆け上がっていく。

その姿を視界の端に、リットは足下の十七《セプテンデキム》の刀身を反転、巨大な岩壁のような脚の間をすり抜けて巨人の背後へと飛び出す。一息に地表へと降下する背後から寒気がするような風切り音。追いすがる何千もの細い槍をかいくぐり、着地と同時に魔剣の柄を握って反転、鼻先すれすれの位置まで迫った槍の濁流を十七振りに分割した刃で残らず弾き飛ばす。

見上げた先、黄金の巨人を取り巻く無数の槍は、絡まり合った巨大な蜘蛛《くも》の巣《す》のよう。

その蜘蛛の巣を足場に、クララの小さな体が月明かりの空を華麗に飛び続ける。

一息。巨人に背を向けて走り出す。行く手には次々に突き立つ巨大な黄金の槍。先程までの攻撃に比べて密度が薄いとはいえ、『孤高なる壁《ソリタリウス》』によってこちらの攻撃を弾く槍は永遠に捌き続けられる物ではない。目標の場所に至るあとほんの百歩が果てしなく遠い。リットは真紅の魔剣の柄を握りしめ、足下の瓦礫を強く蹴りつけ――

頭上を薙ぎ払う、黄金の槍と同じくらい巨大な氷の刃。

弾かれた数十の槍が、凍り付いて一瞬だけ動きを止める。

「ソフィア！」

驚いて顔を向ける。

左手側のずっと遠く、巨人を側面から見上げる位置。

瓦礫の上に毅然《きぜん》と顔を上げた銀髪の少女が悪戯っぽく微笑み、

「リットはさ！　海に行ったことある？」

漆黒の魔剣「全知《オムニシア》」の刃の表面を、おびただしい数の魔力文字がすさまじい速度で流れ去る。瞬きするリットの見つめる先、少女は周囲に散乱する誰の物ともわからない魔剣を手当たり次第に拾い上げ、引き寄せ、振り抜き、薙ぎ払い、炎に氷に雷とありとあらゆる権能を呼び出して降り注ぐ黄金の流星を片っ端から撃ち落としながら、

「面白いんだよ。夏に行くと冷たくて気持ちよくて、魚もたくさんいて。姉さんはすごく忙しかったからボクはいっつも一人で、誰かと一緒に行きたいって思ったこともなかった。……でも、君とクララとなら一緒に行っても良い。だからさ！」

「はい！」

強くうなずいて走り出す。

追いすがる槍を振り払った先、たどり着いたのは積み上がった瓦礫の山。

主を失った銃や兵器の残骸に交ざって、転がるのは護身用の、魔力を持たないただの鉄の剣。

……お借りします！……

無骨な剣を一挙動に拾い上げ、身を翻して走り出す。一振りの魔剣につなぎ合わせた十七《セブンテンデキム》に飛び乗って飛翔する。クララとソフィアが注意を引きつけてくれているおかげで巨人の攻撃は薄い。眼前に張り巡らされた無数の黄金の槍をすり抜け、かいくぐり、一息に巨人の胸の前にまで到達する。

長大な真紅の刀身を蹴りつけ、ありったけの力で跳躍。

振り下ろした無骨な鉄の剣の切っ先は狙い違わず『傲慢《アロガンド》』の首の下、黄金の鱗に突き立ち、

「――愚かな」

天を震わす巨人の声。

不可視の障壁、『孤高なる壁《ソリタリウス》』を突き通して鱗の隙間に食い込んだ鉄の剣が、甲高い音を残してあっけなく砕ける。

細かな破片に姿を変えてしまった剣が月明かりに煌めいてゆっくりと地表へと落下していく。

腕に跳ね返るすさまじい衝撃。絶対防御の権能をすり抜けてようやく接触した黄金の鱗はとてつもなく硬い。おそらく魔剣の刀身を構成する神銀以上。その圧倒的な強度の前には魔力の加護を持たない鉄の剣など飴細工を叩きつけたのと変わらない。

黄金の巨人が首を動かし、顔の魔術紋様を嘲笑の形に歪める。

眼下の遠くに、クララとソフィアの絶望的な顔。

大丈夫。これで正解。

剣はちゃんと敵に届く。それさえわかれば、足りない物はもうあとほんの少しだけ。

四方八方から降り注ぐ黄金の槍に弾かれて、十七諸共《セプテンデキム》に地上へと吹き飛ばされる。空中で素早く体勢を立て直し、地表に叩きつけられる寸前で再び空目がけて飛翔する。

眼前に迫る、巨大な黄金の槍。

間一髪でかいくぐった穂先が地に突き刺さり、瓦礫の山を粉砕する。

弾け飛んだ大量の土砂や壁の残骸と共に、打ち捨てられていた兵士達の武器が目の前へと噴き上がる。魔術式の銃に交ざって、放物線を描くのは何十本かの鉄の剣。雪崩を打って襲い来る黄金の槍をかいくぐりながら、リットは剣の一本一本に視線を走らせる。

これは違う。これも違う。これは似ているけど少し違う。これは握りが太すぎる。これは惜しい。すごく惜しい。あとほんの少し、小指一つ分だけ柄頭《つかがしら》が長ければ——

ああ、これが良い。

飛び交う鉄の剣の一本を、右手で宙に掴み取る。

行く手には数千の細い槍。リットの手にある鉄の剣に不審な物を感じたのか、槍は執拗《しつよう》に剣を持つ手を狙って降り注ぐ。攻撃をすり抜けざま跳躍。鉄の剣から手を放し、十七《セプテンデキム》の柄を握る。

十七分割された刀身が花びらのように散って月明かりの下に翻る。迫り来る無数の槍を一つ残らず受け流し、同時に空中に取り残された鉄の剣を弾いて槍の攻撃から逃がす。

飛び交う真紅の刃は次々に目の前に、階段のように。

左右に舞い踊る刃を巧みに駆け上がりながら、リットは手に残った最後の一振り、流麗な闇色の魔剣を、目の前を跳ね回る鉄の剣目がけて何度も繰り返し振り下ろす。

魔剣の斬撃によって刀身を薄く削《そ》がれ、鉄の剣が少しずつ形を変えていく。まだ長すぎる。刀身の幅も広すぎる。左右のバランスは均等に。あと少しだけ削って、先端は少しだけ尖《とが》らせて。

これでいい。

闇色の魔剣から手を離し、出来上がった剣を空中に掴み取る。

手にしたことなどほとんど無い、練習用のただの鉄の剣。だけど、その剣の扱いなら他の何よりも、十七《セブンテンデキム》よりもよく知っている。

幾たび刃を交え、幾たび見覚えたか、数えることさえ出来ない。

母の手にある時、その剣はどんな魔剣よりも美しく、夜空の星のように輝いていた。

――その調子ですよ。さあ、もう一本――

「参ります！」

あらゆる防御を薙ぎ払った黄金の槍の一撃が、とうとう足下にまで到達する。同時に刃を蹴りつけたリットの体は宙に一転。輝く槍を紙一重でかわしざま、一振りにつなぎ合わせた真紅の刀身に水平の姿勢で側面から着地する。

全力で振り抜いた刀身の勢いで自身を加速し、『傲慢《アロガンド》』の胸元目がけて放たれた矢のように突き進む。

耳をつんざく金属音。

精妙な動作で突き出した鉄の剣の切っ先が、『孤高なる壁《ソリタリウス》』を突き通して巨人の弱点、黄金の鱗のわずかな隙間に滑り込む。

すさまじい衝撃に刀身が歪み、亀裂が走る。当たり前の話。たとえ絶対防御の権能に影響されないとしても、これは魔剣ではない。何の神秘も特別な力も持たない鉄の剣。誰を選ぶことも、誰に選ばれることもなかった、ただの剣だ。

――されど、その剣は無敵の盾を穿つ。

指先は柔らかく、正しく、繊細に。ほんのわずかの狂いもなく放たれた刃が、魔剣をも上回る強度を備えた黄金の鱗に逆らうことなく、するりと裏側に潜り込む。

「……何だ、その剣は」

理解出来ない、とでも言うような巨人の声。

リットは柄を握る手に力を込め、完璧な動作で手首を返し、

「わからないでしょう。ならば覚えておきなさい」渾身の力を込めて剣を振り抜き「これこそ

がグラントの剣。母より受け継いだ、天下の剣です――!」

小さな、軽い音。役目を終えた鉄の剣があっけなく砕け散る。手の中に残るのは無骨な柄が一つだけ。月明かりの下に光の粉を振りまいて、かつては剣であった無数の破片が舞い落ちていく。

眼下に呼び寄せた十七《セプテンデキム》の長大な刀身に音も無く降り立ち、柄を振り抜いた姿勢のまま息を吐く。

見上げた空には、輝く数多《あまた》の星々。

眩《まばゆ》い光に照らされて、たったの一枚、切り飛ばされた黄金の鱗が夜空に鮮やかな弧を描く。

馬鹿な、と厄災の声。同時に背後から響く軽やかな足音をリットは聞く。背中に、とん、と跳ねるような感触。駆け上がった小さな靴の爪先が、肩を蹴って頭上高くに飛び上がる。

それが誰の物かなど、振り返って確かめるまでもない。

「クララ!」

「お任せあれ――!」

傷だらけのドレスを翻した少女が、叫びと共に淡青色の細剣を突き出す。たおやかな切っ先が『孤高なる壁《ソリタリウス》』に穿たれた小さな穴、指先ほどの間隙《かんげき》を貫いて、黄金の鱗の奥にのぞく闇に深々と突き立つ。

世界を永遠の冬に閉ざしかけた巨人を七日七晩大地に縫い止めたという伝説の魔剣

「山嶺《モンストウルム》」。

超重量を叩きつけられた『傲慢《アロガンド》』の胴体が、見えない球体に押し潰されるようにすり鉢状に陥没する。

なおも山嶺《モンストウルム》を押し込むクララ目がけて、周囲から黄金の槍が次々に降り注ぐ。十七《セプテンデキム》の刀身を分割し、襲い来る攻撃のことごとくを弾く。

巨人の体が大きく後方に傾く。

黄金の鱗に包まれた胴体がより深く陥没し、中心が大きく縦に裂け始める。

眼下の遠く、地表からわずかに浮かんでいた巨人の足が大地に叩きつけられ、瓦礫にめり込みながら轟音と共に倒れ込んでいく。

「侮るな、人類」

天を衝《つ》くような声と共に、無数の鱗が擦れ合う音。『傲慢《アロガンド》』がついに胸と腹の前で組んでいた四本の腕を解く。槍とは比べものにならない速度で迫る巨大な手に十七振りの刃をかろうじて合わせ、受け止めきれずに弾き飛ばされる。

寸前でクララを掴んで引き寄せ、背中にかばったまま彼方へと吹き飛ぶ。少女をどうにか地面に下ろし、自分は上手く受け身を取れずに瓦礫に一転、痛みを堪えて立ち上がりざま身構える。

視界の遠くには、ゆっくりと身を起こす黄金の巨人。

魔術紋様が蠢くその顔が自らの胸に開いた傷を見下ろした瞬間、凜《りん》と透き通るような少女の声が瓦礫の街に響き渡る。

「――掴んだ、捕まえた」

黄金の巨人、『傲慢《アロガンド》』の顔がこれまで見たこともない複雑な模様に蠢く。巨人の胸に開いた真っ黒な穴の奥、淀《よど》んだ闇の中にはわずかに露出した銀色の魔剣。柄に象眼された緑色の魔力石からたった一筋、まっすぐに描かれた細い魔力文字の糸が巨人の胸を飛び出して遙か彼方、瓦礫の山の上にまでのびる。

星明かりに照らされて佇《たたず》むのは、漆黒のナイフを構えた銀髪の少女。

巨人が声を上げるよりも早く、裂帛《れっぱく》の気迫と共にソフィアが叫ぶ。

「理解《とらえ》しろ！　全知《オムニシア》――！」

光が爆ぜる。巨人の胸に埋め込まれた銀色の魔剣と、少女が構える漆黒の魔剣。双方から噴き出した無数の魔力文字が空に絡み合い、巨大な光の門を描き出す。音も無く開かれる門の向こうに黒い深淵《しんえん》がのぞく。黄金の鱗に覆われた巨体が頭の先から影のような霧に溶け、瞬きのうちに門へと吸い込まれていく。

「……第一の魔剣……そうか、貴様……！」

断末魔のような『傲慢《アロガンド》』の声。輝く四本の腕が無数の黄金の槍に爆ぜ、彼方のソフィア目がけてすさまじい速度で走る。少女は毅然と顔を上げ、黄金の巨人を見据えたまま微動だにしない。大気を震わす轟音と衝撃。数千の槍はのたうつ蛇のように身を捩《よじ》り、剝がれ落ちた無数の鱗を振りまきながら銀髪の少女の頭上に流星のように降り注ぎ――

閃く真紅と淡青色の光。

寸前で行く手に飛び込んだリットはクララと呼吸を合わせて魔剣を一閃《いっせん》、降り注ぐ槍を一つ残らず弾き返す。

翻った数千の槍がもがくように宙を掻《か》き、先端から崩れて影へと溶ける。その動きに呼応するように、セントラルの街の至る所から幾本もの影が立ち上る。無数の獣の嘶《いなな》く声。数万の獣の軍勢が一つの巨大な影の柱に溶け合い、空の門目がけて逆巻く滝のように噴き上がる。

影の柱が黄金の巨人を呑み込む。すでに腰から上を残らず失った巨人は竜のような太い尾を大きくもたげ、その尾が打ち下ろされるより早く影へと溶けて星空に渦を巻く。

最後の一欠片《かけら》、黄金の鱗の一枚が形を失い、闇の彼方へと消える。

音も無く閉ざされた門が、光にほどけて消失する。

瓦礫の野原に降りる静寂。

力を失った「鍵の魔剣」が、地に跳ねて高く澄んだ音を立てた。

＊

軽やかに吹き抜ける夜の風が、三つ編みに束ねた髪を揺らした。

リットは嵐が過ぎ去った後のような街を見渡し、深く息を吐いた。

急に足に力が入らなくなり、砕けた石畳の上に座り込んでしまう。両手を後ろについて、痛む体をゆっくりと伸ばす。

と、頭上から差し込む影。

ぼろぼろのドレス姿のクララが両手を腰に当てて正面からこっちを見下ろし、

「まったくもう、なんという無茶をなさいますの」呆《あき》れたように首を左右に振り、人差し指でリットの頬をつついて「たまたま上手くはいきましたけれど、あの鱗が思ったより頑丈だったらどうなさるおつもりでしたの？」

「実は、少しだけ自信がありました」くすぐったさに目を細め「あの化け物……『傲慢《アロガンド》』が自分の権能を誇っているのなら、その権能が通じない相手には意外と脆《もろ》いのではないかと」

「それにしたって、あの『孤高なる壁《ソリタリウス》』とかいう能力の元が本当に鱗だという保証はありませんわよね？」クララは巨人が去った星空を振り返り「鱗を剝ぎ取っても結局は魔剣が通じない、なんて可能性もあったはずですわ。もしそうなったら」

「その時はその時です。あれで倒せないのなら、私に出来ることは何もありません」なんだかおかしくなってくすりと笑い「それに、クララだって迷わず飛び込んでくれたではありませんか。やっぱりすごいですね。何も相談しなかったのに、あんなに上手く追いついてくれて」

それはまあ、と諦めたような声。

クララは瓦礫の上にぺたんと座り、裂いたドレスの袖でリットの顔の血と泥を丁寧に拭い、「お見事な一太刀でしたわ」ようやく微笑み、小さく首を傾げて「あの鉄の剣、もしかしてですけれど、お母様の」

「……少しだけ真似《まね》してみました」リットは傷だらけになった自分の両手を見下ろし「『技』の極みだと母は教えてくれました。腕の振り、指の動き、体の捻《ひね》り、呼吸。全てを完全に調和させ、刃を真に意のままに操れば、鉄の剣どころか小枝一本であってもほんの一瞬だけなら魔剣をも制することが出来るのだと。……母に比べればまだまだですが」

素晴らしいですわ、とクララが胸の前で両手を組む。

と、横合いの少し離れた場所、瓦礫の山の向こうから息せき切らせた足音が駆け寄り、

「リット！　クララ！」

石壁の名残を飛び越えるのは、白磁のような美しい顔に幾筋もの血を滲ませた銀髪の少女。

ソフィアは転げるようにして近寄るなり、わぁっ、と両腕を広げてリットとクララを抱きしめ、

「ありがと……」ぐずっ、と鼻をすする音「ほんとにありがと。絶対無理だと思ったけど、でもやれた！　二人のおかげでちゃんとやれたよ！」

声を上げて泣き始める銀髪の少女に抱きかかえられたまま、クララと顔を見合わせてどちら

からともなく微笑む。

二人でそれぞれ右と左の手をのばし、ソフィアの背中を子供をあやすように何度も軽く叩く。

周囲で幾つかの足音と人の声。瓦礫の野原に倒れ伏していた魔剣使いや兵士達がようやく起き上がり、嵐の去った街を見回して歓声を上げる。傷の浅い者がいまだに動けずにいる者を助け起こし、手当を始める。遠くでは立ち上がって手を振るぼろぼろのグラノスの姿。隣には、あの氷の魔剣を操る禿頭の男の姿も見える。

「終わりましたわね」

ぽつりと、クララの声。

ようやく泣き止《な》んだソフィアが「うん」と顔を上げ、

「だけど、これからどうしよっか」瓦礫の街を見回してため息を吐き「セントラルは大変なことになっちゃったし、ボクも大使館とか教会とかに色々聞かれるだろうし……もしかすると、結社の一味ってことにされて捕まるかも……」

逃げちゃおっかなあ、とうつむき加減な少女の声。

まあまあ、とクララが朗らかに笑い、

「その時はわたくしとリットさんがお助けいたしますわ」ねえ？　とこっちに目配せし「アメリア様とグラノス様にもお口添えいただけるはずですし、そんなにひどい事にはなりませんわよ」

「そうです」リットもうなずき「もしそれでもどうしようもなくなったら、その時は三人で一緒に逃げてしまいましょう。夏の海には魚がたくさんいるのですよね？」

「……良いの？」

おそるおそるという風にソフィアの声。

クララが、もちろん、と胸の前で両手を一つ叩き、

「だって、大切なお友達ですもの」

そうして、顔を見合わせて、誰からともなく笑う。

吹き抜ける風は心地よく、軽やかに、三人それぞれの髪を揺らす。

見上げた空には、瞬《またた》く満天の星の海。

リットは眩《まぶ》しさに目を細め、ふと、遠い日に見た母の笑顔を思い出した。

……母様。リットは星を見つけました……

幕間　言ノ葉

踏み出した靴音が、崩れかかった路地の石壁に思いがけなく強く残響した。ジェレミアは足音を殺して闇の中を走り続けた。

セントラルを襲った惨禍の中心から遠く離れた西地区の外れ。

区画を隔てた表通りの方角からは、兵士達の声と共に幾つもの足音が絶え間なく聞こえる。

人々は災いが去ったことを喜び、負傷者の救助と街の復旧のために早くも動き始めている。

そんな人の流れから身を隠し、街の外を目指して、立ち止まりそうになる足を必死に叱咤する。

背筋に氷の杭を突き立てられたような悪寒。

信じられない。

いかに不完全とはいえ、七つの厄災の一柱をたったの三人で退ける魔剣使いがいようとは。

……いや、まだだ。せめてこれだけは……！

懐(ふところ)に収めた小さな黒い石の感触を確かめる。オースト大使館地下の魔術装置から取り外した最も重要な部品の一つ。結社の幹部が「プロトコル」と呼ぶ、神代の魔術が収められた魔力石。

これさえ無事に運び出すことが出来れば、まだ完全な失敗ではない。

人目を避けて路地を奥へ、さらに奥へ。幾つもの角を曲がり、運河を飛び越え、橋を潜った果てに、ジェレミアはとうとうセントラルの外壁にほど近い場所にまでたどり着き、

「──お急ぎですか？」

正面、路地の闇の向こうから、声。

息を呑《の》んで立ち止まり、腰の鞘《さや》から魔剣を引き抜く。

同時に吹き寄せる熱風。前後左右、ジェレミアを取り囲むように立ち上った四つの火柱がゆっくりと間隔を縮めて迫る。

ただの魔術の産物に過ぎない火柱を一呼吸に突き抜け、魔剣を構えて、気付く。

周囲はいつの間にか、先程までとは比較にならないほど濃密な闇。

足下の石畳も左右の石壁も何もかもが視認出来ない闇の向こうに、小さな人影が一つ、朧《おぼろ》に浮かび上がる。

魔剣の切っ先をゆっくりと正面に掲げ、いつでも飛びかかれるように身をかがめる。足音が近づくにつれ、人影の姿が次第に露《あら》わになる。

黒い三角耳を頭の上に揺らした、メイド姿の獣人の少女が一人。

何のつもりか、ありふれた形状の箒《ほうき》を一本、剣か何かのように胸の前に抱きかかえている。

……いずれかの国の間者か……

思考と同時に地を蹴り、少女の前に踏み込みざま魔剣を振り抜く。狙いは無防備な首。闇に

弧を描いた刃は狙い違わず哀れな少女の喉元へと吸い込まれ——

これまで聞いたこともない、異様な金属音。

高くて低く、かつ重くて軽く。幾つもの音を重ね合わせたような不可解な響きと共に、振り抜いたはずの刃が少女に触れる寸前で止まる。

少女が手に構えた箒がいつの間にか魔剣の行く手に回り込んでいることにジェレミアはようやく気付く。ただの木と見えた箒の柄が少女の手元で上下二つに割れ、内部からわずかな光が漏れている。だが、魔剣はその箒にさえ触れてはいない。漏れ出した光が魔剣の刃にまとわりつき、動きを封じているように見える。

集積した光が、「拒否」という意味の魔力文字を形成する。

息を呑むジェレミアの見つめる先で、少女がゆっくりと右手を動かし、逆手に握った箒の柄を、いや、柄の中に隠されていた刀身を引き抜く。

闇を裂いて輝く光。箒の内部に仕込まれていた魔剣がその姿を露わにする。これまで見たことも無い、異様な形状の魔剣。箒の持ち手の先端であった木の柄からのびるのは針のように細い、刃とも呼べない一筋の神銀の棒。その周囲を魔力結界が幾重にも包み込み、光で編まれた半透明の刀身を形成している。

反射的に後方に飛び退り、魔剣の権能を解放する。足下の石畳から幾つもの拳ほどの岩塊を生みだし、少女目がけて銃弾のように叩《たた》きつける。

瞬間、光の魔剣が閃《ひらめ》く。

複雑な軌跡で虚空《こくう》をなぞった刃の切っ先が「砕」を意味する魔力文字を形作り、降り注ぐ岩塊を宙に受け止め、粉々に砕く。

さらに翻《ひるがえ》った刃が「斬」という魔力文字を描き、生みだされた光がジェレミアの身長ほどもある剣の形を伴って正面から振り下ろされる。かわしきれなかった肩にすさまじい痛み。ただの魔術によって編まれているはずの刃は魔剣使いの体を覆う対魔術の皮膜をたやすく斬り裂き、骨を半ばまで断ち斬ったところで光の粒子に解けて消える。

傷を押さえて地に片膝をつき、必死に顔を上げて、ようやく気付く。

刃渡り二六十《センチ》フィルト、箒の柄に隠された光の剣。

情報を操り、魔剣でありながら主を高位の魔術師たらしめ、魔剣使いの加護をもってしても防ぐことの出来ない神代の魔術そのものを刀身と為《な》す異能の魔剣。銘を――

「言ノ葉《ロゴス》！　貴様、西方皇国《エウロパ》皇帝の『爪』か！」

「……拙は許せないのです」

静かな、独り言のような少女の声。

猫の獣人に特有の丸い瞳孔が無慈悲にジェレミアを見下ろし、

「拙の故郷を灰に変えた魔剣戦争が。それを裏で操った結社が。拙の仲間が命を賭《と》して摑《つか》み取《と》ったこの平和を脅《おびや》かそうとするお前様のような者達が、どうしても許せないのです」

閃く光の魔剣。踊るように翻った切っ先が闇に幾つもの魔力文字を描き出す。頭に杭を打ち込まれたような衝撃。思考が止まる。ここがどこで、自分が誰で、目の前に立つこの少女が何者なのか。考えなければと思うのに、何一つ考えることが出来なくなる。

「殺しはしません。お前様には教えていただかなければならないことが山ほどあります」

凍《い》てつくような、少女の声。

それを最後に、ジェレミアの意識は深い闇の底へと沈んでいった。

＊

路地の細い空から差し込む星明かりが、倒れ伏す男の背中を照らした。

ミオンは一つ息を吐き、魔剣「言ノ葉《ロゴス》」を手の中でくるりと回した。

光の刃を箒の柄に押し込み、先端に隠された魔力文字に指を押し当てる。かちりと小さな音がして、魔剣が元通りの箒に固定される。

遠くでは、人々の歓声と慌ただしい息づかい。

その音に紛れて、幾つもの人影が周囲に降り立つ。

「ご苦労様です」

黒装束に身を包んだ人影の一人にうなずき、足下のジェレミアを視線で示す。人影がうなず

き返し、数人がかりで男の体を抱え上げる。

「陛下の前で真実を話すよう、それ以外の行動は一切取らぬよう『言葉』を刻みました。自分では食事も取りませんので、飢え死にさせぬよう気をつけて下さい」

それと、と呟《つぶや》き、ジェレミアに歩み寄る。身じろぎ一つしない男の懐を探り、小さな紙片を取り出す。

何者かが男に向けてしたためた、意味もわからない幾つかの指示らしい記号の羅列。

「陛下に言伝《ことづて》を」人影に紙片を差し出し「結社の花と葉は——『銀の姫』と『十三位階』は、たぶんまだ生きています」

無言でうなずいた人影が音も無く地を蹴る。ジェレミアを抱えた人影の一団が、屋根を伝って通りの向こうに消える。

エウロパ皇宮に帰り着くのは、おおよそ七日後。

その後のことは、きっと陛下が良《い》いようにしてくださるはずだ。

「……しかし、今回はさすがに肝が冷えましたにゃんねー」

路地の闇の中で一人、腕組みしてううむと呟く。まさか南方王国《オースト》大使館の地下に本当にあんな装置があって、本当に神話にある魔物の軍勢が呼び出されてしまうなんて想像もしなかった。

しかも、よりによって七つの厄災の一柱。

これはいよいよ世界の終わりかと覚悟を決めた時に、立ち向かったのがあの三人の魔剣使いだ。

「リット様にクララ様にソフィア様。本当に、ありがとうございましたにゃん」

面白い偶然があったものだ。あれほどの腕前を持った達人が三人、揃《そろ》って鴉《からす》の寝床亭に現れ、揃って自分と知りあった。これぞ天の配剤。これから始まるであろう結社との戦いに、彼女達の力を役立てない手はない。

「となれば、皆さまにはこのまま当宿にお泊まりいただきたいところですが……さてさて、どうしますにゃんかねー」

腕組みしてしばらく考え、そうだ、と手を叩く。ものすごく良いことを思いついてしまった。あの三人を手元に置いて活躍してもらうのにうってつけのアイディア。さっそく帰って準備をしなければ。西方皇国《エウロパ》大使館に手伝ってもらって、通商連合にも根回しをして、それからそれから……

勢いよく顔を上げ、彼方《かなた》を仰ぎ見る。

夜空には丸くて大きな青い月。

ミオンは箒を両手で天高くに掲げ、うんっ、と大きくのびをした。

「さて！　今日からまた、忙しくなりますにゃんね！」

終章　はじまりはじまり

壮麗な装飾の天窓から差し込む陽の光が、精緻な細工が施された玉座を照らした。

東方大公国《エイシア》王宮、大公の間。第一〇八代大公オズワルド・カイエン八世は、セントラル筆頭駐在武官グラノス・ザンゲツの報告に深くうなずいた。

「此度《こたび》の働き、大儀であった」

床一面に美しい色合いの木板を敷き詰めた東方風の広間には、子供の背丈ほどもある大鏡に幾つかの魔力石を繋《つな》いだ通信用の魔術装置が置かれている。

かすかにぼやけた鏡の向こうは遠くセントラルの大使館。

執務室の床に片膝をついてかしこまるグラノスをオズワルドは見下ろし、

「よく兵を率い、セントラルの街を守り、ジェレミア・ハクロウの悪事を暴いてくれた。これで我が国はオーストに大きな貸しを作ることになる」

は？　とグラノスが怪訝《けげん》そうに顔を上げ、

「されど殿下、恥ずかしながら某《それがし》、大した働きは……」

いかにも実直な顔で口ごもる男に、オズワルドは思わず笑う。

玉座から立ち上がり、鏡の前に歩み寄って、

「まあ、そういうことにしておけ」男に向かってうなずき「許せよグラノス。お主は嘘《うそ》がつけぬ男ゆえな。ジェレミアめに尻尾を出させるための囮《おとり》になって貰《もら》った」

「お待ち下され。では、殿下はあやつが結社なる組織の一員と」

「知っておった。だが確証が得られなんだ。それ程に、奴《やつ》が先祖代々よりこの東方大公国《エイシア》に張り巡らせた陰謀の糸は強固で巧妙だった。……その糸を残らずたぐるには、奴に隙を見せ、派手に動かす必要があった」

一息。

先日の戦いで深手を負い、体中に包帯を巻き付けた男を見下ろし、

「恨むか？　グラノス」

「何をおっしゃいます！　いつもながら、殿下の御差配、お見事に御座います！」グラノスは相変わらず裏表のない顔で屈託なく笑い「某が事の次第を知っておれば、早晩ジェレミアに気取られ、魔剣諸共に奴を取り逃がすことになっておったでしょう。あるいは、某など既に口を封じられ、今頃はセントラルの運河に浮かんでおったやもしれません！」

「……すまんな」小さく笑い、表情をあらためて「とはいえ、事ここに至っては隠し事は無しだ。結社の残党を追い、今度こそ奴らを根絶やしにするため、お主にも存分に働いてもらうぞ」

は、と深く頭を下げ、男の姿が消える。

鏡を取り巻いていた魔力文字が解けて消え、魔術装置が停止する。

一息。

オズワルドはぐるりと豪快に首を回し、「まったく」と頭をかいて、

「まさか七つの厄災なんて物が本当に出てくるとはな！　どうにか片付いたから良《い》い物の、本来なら四大国の軍を全てぶつけねばならん相手だぞ？」

「まあまあ、結果良ければ全て良し。丸く収まったのですから、重畳ではありませんか」

遠くから投げられる声に我に返る。咳払《せきばら》いして玉座に腰を下ろし、龍の紋様が刻まれた肘掛けに頬杖《ほおづえ》をつく。

しなやかな所作で歩み寄るのは、オズワルドより少し年若い、文官姿の男。

飾り気のまるでないその格好に、東方大公国《エイシア》の支配者である男は顔をしかめ、

「いつも言っているが、もう少し派手な服はないのか」口元に手を当てて低く唸《うな》り「腹違いとはいえ、お前は大公《俺》の実の弟なのだぞ？　民や他国の者に対する示しというものがだな」

「兄上、その話はまたいずれ」男は小さく笑い「ともあれ、グラノス卿《きょう》がご無事で何よりです」

「……まったくだ。あれの妻は三人揃《そろ》って大した女傑だからな。万が一があれば俺もただでは済まん」オズワルドは肩をすくめ、ふと真顔になって「それで、西方皇国《エウロパ》皇帝は何と？」

「捕らえたジェレミアは、後日、責任をもって我が国に送り返すとのことです。件《くだん》の鍵の魔剣

については、元あった山中の遺跡に封印し、厳重に警備されたし、と」弟は天窓を見上げて息を吐き「残念ながら、ジェレミアは結社の現状について大した知識は持っていませんでした。……ですが、彼に書簡を送り、今回の計画を促した何者かがいるのは事実。私達は結社の本体、『銀の姫』と『十三位階』を取り逃がしたと見るべきでしょう」

そうか、と息を吐き、オズワルドはまた頭をかく。

業腹《ごうはら》だが、弟がそう言うのならば仕方ない。

若き日に出奔して諸国を巡り、後《のち》の西方皇国《エウロパ》皇帝と友誼《ゆうぎ》を結び、四大国の仲を取り持って魔剣戦争を終焉《しゅうえん》へと導きながら大公の地位にまるで興味を示さないこの弟に、オズワルドは全幅の信頼を置いている。

「そういえば、グラノスが人相書きを届けるそうだ」ふと顔を上げ、一つ指を鳴らし「例の、七つの厄災を打ち倒したという魔剣使い。……なんと、三人揃って年若い娘らしいぞ？　どうだ、お前も嫁に一人」

「兄上、私はそういう話は……」

「冗談だ。だが立場は弁《わきま》えろ。お前が何と思おうが、俺に万が一があれば龍の玉座を継ぐのはお前なのだ。世継ぎを残すのも務めの一つだ」

もはや何度目かもわからない説得を試みるオズワルドに、弟は顔をしかめて応える。

オズワルドはため息をつき、そこだけは自分と似ても似つかない弟の髪を見つめた。

「まあ顔だけでも見てみろ。一人は、お前にそっくりの見事な赤毛らしいからな」

＊

「それでは！　皆さま、いってらっしゃいませにゃん！」

弾《はじ》けるような少女の声が、セントラルの街に響いた。

三角耳をぱたぱたさせて箒《ほうき》を振るミオンに手を振り返し、リットは鴉《からす》の寝床亭の看板を見上げた。

クララとソフィアに目配せで合図し、三人揃って歩き出す。事件から二十日。魔物の軍勢に破壊されてしまった街は急速にかつての美しい姿を取り戻しつつある。通りのそこかしこでは人々が崩れた石壁を魔術で修復し、建物を元通りに建て直している。住民の中には建築専門の高位魔術を扱える者も多くいるから、危機が去れば復旧も早い。一度は完全に破壊されてしまった参道沿いの店も多くはすでに営業を再開し、すっかり傷が癒えて頭の包帯も取れた店主が軒先でやかましく呼び込みの声を張り上げている。

もちろん、失われてしまった命は皆無ではない。

だがそれは、本来起こるはずだった惨劇に比べれば微々たる物だと、南方王国《オースト》大使館の主である女性は断言してくれた。

『済まないな、リット・グラント。南方王国《オースト》における貴公の名誉を回復することは、残念ながら適《かな》わない』

数日前、お忍びで鴉の寝床亭を訪れたアメリア大使の姿を思い出す。

互いの無事を祝い、名物の揚げ魚の皿を囲む席で彼女は深く頭を下げ、

『いや。実を言えば、私の名においてグラント家を復興すること自体は可能ではある。……だが、そうなれば私は廃剣令に則《のっと》って貴公から十七《セブンテンデキム》を召し上げねばならない』

七つの厄災を退ける程の武勲をもってしても、リットを魔剣使いとして認めることは出来ないのだとアメリアは言った。いや、正しく言えば、王が認めてもオースト本国の魔剣使い達が認めない。廃剣令に従えば、国が保有することの出来る魔剣使いの数と質は有限。リットと十七《セブンテンデキム》を認めるということは必然的に別な誰か、それも相当な高位にある誰かが魔剣使いの座を降りることを意味するわけで、彼らは遠く離れたセントラルで巻き起こった前代未聞《ぜんだいみもん》の事件にあらゆる疑念を差し挟んでいるらしい。

本当に七つの厄災が蘇《よみがえ》るなどということがあり得るのか。セントラルに暮らす全ての者が何らかの詐術にかかっただけではないのか。

そういった声を完全に覆《くつがえ》すには、アメリアの証言をもってしても足りないのだという。

『では、私はどうすればいいのですか？』

『セントラルにおける貴公の身分は、私が独断で保証する』アメリアはうなずき『だが、貴公

が魔剣を手にオースト本国に帰還するには、国軍の中でしかるべき地位を得なければならない。この街に居ながらにしてそれを成すにはより多くの武勲が必要だ。……そうだな、あと二つか三つ、今回の物に匹敵する功を成したとなれば、今度こそ異を唱える者は一人もいないはずだ』

今回と同程度の事件を、二つか、あるいは三つも。

聖なる門が開き、虚《ヴォイド》の向こうから魔物の軍勢が溢《あふ》れ、七つの厄災が降臨するような事件を。

そんなことが本当に出来るのだろうか。

思わずため息。

と、隣を歩くソフィアが「ほら！」と軽く背中を叩《たた》き、

「そんな顔しない。ボク達三人でこれからたくさん働いて、色んな依頼を解決して、名を上げるんだろ？」

事件の重要な参考人として教導騎士団に捕らえられそうになったソフィアをかばってくれたのもアメリアだ。さらにはエイシア大使館からグラノスの口添えもあり、少女は幾つかの証言をした後は両国の大使館の預かりという形でいちおうの自由の身となった。

漆黒の魔剣「全知《オムニシア》」を携えた銀髪の少女。結社と関わりを持ち、かつては結社の一員として働いたこともあるのだという。きっと、まだ教えてくれていないことがあるのだろう。結社について深くは知らないという話も、本当はどこまで信じて良いのかわからない。

それでも、きっと大丈夫。

あの日、命がけで厄災を食い止めた彼女の姿は、紛れもなく本物だったのだから。

「ソフィアさんの言う通りですわ。しっかりしてくださいまし」

反対側の隣から笑いを含んだ少女の声。仕立て直したばかりの華麗なドレスに身を包んだクララが小さく首を傾《かし》げる。

北方連邦国《ルチア》に名高き魔剣、山嶺《モンストウルム》の主である少女は軽やかに数歩先に進み、くるりと身を翻《ひるがえ》してリットを振り返り、

「第一、誘ったのはリットさんなんですから、もう少し楽しそうなお顔をしていただかなければ困りますわ。……わたくし、本当は未来の旦那様を探すのに大忙しですのよ？」

「ま、それもきっと何とかなるよ」ソフィアが両腕を大きく広げてのびをし「ほら、魔剣団《ギルド》って色んな事件に関わるんだろ？　そしたら色んな人に会うし、きっとクララが気に入るかっこいい男の人なんかたくさんいるって」

「ソフィアさん……あんまり真面目に考えておられませんわね？」

わざとらしくまなじりをつり上げるクララに、ソフィアが「バレたか」とおどけてくるりとリットの背に隠れる。そんな二人を見ているうちに、自然に笑みがこぼれる。

クララとソフィアが顔を見合わせて、小さく笑う。

そうして、三人で並んで、立ち止まる。

目の前には、大理石の壮麗な建物。

教導騎士団本部と大聖堂の間にあるこの場所はセントラルの行政を司《つかさど》っていて、ギルドの設立に関する事務手続きも管理している。

「けれど、本当によろしいんですの？」クララが唇に指を当てて首を傾げ「わたくしたち三人だけの小さなギルドとなりますと、最初はお仕事を頂くのも大変かも知れませんわよ？　今のわたくしたちならどんな大きなギルドでも入り放題だと思いますけれど」

「それはまあ……そうなのですが」

何となく視線を上に向け、数日前のミオンとの会話を思い出す。どこのギルドに所属すべきか迷っていたリットに「自分のギルドを作る」というアイディアをくれたのはあの猫耳メイドの少女で、ついでにクララとソフィアを誘うように提案してくれたのも彼女だ。

『……ギルドというのはどこも何かしらの商人とか組織とかとつながりがありますにゃんからねー。うっかり変な所に入ると面白くないお仕事をやらされることになるかも知れませんにゃんよー？』

大きなギルドには相応のしがらみがあり、受ける仕事一つ決めるにも様々な制約がついて回るのだと少女は言っていた。特に商人同士のいざこざが絡《から》めば、犯罪紛《まが》いの行為に関わらざるを得なくなることもあると。その点、リットとクララとソフィアの三人だけなら自由にやれる。

事件解決の功績で聖門教会と四大国から支払われた報奨金をギルド設立の供託金に充《あ》てれば、

借金を背負う必要も通商連合の顔色をうかがう必要もない。

『ギルドの本部には当分の間、この鴉の寝床亭をお使い下さいにゃん。街を救っていただいたお礼に、向こう一年、宿代はタダということで店長とは交渉済みですにゃん！』

両手を腰に当てて胸を張るミオンと、何かを悟りきった顔でワイングラスを磨く店長の顔を思い出す。クララもソフィアも二つ返事で賛成してくれて、話はあっという間にまとまった。

新たなギルドの設立は半年ぶり、しかも東方大公国《エイシア》と南方王国《オースト》の大使館の肝いりということで既存のギルドや一部の大商人からは反発もあったようなのだが、リット達がどうしようと困っている間にそれらの問題は何故《なぜ》かすっかり片付いて、後は聖門教会に書類を提出して認可を得れば万事解決という状況になっていた。

ギルドの名前も決めた。

――夜明けの星《ステラ・アウロラ》。

リットが考えたその名前を、クララとソフィアはものすごく気に入ってくれた。

「やっぱり、私達だけで始めるのが良いと思います。二人が一緒にいてくれれば何でも出来ますから」

一息。

それに、と視線を逸《そ》らして頬をかき、

「実は、大きなギルドには全部、最初にセントラルに来た日に門前払いにされてしまいまして。

……だから、その仕返しです」

「良いね。ボク、そういうの大好きだよ」

ソフィアが口元に意地の悪い笑みを浮かべる。

クララも「まあ」と微笑《ほほえ》み、

「アメリア様とグラノス様の紹介状に、ミオンさんに用意していただいた手続き書類。全部お持ちですわよね」細い右手を目の前に差し出し「よろしいですわね？　今日から、わたくし達は三人で一つ。楽しい時も苦しい時も、嬉《うれ》しい時も悲しい時も一緒。それぞれの目的を果たすその日まで、共に手を携えて参りましょう」

ソフィアが白磁のような自分の手をじっと見つめ、クララの手の上に重ねる。リットも深呼吸を一つ、その上にさらに自分の手を乗せる。

それじゃあ、とかけ声を一つ。

「行きましょうか」

「ですわね」

「だね」

うなずくクララとソフィアの声。

リットは真《ま》っ直《す》ぐ顔を上げ、石造りの荘厳《そうごん》な扉を潜った。

＊

かくして、物語はここに幕を開ける。

踏み出した道の先に待ち受ける未来を知らぬまま、少女達は手を携えて世界の中心、セントラルの街を歩き始める。

――これは、後の世に伝説と語り継がれる、四人の魔剣使いの物語。

数多《あまた》の魔剣と数多の神秘が彩《いろど》る、絢爛《けんらん》たる戦いの絵巻。

誰かの罪と過《あやま》ちと復讐《ふくしゅう》と三千年の妄執を呑《の》み込んで巡る、巨大な運命の渦の記録。

戦火の名残が燻《くすぶ》る世界で少女達が織りなす、驚天動地の英雄譚《たん》。


いざ、はじまりはじまり。

章外　全能

低く流れる祈りの聖句が、高い天井に幾重にも残響した。

夜更《よふ》け過ぎ。聖門教の中枢たる大聖堂の、さらに中心に座す「祈りの間」。第一二七代教皇リヌス十八世は就寝前の最後の務めを終え、小さく白い息を吐いた。

すでに齢《よわい》六十を越えた身に、夜の冷え切った空気はいささか堪える。三十日に一度、教皇が一人で祈りを捧《ささ》げるこの「深夜の行」の間、信徒は祈りの間に近づくことはおろか、大聖堂に足を踏み入れることさえ禁忌とされる。

目を閉じ、静かに時を待つ。

背後で、かすかな音。

ゆっくりと振り返り、大理石の床に跪《ひざまず》いて、深く頭を垂れる。

「……恐れ多くも彼方《かなた》より使わされし、いと高き御方」

『それはおやめなさいと、いつも言っていますでしょうに』

静かに響く女の声が、典礼に定められた祈りの言葉を遮る。教皇はいっそう深く頭を垂れ、ややあっておそるおそる顔を上げる。

見上げた先、薄闇の中には、魔力文字で縁取られた光る円盤。

いかなる神秘によって生み出された物か、魔術装置も用いずにただ虚空《こくう》に浮かぶ通信用の円盤の向こうで、人影が『報告をお願いします』と呟《つぶや》く。

「恐れながら、申し上げます」床に両手をついたまま視線を伏せ「『鍵の魔剣』の起動実験は成功。生み出された門は大聖堂地下の『真なる門』と呼応し、七つの厄災の一柱、『傲慢《アロガンド》』を召喚するに至りました。ですが、居合わせた魔剣使いによって門の制御は奪われ、魔物の軍勢は再び虚《ヴオイド》に封印されてしまった。……計画は失敗です、姫様。私めの不徳の致すところでありますれば」

『顔を上げなさい、リヌス十八世』

円盤の向こうから響く、穏やかな声。

おそるおそる顔を上げる教皇に、声の主はかすかに笑い、

『あなたの落ち度ではありません。……本当に、あの子にも困った物。まあ、全知《オムニシア》は上手《うま》く使いこなしているようですから、その点は褒めてあげないといけませんね』

女が語る言葉は、教皇には所々で理解出来ない。円盤を満たす光に隠されて、声の主の姿はおぼろげにしかわからない。

それでも、これは、聖門教の教皇が仕えるべき相手だ。

歴代の教皇はそのように生涯を過ごし、リヌスもまた、今の地位を得た時に真実を授かった。

『とにかく、今回の計画はこれで良《い》いのです』声は柔らかく、子供を諭すように『厄災が現実

に現れたことで、民の聖門教への信仰はさらに高まります。今後はより多くの信徒とより多くの魔剣がこのセントラルに集まるでしょう。東方大公国《エイシア》と南方王国《オースト》に事件の責任を問えば、彼らの教会に対する発言力を弱めることも出来る。……本当に、ご苦労様でしたね』

もったいなく、と深く頭を垂れる。

ややあって息を吐き、伏せたままおそるおそる口を開く。

「なれば姫様。おそれながら、褒美《ほうび》を賜りたく存じます」顔を上げ、円盤の向こうの主を見つめて「剣を。そのいと尊き剣を、この老体めに一目なりと拝領賜りますれば」

それは、聖門教の教皇にとって何よりの恩寵《おんちょう》。

神の御業をその目に焼き付けることこそが、どんな修行よりも功徳《くどく》よりも尊い、神の国に至るための道と学んだ。

『……良いでしょう』

ややあって、ため息交じりの声。

円盤の向こうで、女が静かに立ち上がった。

眩《まばゆ》い光に霞《かす》む視界の先で、女が腰の鞘《さや》に手をのばす。

淀《よど》みなく動いた手が、滑らかな所作で柄を握る。

刃が鞘から引き抜かれるにつれ、光が一際《ひときわ》強くなる。思わず、おお、と感嘆の声。彼方の神が残した数多《あまた》の奇跡の中で最も尊い物。光はやがて少しずつ弱まり、その姿が円盤の向こうに次第にはっきりと浮かび上がる。

刃渡りおよそ三フィルト。長過ぎもせず、短すぎもしない片刃の魔剣。緩やかに湾曲した刀身はこの世のどんな物よりも美しい完璧な純白で、自らがほのかな光を放っている。

表面に刻まれた魔力文字は他のどんな魔剣とも異なる未知の物で、脈打つように白く明滅を繰り返している。教皇にはわからない。この世のあらゆる魔力文字と魔術紋様の原理を学んだ教皇にさえ、この剣が纏《まと》う文字だけはいまだに理解することが出来ない。

輝く純白の刀身が滑るように虚空を薙《な》ぐ。

これこそが、全ての魔剣を統《す》べる第一の魔剣。

銘を「全能《オムニフオス》」という。

あとがき

（近況報告）

二年ほど前に始めたミニチュアゲームはその後も順調に増殖を続け、とうとう既存のボードゲーム棚を浸食し始めました。やむなく出番の少ないゲームを後輩の家に送りつけ、確保した空間もすぐに埋まってしまい……というかなり危機的な状況が継続しています。でも良《い》いですね、ミニチュア。作者はまともなプラモデル製作やペイント自体が生まれて初めてだったので知らないことの連続でがりがり経験値が溜《た》まってます。みんな、接着剤のボトルやデザインナイフの替え刃を使い切ったことがあるか？　俺はある。あとはゲームのルールを覚えれば完璧だ（まだ覚えてない）。

というわけで、初めましての方には初めまして。旧作ファンの方にはお久しぶりです。ラノベ書きの三枝《さえぐさ》零一《れいいち》です。

新シリーズ「魔剣少女の星探し」一巻、ここにお届けします。

……………

ここで「本当にお待たせしました！（血涙）」とか「うおおおごめんなさいっ！！！」と

か書かないと逆に違和感がありまくりなのですが、旧作最後の短編集であるウィザーズ・ブレインアンコールからギリギリ一年空けずに新シリーズを始動出来たということでなかなか順調な滑り出しではないかと自画自賛しています（後が怖い）。新たな世界と新たな登場人物で始まる物語、お楽しみいただけましたでしょうか。作者の今書きたいもの、好きな物をただひたすらに詰め込んだ本作。今シリーズで初めて三枝作品に触れたという方はもちろん、旧作ファンの方もあっちの世界のキャラ達と同じように可愛《かわい》がってやっていただければ幸いです。

以下、ちょっとこぼれ話。

実はこの「魔剣少女の星探し」、新シリーズの企画として立ち上げた候補の中では一番最後に出てきた物で、しかも一度は没になった物だったりします（他の企画は異世界転生ものの皮を被《かぶ》った何かと現代異能伝奇ものの皮を被《かぶ》った何かでした。こいつらはこいつらでそのうち書きます）。

当初のコンセプトは「ファンタジーの世界で傑作時代劇『三匹が斬る！』をやる」という物。主人公達がそれぞれに四大国を放浪する股旅物で、全員がもう少し人を殺しそうな目をしていました。

当時は今ひとつコンセプトがしっかりしていなかったこともあって企画はいったんお蔵入りとなり、作者もそれで納得したのですが、どういうわけか主人公達が納得してくれない。夜な夜な枕元に立っては「どうしてですか！」とか「しっかりしてくださいまし！」とか「君はほんとうにひどい作者だなあ！」とか「拙はがっかりしましたにゃ！」とかわいわい文句を言うものですから、それじゃあということで舞台装置はそのままでシナリオをゼロから練り直し、「ファンタジー×リコ〇スリコ〇ル×剣豪小説」という、より一層不可解なコンセプトで完成したのが本作となります。

前作、ウィザーズ・ブレインは作者にとって本当に大切な物語で、やるべきことはやりきったと自負もしているのですが、一方で「彼らをもうすこし平和な世界でもっと遊ばせてやりたかった」という心残りもありました。その思いが土台となって生まれた本作。リット達四人の魔剣使いは、この色鮮やかな世界を自由自在に駆けていきます。

前作と同じく、長い旅路になる予定です（前作ほど悠長にやっているわけにはいかないのですが）。物語が至るべき結末にたどり着けますよう、どうぞ、応援よろしくお願いします。

ところで、皆さま、表紙や中身のイラストはご覧になりましたか？　なりましたよね？　すごくないですか⁉　今作の挿絵を担当していただくことになったごろく先生はものすごい美麗でかっこ可愛《かわい》くてお洒落《しゃれ》なイラストを描かれる方です。「新シリーズのイラストどうしましょうかねー」と相談していた時に担当さんが「ラノベのお仕事あんまりされてない方なんですけど」と持ってきて「この人にお願いしましょう！」と二人で即決したんですよね。このあとがき書きながら表紙絵眺めて作者は一人でにまにましています。というか、前作の純さんの時も思ったんですけど、この作者、絵師さん運Exじゃないですかね？

とまあ、そんなこんなで、今日のところはこの辺りで。

次回は「夜明けの星《ステラ・アウロラ》」として活動を始めた三人のその後のお話（この本がたくさん売れたらたぶん出るはず）。春の祝祭・龍日祭に沸くセントラルの街に、北方の大国ルチアから豊穣《ほうじょう》の大賢人が訪れます。

二〇二四年十一月某日、出先の喫茶店にて、「晴る」を聞きながら。

三枝零一

〈本作執筆中のBGM〉

「Zoltraak」「The Magic Within」「Fear Brought Me This Far」「星が瞬《またた》くこんな夜に」「君の知らない物語」

◉三枝零一著作リスト

「ウィザーズ・ブレイン」（電撃文庫）
「ウィザーズ・ブレインⅡ 楽園の子供たち」（同）
「ウィザーズ・ブレインⅢ 光使いの詩」（同）
「ウィザーズ・ブレインⅣ 世界樹の街〈上〉」（同）

「ウィザーズ・ブレインⅣ　世界樹の街〈下〉」（同）
「ウィザーズ・ブレインⅤ　賢人の庭〈上〉」（同）
「ウィザーズ・ブレインⅤ　賢人の庭〈下〉」（同）
「ウィザーズ・ブレインⅥ　再会の天地〈上〉」（同）
「ウィザーズ・ブレインⅥ　再会の天地〈中〉」（同）
「ウィザーズ・ブレインⅥ　再会の天地〈下〉」（同）
「ウィザーズ・ブレインⅦ　天の回廊〈上〉」（同）
「ウィザーズ・ブレインⅦ　天の回廊〈中〉」（同）
「ウィザーズ・ブレインⅦ　天の回廊〈下〉」（同）
「ウィザーズ・ブレインⅧ　落日の都〈上〉」（同）
「ウィザーズ・ブレインⅧ　落日の都〈中〉」（同）
「ウィザーズ・ブレインⅧ　落日の都〈下〉」（同）
「ウィザーズ・ブレインⅨ　破滅の星〈上〉」（同）
「ウィザーズ・ブレインⅨ　破滅の星〈中〉」（同）
「ウィザーズ・ブレインⅨ　破滅の星〈下〉」（同）
「ウィザーズ・ブレインⅩ　光の空」（同）
「ウィザーズ・ブレイン　アンコール」（同）
「魔剣少女の星探し　十七《セプテンデキム》」（同）

本書に対するご意見、ご感想をお寄せください。

ファンレターあて先
〒102-8177　東京都千代田区富士見2-13-3
電撃文庫編集部
「三枝零一先生」係
「ごろく先生」係

本書は書き下ろしです。

電撃文庫

魔《ま》剣《けん》少《しょう》女《じょ》の星《ほし》探《さが》し

十七《セブンテデキム》

三枝零一《さえぐされいいち》

2025年1月10日　初版発行

発行者　山下直久
発行　株式会社KADOKAWA
〒102-8177　東京都千代田区富士見2-13-3
0570-002-301（ナビダイヤル）
装丁者　荻窪裕司（META＋MANIERA）
印刷　株式会社暁印刷
製本　株式会社暁印刷

●お問い合わせ
https://www.kadokawa.co.jp/（「お問い合わせ」へお進みください）
※内容によっては、お答えできない場合があります。
※サポートは日本国内のみとさせていただきます。
※ Japanese text only

※定価はカバーに表示してあります。

ISBN978-4-04-916097-0　C0193　Printed in Japan

電撃文庫　https://dengekibunko.jp/

電撃文庫DIGEST　1月の新刊

発売日2025年1月10日

86―エイティシックス―Alter.2
―魔法少女レジーナ☆レーナ～戦え！　銀河航行戦艦サンマグノリア～―

著／安里アサト　イラスト／しらび
メカニックデザイン／I-IV　本文イラスト／染宮すずめ

銀河の果てに「エイティシックス」と呼ばれる守護精霊たちを引き連れ平和を守る者たちがいた。「ヴラディレーナ・ミリーゼ、〈レジーナ☆レーナ〉――いきます！」書き下ろし＆描き下ろし多数の８６魔法少女IF！

凡人転生の努力無双3
～赤ちゃんの頃から努力してたらいつのまにか日本の未来を背負ってました～

著／シクラメン　イラスト／夕薙

「実はね、私……魔法が、使えなくなっちゃったの」幼馴染・アヤの悩みを解決するため、イツキは「夏合宿」へ。問題解決のカギは2人の絆!?　新たな魔法を手に、少年はさらなる高みへ飛躍する！

デスゲームに巻き込まれた山本さん、気ままにゲームバランスを崩壊させる3

著／ぽち　イラスト／久賀フーナ

大武祭の活躍で、魔王軍四天王に（勝手に）任命されたヤマモト。人族国に国外逃亡したものの、そこには攻略最前線のプロゲーマー集団・SUCCEEDと、妹のaikaがいて……やだ！　バレたらめっちゃ怒られる！

こちら、終末停滞委員会。3

著／逢縁奇演　イラスト／荻pote

突如、東京上空に他次元からの侵略の前触れを確認する。この難局に対し、終末停滞委員会は仇敵・黒の魔王と手を組み、東京防衛の総力戦に挑む――！　一方、心葉は生徒会長・エリフと行動を共にすることになり……。

錆喰いビスコ10
約束

著／瘤久保慎司　イラスト／赤岸K
世界観イラスト／mocha

ンナバドゥの策略によりかつてない危機に瀕する世紀末世界。しかし、人々は知っている。最強キノコ守りの少年二人が、決して、諦めないことを！　驚天動地！　疾風怒濤のマッシュルームパンク！　ここに堂々完結!!

人妻教師が教え子の女子高生にドはまりする話2

著／入間人間　イラスト／猫屋敷ぷしお

「後悔自体は、一切ないんです」　夫を裏切り幸せを噛みしめている最低の妻。教え子に手を出す、倫理観の欠けた教師。道を踏み外した理由は、好きな人ができたから。これは破滅するだけの橋を渡る、それだけのお話。

レベル0の無能探索者と蔑まれても実は世界最強です3
～探索ランキング1位は謎の人～

著／御峰。　イラスト／竹花ノート

どれだけ強くなっても「レベル0」を脱せない日向に、詩乃の兄・斗真が「スキル」というチート能力が存在することを告げる。その頃日向の妹・凛が失踪してしまい!?　コミカライズも絶好調の「レベル0」第3弾！

新作　魔剣少女の星探し
十七【セブテンデキム】

著／三枝零一　イラスト／ごろく

魔剣戦争が終結して、一年。母の願いで最強の魔剣使いを目指す少女リットは、大都市「セントラル」を訪れる。そこで彼女は《はぐれの魔剣》を巡る騒動から、優れた魔剣使いの少女達と剣を交えることになり――。

新作　主人公の幼馴染が、脇役の俺にグイグイくる

著／駱駝　イラスト／こむぴ

なぜか美少女からモテまくるラブコメ主人公みたいな男のラブコメに殺された本作の主人公、石井和希。奇跡が起きて過去に戻った彼はラブコメを避けようと奔走するが、なぜか学校一の美少女に告白されてしまい――!?

新作　転生程度で胸の穴は埋まらない

著／ニテーロン　イラスト／一色

転生した、努力した、英雄になった。それでも前世のトラウマから、人を信じられず孤独に苦しむコノエ。空っぽな彼に助けを求めたのは、自らの命を犠牲にしても、愛する街を助けようとする少女で――。

新作　偽りの仮面と、絵空事の君

著／浅白深也　イラスト／あろあ

きっかけは高校の演劇部で次の主役を決める「人狼ゲーム」のはず、だった。なのに失格者が次々と現実世界から消えていく事態に。それには学園の七不思議である、「少女の祈り像」が関係しているようで――。

新作　彼女のカノジョと不純な初恋

著／Akeo　イラスト／塩こうじ

学校の誰もが知る美人・つかさには彼女がいる。まだ恋を知らない私・ユキは、そんなつかさと同棲することになった。恋愛感情がなければこの関係は浮気じゃない。それに、私に限って浮気とか絶対にありえない――。

柳之助
Ryunosuke
[絵]ゲソきんぐ
Illust:Gesoking
バケモノのきみに告ぐ、
I Tell You, Monster.
バケモノに恋をしたこと、君にはあるか？
第30回
電撃小説大賞
銀賞
受賞作
果たしてヒトか、悪魔か。
これから語るのは、
間違いだらけの愛の物語。
電撃文庫

ほうかごがかり
ぼくらは命を懸けて、『奴ら』を記録する――。
When the midnight chime rings,
we are captured in a "Houkago".
In there, there is neither a correct answer nor a goal
or a stage clear.
Only our dead bodies are piled up.
【ほうかごがかり】
甲田学人
illustration potg
よる十二時のチャイムが鳴ると、
ぼくらは『ほうかご』に囚われる。
そこには正解もゴールもクリアもなくて。
ただ、ぼくたちの死体が積み上げられている。
鬼才・甲田学人が放つ、恐怖と絶望が支配する
"真夜中のメルヘン"。
電撃文庫

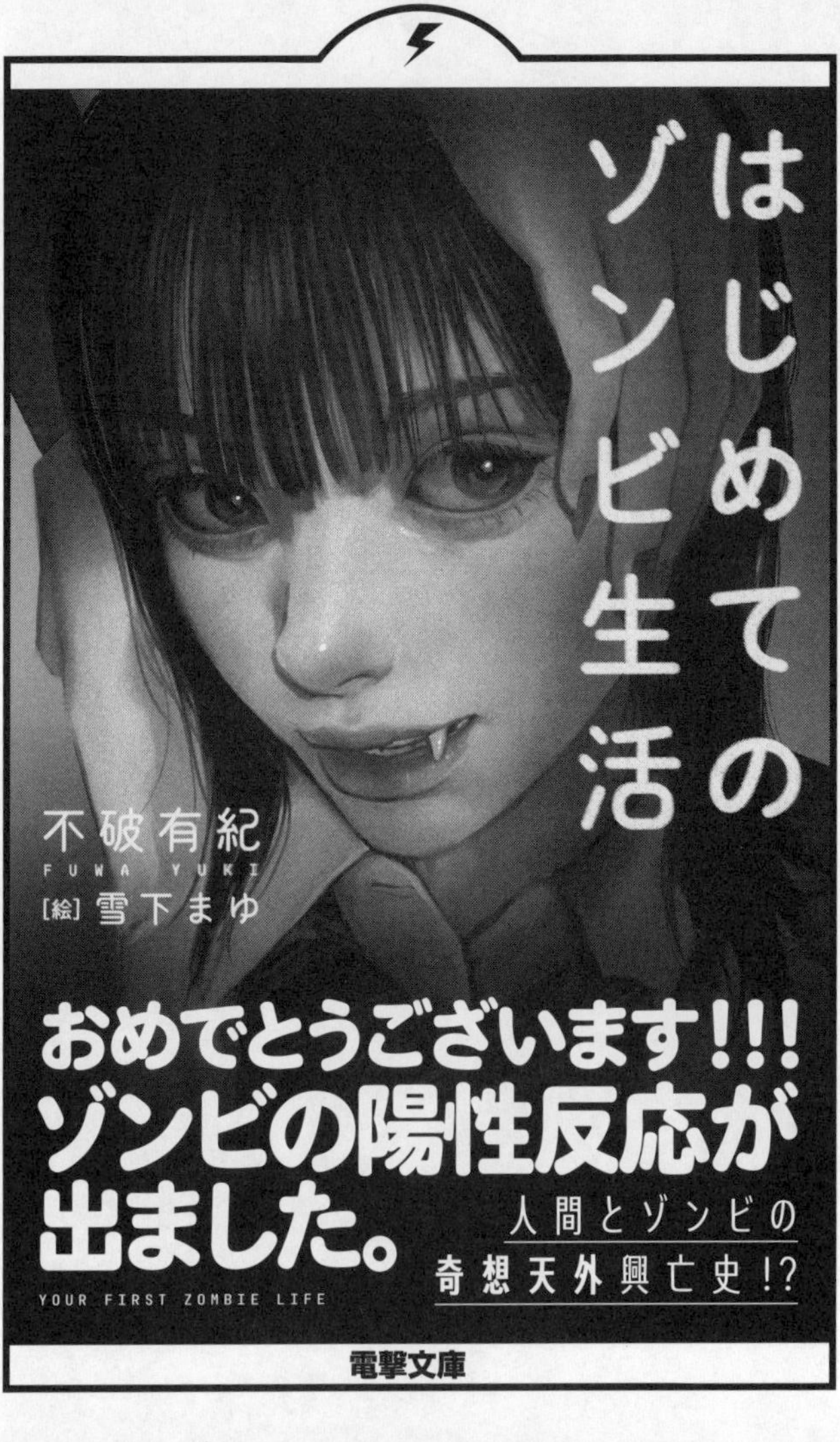
はじめてのゾンビ生活
不破有紀
FUWA YUKI
[絵] 雪下まゆ
おめでとうございます!!!
ゾンビの陽性反応が出ました。
人間とゾンビの
奇想天外興亡史!?
YOUR FIRST ZOMBIE LIFE
電撃文庫

[STATUS]
電撃文庫が贈る、
新たなVRMMOデスゲーム！
CHECK
エンジョイ勢
山本さん、
運営の思惑を
かき乱す！
デスゲームに巻き込まれた山本さん、
気ままにゲームバランスを崩壊させる
YAMAMOTO san is Breaking Balance of Death Game
ぽち [AUTHOR] POCHI
Illustration 久賀フーナ
1
COMMENTER
「刃牙」シリーズ
範馬刃牙
[著]板垣恵介
「ソードアート・オンライン」
キリト
[著]川原 礫／[イラスト]abec
「デュラララ！！」
セルティ
[著]成田良悟／[イラスト]ヤスダスズヒト
超強力な3人が推薦ッッ!!!
電撃文庫